오강남의
시선

오강남의 시선

초판 1쇄 발행 2026년 3월 30일

지은이　　오강남
펴낸이　　조미현

책임편집　김민진
디자인　　엄윤영
마케팅　　이예원, 공태희
제작　　　이현

펴낸곳　　(주)현암사
등록　　　1951년 12월 24일 (제10-126호)
주소　　　04029 서울시 마포구 동교로12안길 35
전화　　　02-365-5051
팩스　　　02-313-2729
전자우편　editor@hyeonamsa.com
홈페이지　www.hyeonamsa.com

ⓒ오강남, 2026

ISBN 978-89-323-2488-3 (03810)

삶의 난제를 가볍게
풀어주는 속담 산책

오 강 남 의   시 선

오강남 지음

현암사

차례

1부
**당신의 삶이
더욱
아름다워지려면**

<u>2부</u>

**인생을
풍요롭게 만드는
관계에 대하여**

<u>3부</u>
세계 속의 우리

일러두기

- 본문에서 개신교 성경은 개역개정판을 인용했다. 성경 구절을 인용한 경우 '하나님' 표기를 따랐으며, 그 밖의 경우에는 '하느님'이라고 표기했다.
- 인명과 지명은 국립국어원 한국어 어문 규범의 외래어 표기법을 따랐으며 이곳에 포함되지 않은 경우는 되도록 원지음을 따랐다.

개정증보판을 펴내며

세 번째 옷을 입다

「들어가며」에서 지적하는 바와 같이 이 책은 그저 우리나라 속담을 소개하는 데 그치는 것이 아닙니다. 이 책을 통해 오랜 세월 민중의 심성心性에서 갈고 다듬어져 형성된 속담을 하나의 화두로 삼아 새로운 시선을 가지고 그 속에 숨은 뜻을 캐내보고자 했습니다. 그리고 그 뜻이 오늘날 우리의 생각과 삶에 어떻게 적용될 수 있을지를 알아보려고 눈을 잠시 비벼보자는 일종의 제안과 같습니다.

편집을 끝내고 보니 4년 전 현암사에서 나온 『오강남의 생각』과 비슷한 결인 것 같아 현암사 편집팀의 제안에 따라 『오강남의 시선』이라는 제목을 붙이게 되었습니다. 그러고 보니 '시선視線'이란 말이 이 책의 성격에 잘 어울리는 것 같습니다. 시선이란 초점을 어디에 맞춰서 볼 것인가 하는 의미가 담겨 있습니다. 그러니 시선을 어디에 맞추냐에 따라 사물이 지닌 의미가 달라지기 마련입니다. 똑같은 찻잔인데도 위에서 보면 동그랗고 옆에서 보면 사다리꼴이나 직사각형으로 보이는 것과 같습니다. 그런 의미에서 이 책은 제 나름대로의 시선으로 본 속담의 또 다른 뜻을 독자들과 나누어보고자 한 셈입니다.

이 책은 제가 세상에 내놓은 책 가운데 가장 오래된 책임과 동시에 가장 최근의 책이라 할 수 있습니다. 아주 오래전부터 《캐나다 한국일보》, 《밴쿠버 조선일보》, 《밴쿠버 중앙일보》, 《에드먼튼 저널Edmonton Journal》 등과 같은 교포 신문이나 《동아일보》, 《경향신문》, 《서울신문》 등과 같은 국내 신문, 그리고 수필 전문 잡지에 칼럼으로 썼던 속담과 관련된 글들을 모아 2008년 위즈덤하우스에서 『움켜쥔 손을 펴라』라는 제목으로 나왔던 것이 시초였습니다. 그 후 편집 과정에서 많이 수정된 부분을 본래 원고대로 바로 고치고 새로 쓴 칼럼 몇 개를 덧붙여 2014년 도서출판 삼인에서 『아하! : 오강남 교수가 속담에서 건진 작은 깨달음』이라는 제목으로 개정판을 출간했습니다. 제 글을 묶어 책으로 만들어주신 위즈덤하우스와 삼인에 다시 한번 감사드립니다.

어느덧 10여 년이 흘러 현암사 조미현 대표의 제안에

따라 이 책은 현암사에서 새롭게 등장하게 되었습니다. 이번 개정증보판은 어느 면에서 획기적인 탈바꿈이라 할 수 있습니다. 시의를 벗어난 내용은 과감히 솎아내고, 새로운 주제를 논하는 본문을 여러 개 첨가했으며 글의 흐름에 따라 순서도 바꾸었습니다. 물론 세월의 흐름에 발맞춰 말법이나 철자법도 고쳤습니다. 이런 점에서 이 책은 오랜 세월이 지나 드디어 완성된 가장 최근의 책이라 말할 수 있겠습니다.

이 책이 다시 독자들에게 다가갈 수 있도록 해준 조미현 현암사 대표의 배려와 완결판을 위해 예리한 감각과 능숙한 솜씨로 책을 새롭게 다듬어준 김민진 편집자의 수고에 감사드립니다.

부디 이번 개정증보판을 통해 제가 나누고자 한 것이 한층 더 독자들의 심저心底에 닿아 독자들의 삶에 조금이라도 보탬이 될 수 있었으면 합니다.

감사합니다.

2026년 3월
캐나다 밴쿠버에서
오강남

인생의 화두로서의 속담

꿈보다 해몽이 좋다

지금 생각해 보면 저희 어머님은 속담 전문가라는 칭호를 받을 수 있을 정도로 평소에 속담을 즐겨 사용했습니다. 지금 제가 알고 있는 한국 속담의 대부분은 어머님에게서 들어 배운 것들이라 해도 과언이 아닙니다. "야야, 설마가 사람 죽인다", "돌다리도 두들겨보고 건너라 캤다" 등 무슨 일로 저를 충고할 때나 어떤 사실을 명심시킬 때면 거의 예외 없이 속담을 사용해 말했습니다. 제가 쓰는 말이나 글에 제가 생각해도 놀라울 정도로 속담이 많이 섞여 있는 것도 이런 어머님의 영향 때문이 아닌가 생각합니다.

어찌 저희 어머님만 그렇겠습니까? 오랜 세월을 거쳐

민중의 체험과 공감을 바탕으로 형성된 속담이야말로 우리 모두가 다 같이 즐겨 사용하는 공동의 정신적 유산이 아니겠습니까?

우리가 경전이나 고전 또는 남의 글을 읽을 때, 일차적 과업은 물론 그 글의 문자적 의미가 무엇인지 알아내는 것입니다. 그러나 거기에만 머물지 않고 한 걸음 더 나아가 그런 글을 통해 나의 삶을 조명해 보고, 나의 삶을 더욱 삶답게 하는 것이 더욱 중요한 일이 아닌가 생각합니다. 글의 문자적 의미 너머에서 발견될 수 있는 실존적 의미를 꿰뚫어 보려는 노력이 더욱 중요하다는 뜻입니다. 이렇게 읽는 방식은 글을 통해 나의 내면의 무언가를 일깨움을 주목적으로 하는 이른바 환기식 독법 evocative reading 인 셈입니다.

사실 환기식 독법이란 "꿈보다 해몽이 좋다"는 말과 같다고 봅니다. 이상스러운 꿈을 꾸고 일어난 아침, 어젯밤에 왜 그런 꿈을 꾸었는지, 그 꿈의 역사적·정신분석학적 의미가 무엇인지 등을 알아내려는 노력도 중요하겠지만, 그 꿈이 의미하는 정확한 뜻을 알 도리가 없다고 해서 그냥 죽치고 앉아 하루를 공칠 수는 없습니다. 그 꿈을 자기 나름대로 의미 있게 받아들여서 그날 하루를 보다 아름답고 건강하고 풍요롭게 보내겠다는 적극적 태도가 더 바람직하다는 생각입니다.

이제 제 귀에 익숙한 속담 얼마를 골라서 환기식으로 음미해 보고 싶습니다. 제 나름대로 오늘 우리의 삶에 도움이 되는 방향으로 '해몽'을 붙이는 셈입니다. 어쩔 수 없이 이해와 오해의 범벅이겠지만, 이런 읽기를 통해 더욱 건강하고 아름다운 삶을 모색하려는 우리의 대화가 계속 깊어지길 빕니다.

캐나다 토론토에 있는 《캐나다 한국일보》의 요청으로 '속담풀이'라는 제목의 시리즈를 쓰기 시작한 시기가 1983년 초였습니다. 그 후 속담과 관련된 생각이 떠오를 때마다 그때그때 긁적여 이런저런 간행물에 발표한 것을 수정하고 보완해서 여기에 옮긴 것도 있음을 다시 한번 밝힙니다.

사실 속담풀이라고 하지만 이 책은 단순한 뜻풀이가 아니라, 속담을 하나의 화두처럼 받아들이고 거기에 대한 제 반응이나 사색을 담아 놓은 것이라 할 수 있습니다. 속담 하나하나에 대한 저 자신의 '아하!'라고 할까요. 모아놓고 보니 대략 네 가지로 분류되는 것 같아 그렇게 나누어보았습니다. 1부는 우리의 개인적 삶을 아름답게 하는 것과 관련된 이야기이고, 2부는 사회에서의 원만한 인간관계에 관한 내용이며, 3부는 국가나 세계 문제와 연관된 것, 그리고 마지막 4부는 주로 종교적인 문제를 다루는 부분입니다. 그러나 구태여 순서대로 읽을 필요는 없습니다. 순서를 정해놓고 쓴 글이 아니기 때문입니다. 같은 속담도 몇 가지 다른 표현이 있지만 여기서는 가능하면 국립국어원에 등재된 표현을 따랐습니다.

이 책은 제게 속담으로 일깨움을 주다가 2000년에 돌아가신 어머님에 바칩니다. 아무쪼록 이런 글 모음을 통해 스스로의 삶을 한번 반추해 보고 작은 깨달음이라도 이끌어내는 기회가 생겼으면, 그리하여 우리 모두의 삶이 더욱 풍요롭고 너그럽고 부드러워지는 데 조금이라도 도움이 되길 바라는 마음으로 다시 한번 겸허히 두 손을 모아봅니다.

1부

당신의 삶이
더욱
아름다워지려면

우열 의식의 지양

사촌이 땅을 사면 배가 아프다

사촌이 땅을 사기만 하면 아파지는 배라니 이상스러운 배다. 그러나 인간은 동서고금을 막론하고 이런 이상스러운 배를 소유하고 있다는 것 역시 어쩔 수 없는 현실이기도 하다.

남이 소원 성취, 만사여의萬事如意하기를 바란다는 것은 연하장에서나 쓰는 문구고, 실제로 남이 잘되는 것을 보고 기뻐할 사람은 그렇게 많지 않다. 남이 불운을 당할 때 같이 울어주기는 쉬워도 남에게 좋은 일이 생겼을 때 진정으로 같이 기뻐해 준다는 것은 여간해서 하기 힘든 일이라 하지 않는가.

사촌의 아버지, 즉 숙부가 돌아가셨다는 소식을 들으면 곧장 달려가 같이 울고 장례를 힘껏 도와주던 사람도 그 사촌이 땅을 샀다고 하면 "그까짓 손바닥만 한 땅. 더구나 불모에 가까운 것. 나라면 그저 주어도 안 갖겠다"라며 콧방귀를 뀐다. 그러면서 속으로는 아픈 배를 쓰다듬는다.

이런 이상스러운 배를 소유한 자는 보통 말로 표현하면 질투심이나 시기심이 강한 사람이다. 질투심이나 시기심이란 남과 비교했을 때 내가 남보다 못하다고 생각하는 열등의식에서 나오는 마음이다. 남들, 특히 사촌처럼 나와 가깝고 비슷한 신분의 사람들과 비교해서 그들이 나보다 나으면 자신이 꿀리는 것 같아 배기지 못하는 마음이다. 각자에게 생래적生來的 가치가 있다는 사실을 깨닫지 못하고 오로지 남과 비교해서 나다움을 찾으려는 일종의 '비교급 인생'을 사는 셈이다.

보통의 인간이라면 대개 어느 정도의 시기심이나 질투심이 있기 마련이다. 심리학자 알프레트 아들러Alfred Adler가 지적한 것과 같이 그런 마음이 스스로를 발전시키는 일종의 동인이 될 수도 있다. 그러나 너무 지나쳐서 배 아픈 강도와 빈도가 보통 이상이면 그야말로 병적이다. 그런 이들은 남이 잘되는 것, 남이 하는 선한 일을 보면 무조건 '그까짓'이나 '그래 봤자'로 대한다.

물론 우리는 우리 속에 있는 이런 이상스러운 배를 고쳐야 한다. 정확히 말해서 심보를 뜯어고쳐야 한다. 그래서 사촌이나 이웃, 친구나 동료가 참으로 훌륭하게 되는 것을 보거든 진정으로 경하하고, 아낌없이 갈채를 보내는 아름답고 따뜻한 마음씨를 길러야 하리라.

여기까지는 흔히 들어온 정설. 이 속담을 들을 때마다 함께 기억해야 할 또 하나의 사실이 있다. 사촌들이 배 아파할 것을 뻔히 알면서도 땅을 샀다고 자꾸 나팔을 불어대는 사촌이 있다면, 그에게도 똑같이 문제가 있다는 점이다. 다른 사촌들은 아직 소작농의 신세도 벗지 못했는데, 요행히 자기가 남들보다 먼저 땅을 사게 되었다며 용용 죽겠지 하는 식으로 떠들고 다니는 것 역시 병적 심성의 표현이기 때문이다. 그 또한 사촌들과의 경쟁 관계에서 자신을 파악하고, 그래도 자기가 그들보다 잘났다는 것을 과시하는 데서 인생의 맛을 느끼는 철저한 비교급 인생론자라는 점에서 배 아파하는 다른 사촌들과 하등 다를 것이 없다.

남이 땅을 샀다고 배 아파하는 것도 고약한 일이지만 자기에게 땅과 으리으리한 집 그리고 고급 자동차, 밍크코트, 다이아몬드가 있다 혹은 자식들이 엄청 잘됐다는 식으로 남의 배를 아프게 하려는 것도 삼갈 일이다. 둘 다 남부럽지 않게 혹은 남 보란 듯 사는 것을 인생의 유일한 목표로 삼는 천박한 인생관에서 연유한 현상이다.

노자가 『도덕경』 제3장에서 "훌륭하다는 사람 떠받들지 마십시오不尙賢", "귀중하다는 것 귀히 여기지 마십시오不貴難得之貨", "탐날 만한 것 보이지 마십시오不見可欲"라고 한 데는

다 이유가 있다. 배 아파하고 배 아프게 하는 복통 인생의 삶
을 청산하고 좀 더 홀가분한 기분으로 살아가면 어떨까.

연륜의 특권

서당 개 삼 년에 풍월을 읊는다

"서당 개 삼 년이면 풍월을 읊는다"는 속담의 현대판은 "식당 개 삼 년이면 라면을 끓인다", "대학 개 삼 년이면 화염병을 던진다", "(태권도) 도장 개 삼 년이면 돌려차기를 한다" 등으로 꾸준히 변모하고 있다. 어떻게 변했든 한자리에서 보고 듣고 배우기를 꾸준히 하면 거기서 행하는 일을 어느 정도 따라 할 수 있게 된다는 뜻을 나타내기는 마찬가지다. 꾸준히 하면 능숙해진다는 일종의 '1만 시간의 법칙'이라 할까?

흔히 개가 보낸 1년은 사람으로 따지면 7년에 해당한다고 한다. 그러니 서당 개 삼 년은 사람으로 치자면 무려 21년을 서당에서 보낸 셈이다. 그 정도면 어떤 개든 주워들은 대로 그럴듯하게 풍월을 읊게 될 것 같다.

그런데 가만 따져보면, 그렇게 풍월을 읊을 수 있는 개는 분명 강아지 때부터 서당에서 살았을 것이다. 영어 속담에 "늙은 개에게 새로운 재주를 가르칠 수 없다 You can't teach an old dog new tricks"는 말이 있다. 강아지였을 때부터 서당에 있었으니까 그렇게 풍월을 읊을 수 있지, 늙어서 서당에 왔다면 3년이 아니라 석삼년을 있어도 필경 풍월을 제대로 읊지 못했으리라.

이곳 캐나다로 이민 온 가정만 살펴봐도, 열 살 미만의 어린아이들은 1년도 채 되지 않아 (과연 인간은 개보다 지능지수가 높아 개의 연령으로 따지면 한두 달 안에) 영어를 재잘거리기 시작한다. 그러나 어른들은 3년이 아니라 30년을 살았어도 여전히 떠듬거리는 콩글리시를 쓸 수밖에 없다. 따라서 풍월을 제대로 읊을 수 있느냐 없느냐는 결국 서당에 얼마나 오래 살았느냐보다는 언제부터 살았느냐에 달린 문제임에 틀림없다.

그러면 늙은 개는 배우기를 완전히 포기해야 한다는 말인가? 나이 든 사람은 아예 영어고 뭐고 더 이상 배울 마음도 먹지 말아야 한다는 말인가? 나이가 들어 배우는 경우, 물론 아이들처럼 조잘조잘 자유스럽게 말할 수는 없을 것이다. 그러나 실망하거나 좌절할 필요는 없다. 유창한 영어를 자유자재로 구사하기는 어려울지 몰라도 노력 여하에 따라

별 불편 없이 의사를 표현하고 책을 읽을 수 있는 정도까지 갈 수 있다. 독일의 시성詩聖 괴테도 『아라비안나이트』를 읽기 위해 말년에 아랍어를 배우기 시작했다고 하지 않나.

더욱이 강아지가 풍월을 멋있게 읊기는 하더라도 그 풍월의 참뜻을 이해할 수 있을까? 졸졸 외우기는 하겠지만 그 정도에서 더 깊이 들어가지는 못할 것이다. 아무래도 그 깊은 뜻은 소위 연륜이 쌓여야 알 수 있기 때문이다.

또 강아지가 풍월을 읽는 등 여러 가지 잔재주를 쉽게 배울 수 있다고 치자. 그러나 인생에서 배울 것이 어찌 잔재주만 있겠는가. 궁극적으로 중요한 것은 삶의 깊이와 폭을 뚫어보는 깊은 혜안과 통찰이요, 거기서 얻을 수 있는 지혜다. 이런 일은 어쩔 수 없이 나이가 지극해져 어느 정도 인생의 오르내림을 겪어보아야만 얻을 수 있는 특권이 아닐까?

공자는 열다섯 살에 학문에 뜻을 세우고, 서른 살에 굳게 서고, 마흔 살에 미혹이 없어지고, 쉰 살에 하늘의 뜻을 알고, 예순 살에 귀가 열리고, 일흔 살에 마음대로 해도 법도에 어긋나는 일이 없는 자유의 경지에 도달했다吾十有五而志于學 三十而立 四十而不惑 五十而知天命 六十而耳順 七十而從心所欲不踰矩고 한다.

나이가 어릴 때 해야 할 일이 있지만 또 나이가 들어야 할 수 있는 일, 될 수 있는 일도 있다. 이것이 연대기적 연륜을 의미 있는 연륜으로 바꾸는 일이요, 그렇게 하는 게 연륜이 쌓임을 향유하는 길이 아니겠는가.

자녀들의 독립

품 안에 있어야 자식이라

옛날 사람들도 '10대의 반항'이라는 말을 알고 있었을까? 그런 말은 없었을지 모르지만 "품 안에 있어야 자식이라"는 속담이 이와 비슷한 맥락을 이야기하는 것이 아닌가 생각한다. 자식도 부모의 품 안에 있어야 자식이지 머리가 굵어 부모 품 안을 떠나면 자식이라 할 수 없다니, 품 안에 있을 때 자식 같은 자식과 품 안을 떠났을 때 자식 같지 않은 자식은 어떻게 다르다는 것인가? 어릴 때는 부모가 없으면 한시라도 못 살 것 같이 따르고 고분고분하고 귀엽기 그지없었는데, 이제 키도 훌쩍 커지고 목소리도 변할 때쯤 되니까 오히려 어디 같이 가자고 해도 마다하고 전처럼 말도 잘

안 듣고 부모가 상관하는 것을 싫어하고 뭐든지 자기 고집대로 하려 해서 어릴 때와 같은 자식이 맞나 싶어졌다는 뜻이 아닐까? 심한 경우 부모에게 반항하거나 대항까지 하니 그야말로 어릴 때의 자식 같던 자식은 사라지고 자식 같지 않은 자식이 새로 생긴 기분이 드는 모양이다.

옛날에는 자식이 부모의 품을 떠나는 시기가 언제라고 생각했을까? 서양에서 말하는 틴에이지teenage, 그러니까 만 열세 살, 한국의 중학교 2학년 정도부터가 아니었을까 추측한다. 세계 여러 나라의 전통을 보면 대개 그 정도의 나이에 부모 품을 떠나 하나의 독립된 인격을 갖춘다고 보기 때문이다. 유대인의 성인식인 바르 미츠바bar mitzvah와 바트 미츠바bat mitzvah도 남자아이는 만 열세 살, 여자아이는 만 열두 살이 되면 치러진다.

만약 성적으로 성숙한 나이에 이르러서도 자식이 부모와 마냥 좋은 관계만을 유지하고 있으면 자기가 살던 고향에 눌러 앉고, 자연히 족내혼族內婚으로 이어지기에 진화 과정에서 족외혼族外婚이 가능하도록 부모로부터 멀어지게 됐다고 주장하는 사람들도 있다. 이런 주장이 맞는지는 모르겠지만 아무튼 자식이 크면 부모는 붙들어 매어놓고 계속 그늘 아래서 자라게 할 것이 아니라, 자식을 하나의 독립적인 인격으로 인정하고 자립하게 도와주어야 할 것이다. 이것을 심리학적으로 말하면 제2의 탯줄, 즉 정신적인 탯줄을 끊고 완전히 홀로 서게 만드는 것이다.

그래서 옛날에는 자식들이 부모의 영향으로부터 쉽게 독립할 수 있도록 만들기 위해 여러 제도를 마련해 두었다. 많은 전통 사회에서 통과의례의 하나로 성인식을 진행했는데, 이는 대부분 젊은이들이 일정 기간 고립 상태에서 심한 고역을 겪게 함으로써 어릴 때의 의존심이나 의타심을 버리고 독립적인 개체로 새로 태어나도록 만들기 위해 종교적으로 의식화한 것이다.

예를 들어 도제제도徒弟制度가 있던 유럽에서는 아이들이 10대가 되면 다른 사람의 도제로 보낸다든지, 군대에 보내든지, 귀족의 경우에는 학교 기숙사에 보내기도 했다. 즉 부모가 아닌 다른 권위 밑에서 10대를 보내도록 한 것이다. 마찬가지로 옛날 한국에서는 조혼 풍습이 성행했으니 10대에 일찌감치 부모를 떠나므로 부모의 직접적인 그늘에서 벗어난 생활을 할 수 있었다.

그러나 오늘날 세태가 바뀌어 대부분의 아이들이 고등학교를 졸업할 때까지는 미우나 고우나 부모와 한 지붕 아래서 살게 되었다. 부모로부터 멀어져서 독립하려는 마음과 실제로는 그렇게 하지 못하는 현실 사이의 괴리 때문에 자식들은 더욱 뻣뻣해져 부모와 자식 간의 갈등이 그만큼 불가피해졌다고 말하는 사람도 있다.

일단 품 안을 벗어났으면 자식은 더 이상 내가 좌지우지할 수 있는 존재가 아니라고 생각해야 한다. 부모의 입장에서는 어려운 일이겠지만 그것이 진정으로 자식을 위하는 길이요, 진정으로 자식을 위한 참사랑이라 할 수 있다.

그리스도교 신약성서 「누가복음」에는 '탕자의 비유'라는 이야기가 나온다. 한 부자 아버지에게 두 아들이 있었는데, 하루는 작은아들이 아버지에게 집을 나갈 터이니 자기에게 돌아올 몫의 유산을 미리 달라고 했다. 그러나 자기 몫을 챙겨 나간 작은아들은 먼 나라로 떠나 허랑방탕한 생활을 하다가 알거지가 되었다. 남의 집에서 돼지 치는 일을 거들던 그는 어느 날 자신이 떠나온 아버지가 생각나서 아버지의 집을 향해 발길을 옮겼다. 그러자 아버지는 멀리서 작은아들이 오는 것을 보고 달려가 목을 안고 입을 맞추었고 그를 다시 아들로 받아들였을 뿐 아니라 아들을 위해 살진 송아지를 잡고 큰 잔치를 베풀었다는 이야기다.

보통 탕자의 비유 이야기에서는 못난 짓을 하고 돌아온 아들을 용서하고 다시 받아주는 아버지의 사랑이 강조된다. 이 해석도 중요하지만 지금 말하고 있는 속담의 맥락에서 본다면 아들이 집을 나가겠다고 했을 때 허락해 준 아버지의 너그러운 마음, 멀리 보는 마음이 더 중요하지 않을까 생각한다. 아들이 나가겠다고 했을 때 아버지는 "이놈아, 내가 세상을 살아도 너보다는 더 살았고 내가 세상 물정을 알아도 너보다는 더 안다. 나가겠다니 어디를 간단 말이냐. 가봐야 돈만 탕진하고 죽어라 고생만 하다가 빈털터리가 되어 돌아올 것이 불 보듯 뻔한데 그저 잔말 말고 가만히 죽치고 있도록 해라"라고 꾸짖으며 강제로 붙들어 놓을 수도 있었다. 그러나 그렇게 했다면 평생 불만을 가지고 살았을 아들도 불행하고 그런 아들을 데리고 살아야 하는 아버지도 불행할 수밖에 없었을 것이다. 아버지는 당장 뼈를 깎는 아픔을 겪더라도 그것을 참으면서 아들이 나가겠다고 했을 때 허락했다. 그랬기에 아들은 인생 실험을 끝내고 아버지의 진가를 다시 발견할 수 있었고 아버지는 죽었다가 다시 살아난 것처럼 새로워진 아들을 얻을 수 있었다.

탕자의 비유 이야기처럼 부모와 자식 간에 서로 완전한 독립적 인격체로 다시 만나는 현상을 자식 같은 자식의 단계와 자식 같지 않은 자식의 단계를 거쳐 자식이 정말로 다시 자식 같은 자식이 되는 제3의 단계로 보면 어떨까? 인류학의 한 이론에 따르면 이처럼 개체가 기존의 사회적 지위에서 분리되는 단계를 분리segregation의 단계라 하고 다시금 새로운 관계가 되어 합해지는 단계를 통합aggregation의 단계라고 한다.

구약성서 「창세기」에는 하느님이 아브라함에게 그의 아들 이삭을 번제로 바치라고 명하는 이야기가 나온다. 잘 알려진 것처럼 이 이야기에도 여러 가지 해석이 있다. 만약 이 이야기를 문자 그대로 받아들이면 아버지에게 무죄한 아들을 죽이는 끔찍한 짓을 강요하는 하느님은 히틀러와 다름이 없다고 볼 수도 있다. 이 이야기에 대해서는 미국 정신과 의사 모건 스콧 펙Morgan Scott Peck이 의미 있는 해석을 내놓았다. 스콧 펙은 이 이야기를 문자 그대로 이해한다면 아들을 죽이라고 한 하느님도 돌았고, 그렇게 하겠다고 한 아브라함도 돌았고, 번제단 위에서 죽기를 기다리는 이삭도 돌았다고 봐야 한다고 주장했다. 그러나 여기에서 우리가 배워야 할 것이 있다면 "우리에게는 언젠가 자식들을 놓아줘야 할 때가 온다"는 심오한 진리라고 했다.

그리고 이렇게 덧붙인다. "자식들은 우리에게 주어진 선물로서 얼마간 우리 품에 두더라도 영원히 주어지는 존재는 아니다. 어느 시점이 지났는데도 계속 그들을 붙들고 있는 것은 우리 자신뿐만 아니라 그들에게도 지극히 파괴적인 일이다. 우리는 우리의 선물을 되돌려 주고 자식들을 하느님께 다시 맡길 줄 알아야 한다. 자식들은 더 이상 우리 것이 아니다. 그들은 이제 하느님의 자녀들이다."

"품 안에 있어야 자식"이란 말은 결국 품에서 떠난 자식이 하느님의 자식이란 뜻인 셈이다. 섭섭해할 일이 아니라 축하할 일이다.

느림의 미학

급하면 바늘허리에 실 매어 쓸까

캐나다에 있다가 서울에 가서 길을 걷다 보면 길을 물어보는 사람을 유독 많이 만난다. "관악구청이 어디 있지요?"라거나 "가리봉동으로 가려면 몇 번 버스를 타야 하나요?"라고도 묻는다. 관악구니, 구로구니 하는 서울의 행정구역이 생기기도 전에 서울을 떠난 신세인데 이런 질문을 받으면 실로 난감할 수밖에 없다. 그러면서도 한편으로는 여러 사람이 지나가고 있는데 왜 하필 나한테 와서 길을 물을까 하는 생각이 들었다.

심지어 일본에 머물렀을 때 도쿄대학교가 있는 혼고산초메本鄕三丁目 지하철역에서 어느 중년의 여성 둘이 내게 어디가는 전차를 어디서 타야 하느냐고 물어온 적도 있다. 이렇게 사람들이 내게 길을 물어보는 것을 보면서 '내 인상이 그리 험악하지 않은 탓이겠지?' 하며 혼자 뿌듯함을 느끼기도 했다. 그러나 많은 사람이 내게 길을 물어보는 이유가 오로지 그런 요인뿐이었을까?

나중에 곰곰이 생각해 보고 깨달았다. 사람들이 내게 길을 물어오는 까닭이 내 인상이 곱상스러우냐 험악하냐보다는 내 걸음걸이와 관계됐다는 사실이었다. 서울에서는 모두들 걸음걸이가 얼마나 빠른지 내 걸음걸이는 느림보에 속하고도 남을 정도였다. 횡단보도를 건널 때나 지하철 계단을 오르내릴 때 보면 남녀노소 할 것 없이 걷는다기보다 뛴다고 하는 표현이 더 적절할 판이다. 내 실력으로는 도저히 보조를 맞춰 따라갈 수가 없다.

모두 이렇게 급하게 뛰다시피 하는데 누가 길을 모른다고 함부로 말을 붙이겠는가? 그러니 그 많은 사람 중에 별로 바쁘지 않을 것 같은 친구에게 물어보는 것이 성공의 필수 요건이 될 수밖에 없고, 마침 어슬렁거리며 걷고 있는 나 같은 사람에게 물어보기 마련 아니겠는가? 그 사람들은 성공의 필수 요건으로 덜 바쁘게 걷는 사람을 골라잡은 데는 일차적으로 성공했지만 나처럼 길을 전혀 모르는 숙맥을 만나게 됨으로써 결국 실패를 맛보게 되었다. 그 모든 분에게 이 자리를 빌려 사과드린다.

한국에서 많이 쓰는 말 가운데 하나로 '빨리'를 꼽을 수 있다는데 가만히 관찰해 보니 일리가 있는 것 같다. 또 한국어에 '빨리'의 동의어가 다양하게 발달한 것도 이 때문이 아닌가 한다. 예를 들면 어서, 싸게, 빨랑, 후딱, 퍼떡, 얼른, 속히, 급히 등등이 있다. 이 말을 두 번 연거푸 쓰기도 한다. '빨리빨리', '어서어서'처럼.

빨리를 강조하니까 자연스럽게 중국어로 '천천히'를 뜻하는 만만디慢慢地 문화가 두드러져 보이기도 한다. 이 문화 때문에 중국 사람들을 느린 사람들로 보게 된 것이 아닐까? 옛날에 한국에서 중국 식당을 하던 화교가 미국으로 건너가 식당을 하는데 한국 손님들이 들어와 음식을 주문해 놓고 빨리빨리 해달라고 재촉하니까 "우리 사람 빨리빨리 소리 듣기 싫어 한국 떠났다 해"라면서 여기 와서까지 그런 소리 듣기 싫으니 그런 소리를 하려면 나가라고 소리치더라는 이야기를 들었는데 사실 확인은 할 수 없지만 족히 있을 수 있는 일인 것 같다.

2002년 제17회 한국·일본 월드컵 당시 한국을 4강에 진입시켰던 히딩크 감독이 2008년 서울을 재방문해 인터뷰를 했는데 아직도 기억하는 한국어가 빨리빨리였다고 했다. 역시!

한국인의 빨리빨리는 최근에 생긴 현상은 아닌 모양이다. 그렇기에 "급하기는 우물에 가서 숭늉 달라겠다"는 속담이 예부터 내려온 것 아니겠는가?

게다가 한국은 개개인이 불철주야 힘써 선진국 반열에

오른 덕분에 빨리빨리 신드롬이 더 가속화된 느낌이다. 한국의 1년은 외국의 10년이란 말이 나왔을 정도로 한국인은 힘껏 뛰어왔다.

급히 먹는 밥에 체한다고 가끔은 느긋한 자세를 취하는 법을 배워야 하지 않을까? 아무리 급해도 실은 바늘허리에 매어 못 쓴다는 사실을 다시 한번 되새기고 우선은 좀 미련한 것처럼 보일지 몰라도 실을 차근히 바늘구멍에 넣고 다시 시작하는 마음의 여유가 있어야 할 것 같다. 정신없이 뛰지만 말고 가끔씩은 '왜 뛰는가?', '어느 방향으로 뛰는가?' 하고 생각해 보는 여유와 함께. 이런 것이 느림의 미학 아닐까? 『슬로 라이프』라는 제목의 책으로 느림의 미학을 강조하는 일본의 쓰지 신이치辻信一 선생의 말에 귀 기울여볼 필요가 있겠다.

원만한 결혼 생활

뒷간과 사돈집은 멀어야 한다

지금과 같이 수세식이 아니었던 옛날 변소는 대부분 냄새가 나고 파리가 들끓기 마련이었다. 이런 변소가 가까이 있어서 기분 좋을 것은 하나도 없다. 비록 필요할 때 멀리 가야 하는 불편이 따르겠고 더구나 급할 때는 마라톤 선수처럼 뛰어야 할 경우도 있겠지만, 아무튼 변소는 멀리 두어야 한다. 그래서 옛날에 우리나라에서는 변소를 '뒷간'이라 부르기도 했고, 중국에서도 '측소厠所', 영어로는 'backhouse'라 했다.

뒷간이 멀어야 한다는 데는 이렇게 뚜렷한 이유가 있는데 사돈집이 멀어야 한다는 것은 무슨 까닭일까? 사돈집이 냄새나고 파리가 들끓기 때문은 분명 아닐 것이다. 이런 속담이 나오게 된 배경이 무엇일까. 나름대로 짐작해 볼 수밖에 없다.

옛날에 부모는 시집을 가는 딸에게 대략 이런 훈계를 했다. "이제 너는 출가외인이다. 살아도 그 집 사람이고 죽어도 그 집 귀신이니 그 집 일에만 충실해라. 친정이 잘산다고 기댈 생각도 말고 친정이 어렵다고 거기에 너무 신경 써도 못쓴다. 죽이 되든 밥이 되든 어디까지나 독립적으로 남편과 손을 맞잡고 굳세게 살아보도록 해라."

어린 나이에 시집가는 것이 좋은지 뭔지도 모르지만 아무튼 부모님 말대로 살아보리라 마음먹고 시집간다. 그런데 시집에 와서 살아보니 고생이 말이 아니다. 온갖 궂은일로 힘든데 신랑인지 망나니인지는 이해해 주거나 도와줄 생각도 하지 않고 모든 것이 한심할 뿐이다. 생각나는 것은 친정뿐. 다 집어치우고 당장이라도 달려가고 싶은 마음이 굴뚝같지만 새댁이 혼자서 걸어가기에는 너무 멀고 험한 길이다. 꾹 참고 살아본다.

얼마 지나니 일도 익숙해지고 이 집이 내 집이라는 실감도 나고 신랑도 나이가 들어 남편 구실을 하게 되고 아이도 하나둘 생기면서 커가는 것을 보는 재미도 있어 이제 안주인으로서의 품위와 관록이 생겨났다.

이 경우 친정이 가까웠다고 생각해 보라. 신랑과 토닥거리다가 친정으로 쪼르르 달려가서 울고불고한다. 어린 딸이 우는 것을 본 친정 부모는 비록 겉으로는 표현하지 않을지 몰라도 쓰라린 가슴을 어쩌랴. 속으로 사위 놈과 사돈집을 원망한다.

한편, 며느리가 없어진 시집에서는 "배워먹지 못한 것. 가긴 어딜 가? 그 집도 딸을 어떻게 가르쳤기에 그 모양인가? 친정으로 찾아갔더라도 혼을 내고 돌려보낼 일이지, 그걸 다시 품에 끼고 돌아!"라면서 며느리와 사돈집을 나무란다. 심한 경우, 아들에게 "그 애가 설령 제 발로 돌아오더라도 싹싹 빌기 전에는 발도 들여놓지 못하게 해라"라고 엄명까지 내린다. 부부간의 문제가 양가 사이의 문제로 확대된 셈이다. 그만큼 더 얽히고설키게 된 것이다.

주위에 이혼한 친구를 보면 양가 식구가 개입한 경우가 많다. 친정집이나 시집이 이혼의 근본 원인은 아닐 수 있다. 그러나 부부간에 문제가 생겼을 때 서로가 서로의 허물을 이해하고 상대방을 감싸주려고 노력하는 대신, 그대로 양가에 알리고 각자 자기의 억울함을 호소하고 울고불고하는 것이 문제를 더욱 복잡하고 어렵게 만들지 않나 생각한다.

부부 싸움은 어느 면에서 권투 시합과 같다. 진짜 권투처럼 완력을 가지고 치고받는 것이 아닐 뿐 일종의 권투 시합이다. 물론 말로 하는 시합이지만 이것도 규칙에 따라 정정당당하게 승부를 펼쳐야 한다. 여러 규칙 중에서 '권투는 시합장 안에서만 해야 한다'는 것이 가장 중요하다. 물론 상대방이 도저히 짝이 맞지 않는 선수라든가 무법적인 행동을 자행할 경우에도 끝까지 시합장 안에서 버티고 있다가 까무

러쳐도 좋다는 뜻은 아니다. 그러나 시합장 안에서 정상적으로 다투다가 자기에게 조금 불리한 듯하면 시합장 밖으로 뛰어나가 시합이고 뭐고 다 집어치우겠다고 위협하고 자기를 응원하는 관중 쪽으로 뛰어가 그들과 함께 상대방 선수에게 손가락질을 하고 큰소리치는 것은 공정한 게임을 하겠다는 태도가 아니다.

옛날에도 소위 뼈대 있다는 집안에서는 딸이 시집에서 그런 식으로 돌아왔을 경우 딸의 사정을 잘 들어보고 웬만하면 딸을 잘 훈계하여 되돌려 보냈다. 다시는 그런 일로 친정을 찾아서는 안 된다고 당부하면서. 무조건 같이 흥분하고 같이 소리 지르지 않았다. 시합장 밖으로 튀어나온 딸을 다시 안으로 들여보내 시합을 공정하게 끝낸 다음 서로 얼싸안을 수 있도록 해준 셈이다.

그러면 부부간의 문제나 가정 문제는 무조건 덮어두고 쉬쉬해야만 한다는 뜻인가? 너무 쉬쉬하면 속에서 쉬거나 심한 경우 곪아 터질 수도 있다. 도리어 남이 이 문제를 쉽게 해결해 줄 수도 있고, 또 반드시 남의 도움이 필요한 경우도 있다. 아무에게도 찾아가지 말라는 뜻이 아니라 누구에게 찾아가느냐가 중요함을 일컫는 말이다.

부부 싸움을 했을 때 대개 나를 응원해 줄 사람들을 찾아가기 마련이다. 부모가 그렇고, 학창 시절 친구들이나 새로 사귄 이웃이 그렇다. 이러한 경우 그들은 대부분 냉철한 판단력을 발휘해서 문제를 객관적으로 보기보다는 우선 나와 함께 흥분부터 하고 본다. 문제 해결에 관심을 쏟기보다는 이분법적 논리에 따라 누가 잘하고 못했느냐를 따지는 데 더 신경을 쓴다. 이런 사태를 막기 위해서는 부부가 함께 제3자의 입장에서 문제를 공평하게 진단할 수 있고 그 진단에 따라 적절한 처방을 해줄 수 있는 전문가를 찾는 것이 중요하다. 물론 그 전문가 앞에 가서까지 상대방의 잘못만을 지적하며 다투면 곤란하겠지만.

이제 변소는 '뒷'간에서 '안'간으로 바뀌었다. 변소를 멀리 두어야 했던 요소들이 제거되었기 때문이다. 사돈집, 시집, 큰집도 모두 바싹 가까워졌다. 비록 몇백 리 떨어져 살거나 다른 나라에 산다 해도 교통수단이 좋아져 옛날 이웃마을에 가는 것보다 훨씬 더 수월하게 갈 수도 있고, 전화기가 있으니 우리는 전화기가 놓여 있는 만큼 떨어진 거리에 사는 것이라 볼 수 있다.

그렇다면 이제는 사돈집, 시집, 큰집이 멀리 떨어져 있어야 했던 문제들이 다 제거되었다고 볼 수 있을까? 사돈집과 시집의 지리적 원근과 관계없이 부부간의 문제에 관한 한 어엿하게 독립된 한 가정인 만큼 심리적으로는 어느 정도 거리감이 필요하다고 본다. 차라리 멀리 있는 것처럼 생각하고 자제하며 살아가는 것이 현명한 일일지도 모르겠다.

매임과 놓임의 역학

거지가 도승지 불쌍타 한다

도승지都承旨란 조선 시대 왕명의 출납을 관장하던 승정원의 승지 가운데 가장 높은 자리를 차지했던 정삼품 벼슬이다. 요즘으로 치면 국무총리 비슷한 자리일까? 아무튼 이렇게 높은 자리에서 그야말로 부귀영화를 다 누리고 있는 분을 일개 거지가 감히 동정하다니 얼마나 가소로운 일인가. 자기 앞도 못 가리는 사람더러 제 할 일이나 똑똑히 하라는 뜻의 속담이다.

옛이야기가 하나 생각난다. 어느 날 거지 아버지가 자기 아이들을 데리고 길을 가다가 어떤 부잣집이 불타고 있는 것을 보았다고 한다. 그 집 식구들이 모두 발을 동동 구르며 안타까워하고 있었다. 그러자 거지 아버지가 자기 아이들을 향해 "너희는 저럴 걱정이 없으니 그것이 다 아버지 잘 둔 덕인 줄이나 알라"고 했다는 것이다.

우리가 흔히 하는 우스갯소리에 불과하겠지만, 살아가면서 점점 이런 이야기가 단순한 우스갯소리처럼 들리지 않는 것은 무슨 까닭일까? "요즘 같은 사회에서 그 무슨 어정쩡하고 맹랑한 소리인가? 자본주의사회에서 최대의 미덕은 부를 축적하는 일. 다다익선多多益善, 즉 많을수록 좋다. '사느냐 죽느냐To be or not to be'가 문제시되던 시대는 지나가고 '가졌느냐 못 가졌느냐To have or not to have'가 문제시되는 요즘, 인간이 됨됨이로 판단되는 것이 아니라 가진 것으로 저울질되지 않는가. 우리도 『베니스의 상인』에 등장하는 샤일록처럼 고리대금업을 하든 무슨 일을 하든, 한번 큰손으로 군림해 봐야 한다고 말하는 판국에 어디 거지 신세를 찬양하려 하는가. 그런 소극적이고 패배주의적인 자세로 남을 오염시키려 하지 말라"는 꾸중이 귀에 쟁쟁 들리는 듯하다.

물론 여기서 거지 됨 자체를 찬양하거나 부자 됨 자체를 불쌍히 여기자는 것은 아니다. 돈이 있느냐 없느냐가 문제의 핵심이 아니기 때문이다. "돈을 사랑함이 일만 악의 뿌리"(딤전 6:10)라는 그리스도교 사도 바울의 말처럼 돈 자체가 아니라 돈에 대한 우리의 태도, 즉 돈에 대한 우리의 절대적인 집착이 문제라는 것이다.

돈에 대한 욕심이 별로 없어서 가난해진 사람들도 있겠

지만, 가난하기 때문에 '돈, 돈' 하고, 이렇게 '돈, 돈' 하느라 더 가난해진 사람도 있을 것이다. 돈에 달라붙어 악바리처럼 움켜잡음으로써 부자가 되는 사람도 있을 것이고, 돈을 가져봐도 별로 신통한 것이 없음을 알고 돈에 대한 집착을 버린 부자도 더러는 있을 것이다. 따라서 현재 은행 구좌에 돈이 얼마 이하로 있는 사람은 천국행이고 얼마 이상이 있는 사람은 지옥행이라는 식으로 부의 척도에 따라 구원과 심판을 가를 수는 없다.

문득 원숭이를 잡는 사냥 틀이 생각난다. 아프리카의 어느 부족은 코코넛에 원숭이 손이 겨우 들어갈 정도의 구멍을 뚫고 그 속에 원숭이가 좋아하는 땅콩이나 과자를 넣은 다음 그것을 나무에 묶어놓는다. 원숭이가 냄새를 맡고 접근한 뒤 코코넛 속에 있는 땅콩이나 과자를 꺼내겠다고 손을 쑤셔 넣어 한 줌 쥔다. 그러면 주먹을 쥔 원숭이의 손은 그 구멍을 빠져나오지 못한다. 땅콩이 아까워서, 잡은 것을 놓았다가는 큰일이 날 것 같아서, 혹은 그렇게 주먹을 쥐고 있는 것이 자기를 얽매고 있다는 사실조차 몰라서 손을 펴지 못하고 그대로 거기 붙들려 있게 된다. 그러면 사냥꾼은 유유히 다가가서 그 원숭이를 사로잡는다.

거지든 도승지든 손을 움켜쥐고 펼 줄 모르면 불쌍한 사람이다. 거지든 도승지든 손을 펴야 할 때 펼 줄 알면 자유스러운 사람이다. 거지든 도승지든 누구든지 더욱 "부하려 하는 자들은 시험과 올무와 여러 가지 어리석고 해로운 욕심에 떨어지나니"(딤전 6:9) 결국 천국에 들어가는 것이 낙타가 바늘귀로 들어가는 것보다 어렵게 된다(마 19:24).

"공중의 새를 보라"(마 6:26), "들의 백합화가 어떻게 자라는가 생각하여 보라"(마 6:28)고 말하는 예수의 권고는 오늘 같은 세상에서 한낱 잠꼬대에 불과한가? 오늘 같은 세상이니까 더욱 절실한 초청의 말씀이 아닐까. 아름다운 삶을 위해서.

고난에서
희망을 본다

비 온 뒤에 땅이 굳어진다

우리가 인생에서 만나는 사람들 가운데 가장 아름다운 자는 여러 번 불 속에서 걸어나온 사람들이라는 말이 있다. 이 말은 대문호 헤밍웨이가 한 것으로 알려져 있다. 정말 그의 말인지 확실하진 않지만 전쟁을 다룬 소설 『무기여 잘 있어라』를 보면 그가 충분히 말했음 직하다. 여러 번 불 속에서 걸어나온 사람들은 대부분의 사람이 이해하기 힘든 방식으로 패배에 직면하고 고통을 견디며 고난과 싸우고 상실을 경험한다. 그러나 그들의 참된 아름다움은 이런 시련을 통해 드러난다. 이러한 아름다움은 겉으로 볼 수 있는 것이 아니라 내면 깊은 곳에서 발산되는 것이라고 한다.

비슷한 맥락으로 신약성서 「로마서」 5장 4절에는 "우리가 환난 중에도 즐거워하나니 이는 환난은 인내를, 인내는 연단을, 연단은 소망을 이루는 줄 앎이로다"라고 쓰여 있으며 「고린도후서」 12장 10절에서는 "그러므로 내가 그리스도를 위하여 약한 것들과 능욕과 궁핍과 박해와 곤고를 기뻐하노니 이는 내가 약한 그때에 강함이라"고 했다.

또한 불교의 「보왕삼매론」이라는 것이 생각난다. 보왕삼매론은 우리가 어떠한 역경에 처하더라도 그 역경을 도리어 디딤돌로 삼으라는 열 가지의 교훈을 말하는데, 그중 두 번째를 인용하면 다음과 같다.

"세상살이에 곤란함이 없기를 바라지 말라. 세상살이에 곤란함이 없으면 업신여기는 마음과 사치한 마음이 생기나니, 그래서 성인이 말씀하시되 '근심과 곤란으로써 세상을 살아가라'하셨느니라."

이런 글들을 보면 우리가 지금 극심한 고난의 시기를 거치고 있지만 그럼에도 혹은 그렇기 때문에 희망의 끈을 붙들고 있게 되지 않나 생각한다. 고난 중에도 낙담할 필요가 없다는 생각을 뒷받침해 주는 종교의 두 가지 가르침을 인용해 본다.

첫째, 『도덕경』 제13장을 보면 "수모를 신기한 것처럼 좋아하고, 고난을 내 몸처럼 귀하게 여기십시오 寵辱若驚 貴大患若身"

라는 말이 있다. 또 제58장을 보면 "화라고 생각되는 데서 복이 나오고 복이라고 생각되는 데 화가 숨어 있습니다 禍兮福之所倚 福兮禍之所伏"라고 말한다. 즉 달도 기울었다가 차고 바닷물도 나갔다가 들어오듯 만사가 변한다는 것이다. 영어로 표현하면 'Ups and Downs'요, 사자성어로 새옹지마 塞翁之馬, 고진감래 苦盡甘來, 영고성쇠 榮枯盛衰라 말할 수 있겠다. 자주 쓰이는 "이 또한 지나가리라"라든가 "인내는 쓰고 열매는 달다"라는 문장도 있다.

둘째, 부처님의 가르침이다. 부처가 성불 후 처음으로 가르친 네 가지 진리인 사성제 四聖諦 이른바 고집멸도 苦集滅道다. 인간의 삶이란 어쩔 수 없이 고통이라는 것, 그 고통이 목마름인 갈애 渴愛에서 온다는 가르침을 준다. 그러나 그 고통을 없앨 수 있는 방법이 있는데, 그 방법을 일컬어 팔정도 八正道라고 한다. 팔정도를 계정혜 戒定慧 삼학 三學이라고도 하는데 요즘 말로 바꾸면 수행을 통해 지적, 도덕적, 영적으로 한 단계 올라가야 한다는 뜻이다. 지금은 고통스러울지라도 결국에는 거기서 해방되리라는 메시지를 전한다. 우리 속담 중에 비 온 뒤에 땅이 굳어진다는 말이 있다. 이런 말들이 있기에 우리가 용기를 얻을 수 있는 것이 아닐까?

애증의 함수

이 속담을 들을 때마다 생각나는 이야기가 있다. 옛날 중국 위衛나라에 임금의 지극한 총애를 받는 미자하彌子瑕라는 이름의 신하가 있었다. 하루는 임금과 함께 궁전 뜰을 거닐다가 땅에 복숭아가 떨어져 있는 것을 보고 주워서 한 입 먹어보았는데 그것이 너무나도 맛있었다. 미자하는 먹던 복숭아였지만 그것을 임금께 바쳤다. 임금은 미자하가 자기를 너무나 사랑하기에 먹고 싶은 것도 참고 자기에게 바치는 것이라 생각하고 고마운 마음으로 받아먹었다.

어느 날 밤, 미자하는 그의 어머니가 위급하다는 전갈을 받았다. 그는 허락을 받을 겨를도 없이 임금의 수레를 타고 병상에 있는 어머니를 향해 달렸다. 국법에 따라 임금의 수레를 함부로 타는 것은 사형감이었지만 임금은 어머니를 사랑하는 그의 마음이 지극함을 가상히 여기고 오히려 칭찬했다.

그러나 시간이 흘러 마음이 바뀐 임금은 이제 미자하를 미워하게 되었다. 충신이었던 미자하는 자기가 먹던 복숭아를 임금에게 바칠 정도로 무엄한 신하가 되었고 임금의 수레를 허락도 없이 훔쳐 탄 무법의 신하라는 죄명을 쓰고 결국 사형에 처하고 말았다.

범속한 인간은 대부분 어떤 사람을 한번 예쁘게 보면 생긴 것, 행동하는 것, 말하는 것, 웃는 것, 걷는 것 모두가 예쁘게 보이고 한번 밉게 보면 이 모든 것이 밉상스럽게만 보이기 마련이다. 순이가 예쁘게 보일 때는 '예쁜 순이가 예쁜 사과를 아삭아삭' 먹는데, 밉게 보면 '미운 순이가 미운 사과를 으석으석' 먹는 것 같다.

예를 들자면 한이 없다. 김 씨를 예쁘게 본 사람은 그가 자상스럽고, 검약하고, 용감하고, 신념이 있고, 정직하고, 성실하고, 끈기가 있고, 쾌활하고, 달변가고, 유머러스하고, 적응력이 있고, 침착한 사람으로 보는데 그를 밉게 본 사람은 열거한 똑같은 특성을 두고 좀스럽고, 쩨쩨하고, 만용을 부리고, 고집불통이고, 융통성이 없고, 우직하고, 미련하고, 가볍고, 입이 싸고, 싱겁고, 무원칙하고, 고지식한 사람으로 본다. 동일한 행동과 동일한 태도가 보는 사람의 마음 상태에 따라 과단성이 있는 행동으로 보일 수도 있고 경솔한 짓으로 보일 수 있다는 것이다.

"중이 미우면 가사袈裟도 밉다"거나 "아내가 예쁘면 처갓집 울타리도 예쁘다"고 한다. 가사나 울타리 잘못이 아니라 우리의 기본적 자세와 주관적 입장이 문제다. 이런 기본적인 태도 여하에 따라 장점이 단점일 수 있고 단점이 장점으로 보일 수도 있다.

남을 볼 때 우리가 갖는 선입견을 절대화해서 그들을 판단할 것이 못 된다는 이야기다. 사람을 함부로 죽일 놈, 살릴 놈으로 딱 갈라놓을 수가 없다는 뜻이다. 어느 사람을 놓고 죽일 놈인지 살릴 놈인지 따지기 전에 내가 그를 고운 이로 보기로 했느냐 미운 놈으로 취급하기로 했느냐를 냉철하게 자문해 볼 필요가 있다. 어느 누구라도 100퍼센트 좋은 사람이거나 100퍼센트 나쁜 사람일 수는 없다.

비교급 인생

뱁새가 황새를 따라가면 다리가 찢어진다

『장자』제1편「소요유逍遙遊」첫머리에는 '붕鵬'이라는 새와 조그만 새끼 비둘기에 관한 이야기가 나온다. 붕새는 그 등 길이가 몇천 리인지 알 수 없는데, 한번 기운을 모아 힘차게 날아오르면 날개가 하늘에 드리운 구름과 같고 바다 기운이 움직여 물결이 흉흉해지면 그 기운을 타고 남쪽 깊은 바다 '천지'로 간다고 했다. 반면 조그만 새끼 비둘기는 하도 작아 이 나무에서 저 나무로 날아가는 것도 힘겨워 가다가 중간에서 쉬어 가야 할 정도다.

붕새는 자기의 본성대로 그렇게 구만장천九萬長天을 날고 작은 새는 작은 새대로 여기저기를 총총거리며 즐겁게 산다. 결국 자기에게 주어진 본성을 그대로 발휘해서 살아가면 붕새든 작은 새든 행복도에 있어서는 차이가 있을 수 없다는 이야기로도 읽을 수도 있다.

그런데 문제는 옆을 보는 것이다. 작은 새가 붕새를 보고 흉내를 내려다 마음대로 되지 않을 때, 좌절하고 실의하고 절망하면 인생人生인지 조생鳥生인지 모르지만 그 삶은 구겨지고 만다. 붕새도 마찬가지. 붕새도 작은 새를 보고 그처럼 되겠다고 날개를 죽치고 몸을 오그리는 등 작은 새 흉내를 내다가 그렇게 되지 않을 때 실망하고 낙담하면서 시간을 보내고 있으면 그 조생도 별 볼 일 없게 된다.

『장자』에 나오는 또 다른 비슷한 이야기로 오리와 학의 이야기가 있다. 오리의 다리가 짧다고 길게 하거나 학의 다리가 길다고 짧게 하면 아픔이 따른다는 것이다. 이처럼 자기 속에 잠재한 나름대로의 가능성을 최대한 발휘해서 그것으로 보람을 느끼며 즐거운 마음으로 살지 못하고 자꾸만 옆 사람과 비교하고 속을 태우면 문제가 생긴다.

물론 인간은 어쩔 수 없이 남과 비교하면서 살기 마련이다. 비교까지는 어쩔 수 없을지도 모른다. 그러나 뱁새가 황새를 따라가려다가 다리가 찢어지거나, 혹은 황새가 뱁새를 따라가려다 다리가 오그라져도 둘 다 곤란하다. 자기에게 주어진 분수를 알고 따르는 순명順命의 삶을 사는 것이 행복의 기본 조건일지도 모른다.

겸손의 앞뒤

벼 이삭은 익을수록 고개를 숙인다

어릴 때 선생님이나 어른 들이 "벼 이삭은 익을수록 고 개를 숙인다"는 속담을 인용하며 훈계할 때면 으레 어떤 거 부감 같은 것을 느꼈다. 우리보고 건방지게 고개를 꼿꼿하 게 세우고 다니지 말고 고분고분할 줄 알라고 으름장을 놓 는 것쯤으로 들었던 모양이다. '벼 이삭이 익을수록 고개를 숙이니 뭐 어쩌란 말인가' 하는 반항심까지 들 정도였다.

그러다가 고등학교 때인가 교지에다 이 속담에 대한 수 상隨想을 써서 실린 일도 있었다. 그때 어떻게 썼는지 다 기 억나지 않지만 요지는 간단했다.

'벼 이삭은 익으면 고개를 숙인다. 맞는 말이다. 그러나 익지도 않았는데 고개를 숙이고 있다면 그 벼는 병들었거나 벌레가 먹어 고개가 부러졌거나 말라비틀어져 늘어진 것임에 틀림없다. 그러니 아직 파란 벼 이삭과 같은 젊은이들은 고개를 숙일 것이 아니라 오히려 빳빳하게 세운 채 하늘을 찌를 듯한 기개를 가지고 살아가야 한다. 젊은이들에게 고개 숙이기를 강요하는 것은 앞으로 익을 수 있는 기회를 포기하고 지금부터 쭉정이인 채 그냥 꾸부리고만 있으라고 강요하는 것과 다를 바가 없다'는 식이었다. 어린 생각에 이 속담을 사용하는 어른들의 논리에서 납득되지 않는 부분이 있었던 모양이다.

이 속담이 가르치는 대로 우리 모두 고개를 숙일 줄 알아야 한다. 겸손해야 한다. 그러나 가만히 생각해 보면 겸손하라는 말에는 뭔가 부자연스러운 면이 있다. 겸손이란 노력해서 될 성질이 아니기 때문이다. '내가 겸손해야지' 하는 마음가짐이라고 해서 당장 겸손해질 수 있는 것은 아니다. 억지로 겸손하려 한다면 겸손한 척이나 할 수 있을 뿐, 그것은 엄격한 의미에서 위선이다.

겸손은 내적 됨됨이에서 자연스럽게 우러나오는 외적 표현 혹은 결과가 아닌가. 벼 이삭이 완전히 익으면 저절로 고개를 숙이듯, 우리도 속사람이 익어 알이 차면 생각이나 언행에서 자연스럽게 겸손이 우러나온다.

나 스스로에게나 남에게나 겸손 자체를 강요할 수 없다. 사물을 보는 눈이 열리고 내가 과연 누구인지 꿰뚫어 보는 능력이 생기면 우리는 겸손하지 말라고 해도 겸손해지기 마련이다. 따라서 내 고개가 아직도 꼿꼿하다고 생각되거든 꼿꼿하다는 사실 자체에 신경 쓸 것이 아니라 내면의 속사람이 아직 알차지 못했음을 인식하고 그것을 살찌우는 일에 더욱 노력해야 할 것이다. 이웃의 고개가 뻣뻣하게 보이거든 그의 고개를 비틀든지 꺾으려 애쓰지 말고 그도 아직 더욱 자라야 하겠구나 라는 사실을 깨닫고 그가 자라나는 데 도움이 되도록 힘써줘야 할 일이다.

많은 종교에서 말하듯 쭉정이 같은 지금의 나를 없애고 새로운 나로 속이 채워질 때 우리에게 참된 고개 숙임의 미덕이 나타난다. 이럴 때의 겸손은 겸손한 척하는 위장 겸손도 아니고 무조건 굽실거리는 비굴한 겸손도 아니다. 정신적 성숙의 결과로 생기는 자연스러운 열매다.

표리부동

빛 좋은 개살구

말 그대로 "빛 좋은 개살구"란, 먹음직스럽게 생겼는데 막상 먹어보면 말할 수 없을 정도로 시어서 먹을 수 없는 살구다. 겉만 번지르르하고 내용이 거기에 따르지 않는다는 뜻이다. 특히 사람을 대할 때 이렇게 겉 다르고 속 다른 경우가 허다하니 겉만 보고 판단하지 말라는 교훈이 담겨 있다.

그러나 "보기 좋은 떡이 먹기도 좋다"는 속담을 보면 겉과 속이 반드시 다르지만은 않은 것 같아 아리송하다. 이렇게 상반된 두 가지 속담이 있다는 사실 자체가 겉만 가지고 속을 알아보기가 그만큼 힘들다는 것을 보여주는 셈이다. "열 길 물속은 알아도 한 길 사람 속은 모른다"고 하지 않는가.

오강남의 시선

영어에 '포커페이스'라는 말이 있다. 포커라는 서양 카드놀이를 하는 사람들은 자기 손에 좋은 패가 들어오든 나쁜 패가 들어오든 그것을 상대방에게 노출시키지 않기 위해 한결같이 무표정한 얼굴을 해야 하는데, 이렇게 시치미를 뚝 뗀 얼굴을 두고 하는 말이다. 정도 차이는 있으나 현대인은 이런 포커페이스를 가지고 하루하루 살아가는 셈이다. 불리하다고 생각하면 감정을 함부로 드러내지 않는다.

일본 사람들은 본마음을 의미하는 혼네本音와 사람을 대할 때 드러내는 태도를 뜻하는 다테마에建前를 엄격히 구별한다고 한다. 만약 점원으로 일한다고 할 경우, 자기 속마음이 어떠하든 상관하지 않고 손님에게 언제나 정중한 태도로 대하는 것이다. 또한 예를 들어 협상을 할 때 자기가 생각하는 바가 있다 하더라도 그것은 일단 감춰두고 상대방의 말에 계속 '나루호도なるほど, 아무렴요'를 덧붙여 준다. 나쁘게 말하면 표리부동表裏不同한 이중성이라 할 수 있고 좋게 말하면 사람을 대할 때 자기의 개인적인 감정을 함부로 표출하지 않는 전문성의 발휘라 할 수도 있다.

겉과 속이 다른 경우를 심리학적으로 표현해 보면 '가면을 쓰고 다닌다'고 할 수 있다. 영어의 인격personality이 가면을 뜻하는 라틴어 페르소나persona에서 유래했다고 하지 않는가. 'persona'는 그것을 '통하여per 소리sona'를 낸다는 말의 합성어다.

서양 중세 시대의 연극에서는 주로 배우들이 가면을 쓰

고 연기를 했다. 그들은 자기에게 주어진 역할에 맞게 슬픈 얼굴의 가면을 쓴 자는 슬픈 소리를, 웃는 얼굴의 가면을 쓴 자는 웃기는 소리를 냈다. 이처럼 우리는 됨됨이와는 상관없이 선생이면 선생, 부인이면 부인으로 사회에서 주어진 배역을 수행한다. 이런 의미에서 우리는 자신의 '참나'가 무엇인지도 모르고 살아가는 셈이다.

역사적 사실이 아닐 수 있지만 『장자』 제32편 「열어구列禦寇」를 보면 공자가 이런 말을 했다고 전해진다.

"사람의 마음은 산과 강보다 더 험하여 하늘을 알아보는 것보다 더 어렵다. 하늘에는 사계절과 아침저녁의 구별이 뚜렷한데, 사람이란 표정을 굳게 하고 감정을 깊이 감추기 때문이다. 그러므로 겉으로는 신중한 것 같지만 속으로는 교만한 사람이 있고, 겉으로는 재능이 훌륭한 것 같지만 실은 돼먹지 않은 사람이 있고, 일견 일을 성급하게 처리하는 것 같지만 결국 통달한 자가 있고, 겉으로는 건실한 것 같지만 나태한 사람이 있고, 겉으로는 부드러운 것 같지만 사실은 사나운 사람이 있다. 따라서 의義에 목마른 것 같이 달려가는 자들도 경우에 따라 그 의를 뜨거운 것에서 도망가듯 버릴 수도 있다.

그러므로 사람들을 시험할 때 먼 곳으로 일을 보내 그 충성심을 알아보고, 가까이 두고 일을 시켜 그 공경심을 알아보고, 번거로운 일을 시켜 그 재능을 알아보고, 갑작스런 질문을 하여 그 재치를 알아보고, 어려운 약속을 하게 하여 그 신의를 알아보고, 재물을 맡겨 그 어짊을 알아보고, 위험을 알려줘 절의^{節義}를 알아보고, 술을 마시게 하여 그 자제력을 알아보며, 남녀 함께 자리하여 성^性에 대한 태도를 알아보게 하라. 이 아홉 가지를 살펴보면 덜된 사람들^{不肖人}이 가려지게 되리라.”

결국 세상에는 위선자나 가식적인 자가 많아 옥석을 가리기 어려우니 이와 같이 여러 경우에 대처하는 반응과 태도를 알아보고 그 사람의 참된 됨됨이를 가려보라는 말이다. “고양이한테 생선을 맡기다”라는 속담이 있는 것처럼 귀중한 일이나 자리를 믿음직하지 못한 인물에게 맡길 수는 없다. 예로부터 돈과 주색^{酒色}을 주어보면 그 사람을 알 수 있다거나 친구 혹은 장서^{藏書}를 보면 그 사람을 알 수 있다는 말이 있는데 여기서는 그것이 아홉 가지로 확대·세분화된 셈이다.

이 아홉 가지 항목은 내가 남을 알아보기 위한 잣대로 쓸 수도 있겠지만, 오히려 자기 스스로를 살피기 위한 체크리스트로 쓰는 것이 더 바람직하다. 물론 『장자』에서는 이렇게 덜된 사람의 상태를 면하는 것만으로 만족해서는 안 된다고 한다. 그러나 우선 이 정도의 체크리스트만 통과해도 내가 나도 모르게 “빛 좋은 개살구”로 거들먹거리며 사는 것보다는 낫지 않은가.

안전 불감증

2022년 이태원에서 많은 청년들의 목숨을 앗아간 사건이 있었다. 이뿐만 아니다. 2014년 세월호 침몰 사고로 304명이 사망했고 1995년 서울에서 발생한 삼풍백화점 붕괴 참사는 1천 명이 넘는 사상자를 냈다. 성수대교 붕괴, 충주호 유람선 화재, 아현동 도시가스 폭발, 대구지하철 공사장 가스폭발 사고 등 대한민국에서 일어난 잇단 대형 사고는 우리의 마음을 더욱 참담하게 만들었다.

이러한 비극은 결국 누가 말한 대로 '양식良識의 죽음'에서 오는 결과로 보는 것이 맞다. 고질적인 부패, 인명 경시 현상, 수단과 방법을 가리지 않고 외형만이라도 그럴싸하게 만

들어야 한다는 근시안적 발상 등 건강한 양심을 저버린 데서 비롯한 사고라는 데 이의를 제기할 사람은 별로 없을 것이다.

좀 옛날이야기지만 서울에 가면 안전이라는 것은 증발한 듯한 기분이 들 때가 있었다. 자동차를 너무 아슬아슬하게 몰고 버스 기사는 간이 서늘할 정도로 곡예를 하면서 운전했다. 99퍼센트 안전하더라도 1퍼센트의 위험성이 있다면 결국은 위험하다고 간주해서 그 일을 포기하는 것이 기본 원칙이라는데, 그때 한국의 경우에는 좀 과장해서 99퍼센트 위험하더라도 1퍼센트의 가능성만 있다면 상당수가 그 1퍼센트에 희망을 거는 무모함을 보이지 않나 하는 느낌이었다. 설마가 사람 죽이겠냐는 생각이다.

물론 '설마'의 태도를 좋게 볼 수도 있다. 거기에는 낙관적이고 희망적인 면도 있기 때문이다. 설마 굶기야 하겠는가? 설마 하늘이 무너지기야 하겠는가? 무너져도 설마 죽기야 하겠는가? 모두 희망을 붙들고 용기를 얻는 모습이라 볼 수 있다.

또 위험을 무릅쓰지 않는 삶이란 있을 수 없는 것도 사실이다. 100퍼센트 위험이 없는 환경에서 살겠다면 요람에서 평생 나와보지 못하고 죽는 방법밖에 없다. 어느 정도 위험이 있더라도 현명한 판단하에 조심하면서 할 일은 해야 한다.

그러나 설마를 믿는 경우는 상당수 보이지 않는 부분에 도사리는 위험을 애써 외면하고 거기에서 오는 무지를 바탕으로 만용이나 무모함에서 발생한다. 그야말로 무지하면 용감하다는 말과 같다. 이런 설마는 결국 언젠가 사람을 죽이고 만다.

미국 신학자 라인홀드 니부어Karl Paul Reinhold Niebuhr의 기도를 다시 한번 외워보며 이번 이야기를 마친다.

"주여, 바꿀 수 없는 것은
그대로 받아들일 수 있는 의연함을 주시옵고
바꿀 수 있는 것은 바꿀 용기를 주시며
이 두 가지를 분별할 수 있는 지혜를 허락하소서."

두 가지 무지

한자로는 식자우환識字憂患이라 한다. 왜 아는 것이 병이라는 걸까? 글을 아는 것은 오히려 모르는 것보다 더 위험할 수 있다는데 왜 그럴까?

몸을 놓고 생각해 보자. 예를 들어 몸에 아무런 이상이 없는데 이상이 있는 것처럼 받아들여 거기에 신경을 쓰다가 오히려 병이 생길 수도 있다. 또 몸에 이상이 있을 때 자기가 가진 조그마한 의학 상식으로 섣부른 자가 진단을 하고 스스로 고쳐보겠다고 덤비면 큰일이 난다. 이럴 때 차라리 전혀 아는 것이 없으면 의사에게 가서 도움을 얻을 수 있다.

몸이나 병에 관한 문제만이 아니다. 인간사에서 많은

경우, 설익은 지식이 마치 우리가 모든 것을 다 아는 양 착각하게 만든다. 그리고 이 착각은 문제를 더욱 꼬이게 만든다. 이것은 아는 것이 아니라 알지 못한다는 사실을 모르는 무지라고 보아야 할 것이다. 모르는 것이 약이라 했지만 안다고 착각하는 무지는 결코 약이 될 수 없다.

고대 그리스 철학자 소크라테스는 자기나 아테네 시민이나 무지하기는 마찬가지지만, 자신은 스스로가 무지하다는 사실을 알고 다른 이들은 스스로가 무지하다는 사실을 알지 못하는 것이 차이점이라고 말했다. 즉 무지에도 두 가지 종류가 있다는 뜻이다. 하나는 무지하나 자기의 무지를 알고 있는 것이고, 다른 하나는 무지하면서도 그 무지를 모르는 것이다.

무지하면서도 무지함을 아는 것은 희망이 있다. 자기의 무지를 자각하면 그 무지를 없애려고 언제나 겸손한 자세로, 그리고 열린 마음으로 참된 앎을 찾아 정진하는 태도를 갖게 된다. 자기의 무지를 아는 것은 병이 아니다. 언제나 "심령이 가난한 자"(마 5:3)의 태도를 가지고 새로운 빛을 향해 자기 스스로를 열어놓기 때문이다.

사실 이와 같이 자기의 무지함을 알고 인정하는 무지는 진리의 심오함과 인간이 지닌 생래적인 인식 능력의 한계성을 진정으로 깨달은 사람에게서나 찾을 수 있는 태도다. 중세 독일 철학자 니콜라우스 쿠자누스Nicolaus Cusanus는 이를 '박학한 무지docta ignorantia'라고 했다. 아인슈타인이 "알면

알수록 내가 모른다는 것을 더욱 절감하게 된다”라고 한 것이나, 셰익스피어가 “어리석은 자는 자기가 현명하다고 생각하고, 현명한 사람은 자기가 어리석음을 안다”라고 한 것, 노자가 『도덕경』 제71장에서 “알지 못한다는 것을 아는 것은 가장 훌륭知不知上”하다고 말한 것은 모두 이런 경지의 맥락이다.

한편, 무지하면서도 자기의 무지함을 모르는 것은 곱빼기 무지로서 그야말로 희망이 없다. 이와 같은 태도는 비생산적일 뿐 아니라 우리의 정신적 삶에 가장 치명적인 요소로 작용할 수 있다. 자기가 다 알고 있다고 생각하기 때문에 나는 부요하다, 나는 모자랄 것이 없다고 큰소리친다. 진리를 논할 때 자기와 다른 의견이 있으면 이를 모두 틀린 것이라고 정죄한다. 남의 말에 귀를 기울이려 하지도 않고 자기 내면 깊은 곳에서 나오는 소리나 빛도 거절한다. 이 같은 행동은 기독교적으로 말하면 성령을 거스르는 일로서 용서받을 수 없는 죄에 속한다.

옛이야기 하나를 인용하며 본 장을 마치려 한다. 어느 날 선禪에 대해 다 안다고 생각하는 사람이 한 선사禪師를 찾아가 선에 대해 이야기하자고 했다고 한다. 그가 아는 것을 모두 털어놓으며 떠드는 동안, 선사는 아무 말도 하지 않고 조용히 찻잔에 차를 따랐다. 차가 찻잔에 가득 차고 드디어 넘쳐흐르기 시작했다. 그런데도 선사는 차를 계속 따랐다. 찾아온 손님이 차가 넘친다고 소리치자 선사는 드디어 입을 열었다. "그대가 비어 있지 않은데 내가 어찌 선에 대해 더 말할 수 있겠는가?"

만약 '나의 종교는 완전무결하다. 나의 종교에서 말하는 것은 모두 진리다. 나는 모든 진리를 독점하고 있다. 나는 모르는 것이 없다. 나와 다른 생각을 가진 사람은 모두 진리에서 떠난 사람이다' 하는 생각을 아무 생각 없이 하고 있다면 앞서 말한 두 가지 무지 가운데 후자에 속한 셈이다. 자기도 모르게 무지함에 빠지는 것이야말로 무서운 일이 아닌가.

감사의 계절

하루는 모르는 사람이 문 앞에 찾아와 용돈에 보태라고 돈 100달러를 주었다. 황공하여 안 받겠다고 했다. 그러나 그는 억지로 떠맡기다시피 돈을 주고 갔다. 다음 날에도 마찬가지로 찾아와 돈을 주고 갔다. 그렇게 그는 몇 주간 매일 같은 시간에 와서 돈을 주었다. 하루는 같은 시간이 되었는데 그가 오지 않았다. 어쩐 일인가 싶어 밖을 내다보는데 그가 옆집으로 가고 있지 않은가. "여기요, 여기!"라면서 크게 소리를 질렀지만 그는 돌아보지 않고 옆집에 돈을 주고 그냥 갔다. 매일 받던 돈을 받지 못하자 화가 나고 이내 돈을 주던 그를 욕하기 시작했다. 그야말로 "줄수록 냠냠"인 태도다.

이 이야기에 등장하는 사람만 얌체가 아니다. 우리는 평소 받고 있는 혜택에 얼마나 감사하고 사는가? 모든 것을 당연하게 여기며 냠냠하고 받아먹다가 받지 못하게 될 때 불평으로 세월을 보내지는 않나.

가을은 추수의 계절. 한 해 동안 힘써 가꾼 농작물을 수확하다 보면 감사한 마음이 절로 나온다. 그래서 가을은 감사의 계절이기도 하다. 추수감사절은 이런 배경에서 생겨난 것이리라. 농경 사회에서 농작물의 수확을 감사하는 것은 당연한 일이지만 오늘날처럼 인구의 90퍼센트 이상이 농사를 짓지 않는 사회에서는 무엇을 감사해야 할까. 호박, 감자, 사과, 당근과 같은 농작물이 주어지는 것뿐만 아니라 햇빛과 공기, 높은 산과 푸른 들, 가족과 친구가 있는 것, 그리고 오늘도 무사히 출근하여 동료들과 보람된 하루를 보낸 것, 산업 현장에서 사고가 나지 않은 것도 감사할 일이다. 더욱 근본적으로는 우리 안에서 맥박이 뛰고 있다는 사실 자체가 감사의 조건 아닌가. 그런데도 우리는 정말로 이것에 감사하고 있는가.

물론 감사는 강제로 되는 것이 아니다. 누가 감사하라 해서 되는 것도 아니고 내가 감사해야겠다고 생각해서 되는 것도 아니다. 저절로 우러나야 한다. 그렇다면 어떻게 해야 저절로 우러나는 감사를 하면서 살아갈 수 있을까. 바로 '당연하다고 여기지 않는 태도'를 실천하는 것이다. 어느 시각 장애인은 자기가 단 하루라도 눈을 떠서 세상을 볼 수 있다면 그것이야말로 천국일 것이라고 했다. 그러면 눈 뜬 사람은 하루하루 천국에서 살고 있다고 말할 수 있나. 눈을 뜨고 본다는 것을 당연하게 여기지 않으면 보통으로 보아 넘기던 일도 더할 수 없이 고마운 일이 된다. 마찬가지로 매일 하던 일도 당연히 해야 할 일로 여기지 않는다면 신나는 일, 감사한 일로 바뀔 수 있다.

형편에 깊이 감사한다는 것은 나보다 못한 처지에 있는 사람들을 자비와 연민으로 대한다는 뜻이기도 하다. 자기의 특권을 당연하다 여기며 혼자 감사하는 것이 아니라, 테레사 수녀처럼 아파하는 사람들과 아픔을 같이하는 마음을 갖는 것이다. 테레사 수녀는 죽어서도 지옥에 가 있을 거라는 이야기가 있다. 지옥에서 고통당하는 사람들을 보고 천국에서 혼자 감사하고 있을 수 없기 때문이란다. 가을은 감사와 함께 주위에서 아파하는 사람들을 다시 한번 생각해야 하는 계절이 아닐까.

이분법적 의식에서의 탈피

취중에 진담이 나온다

"술에 취한 사람이 하는 말, 뭐 귀담아듣소"라는 게 보통인데 이 속담은 오히려 술에 취했을 때 진짜 말이 나온다는 뜻이니 무슨 까닭인가? 사람들이 내가 취한 줄로 알아줄 터이니 그동안 말하고 싶어도 못했던 것, 술 핑계로 실컷 떠들어보자며 진담을 말한다는 뜻일까?

인간의 심리를 여러 층위로 나누어 분석한 분석심리학에 따르면 인간의 의식은 그야말로 수면 위로 떠오른 빙산의 일각에 지나지 않는다. 이처럼 인식할 수 있는 정신의 일부를 자아^{ego}라 부르며, 이는 외부 세계와 관계를 맺는 통로이자 내부 세계로도 연결 짓는 연결 고리 역할을 한다. 특히 자아가 외부 세계와 관계를 맺는 데 페르소나라는 심리 기제가 필요한데, 이는 우리가 사회생활을 제대로 영위할 수 있게 해주기도 한다. 선생이면 선생처럼, 친구면 친구처럼, '처럼' 혹은 '답게' 살아갈 수 있는 건 페르소나 덕분이라는 것이다.

이것은 일종의 가면을 쓰고 살아가는 것과 같다. 우리의 신분, 처지, 지위, 위신, 체면 등을 고려하면서 '척'하는 삶을 살아가는 것이다. 즉 무언가를 얼굴에 한 꺼풀씩 붙이고 다니는 셈이다.

이렇게 살자니 대인 관계에 있어 진담이 나올 기회가 거의 없다. 마치 가면극에서 배우들이 자기가 쓰고 있는 가면의 역할에 따라 목소리를 내야 하는 것처럼 우리도 진짜 소리가 아니라 사회에서 얻은 '꺼풀'에 맞는 소리를 내고 있을 따름이다. 그러니 세상은 가면과 가면이 맞부딪치는 삭막한 소리만 있을 뿐이다.

1974년 일본 도쿄대학교에 잠깐 가 있었는데, 그때 만난 도쿄대학교 교수이자 오키나와 술과 한국의 소주를 즐겨 마시던 가마타 시게오鎌田茂雄의 말이 생각난다. "차를 마시면서 친구를 사귀면 10년이 걸리는데, 술을 마시면서 사귀면 하루 저녁이면 족하다"였다. 꼭 맞는 말인지는 모르지만, 아무튼 술이 들어가면 우리가 가식에서 벗어나 다른 차원의 인간과 인간이 직접 맞부딪쳐 진담을 이야기하게 되므로 그만큼 사귐이 진실해지고 빨라진다는 뜻이 아니겠는가.

옛날 중국의 죽림칠현竹林七賢은 술을 많이 마신 것으로 유명하다. 이들은 단순히 알코올중독자들이나 통속적 의미의 술주정뱅이들이 아니었다. 말하자면 술을 마심으로써 새로운 의식 세계에 들어가 그 세계에서 우정을 나누고 진리를 논하고 예술을 창조했다. 술 한 잔에 시 한 수로 떠나가는 김삿갓도 이런 경지에 이르렀던 사람이라 여겨진다.

가면을 벗어버리기 위해 반드시 술만 마셔야 하는 것은 아니다. 술 혹은 주정酒精을 영어로 'spirit'이라고도 하는데, 이것은 '영靈' 혹은 '성령'이라는 뜻이기도 하다. 술과 성령은 서로 통하는 데가 있다는 이야기다. 둘 다 흥을 불러일으킨다. 둘 다 우리를 새로운 의식의 경지로 몰입하게 한다. 물론 대부분의 종교에서는 술보다는 성령의 도움으로 이런 경지에 몰입하는 것이 더욱 확실하고 훌륭한 방법이라 본다.

흔히들 술을 마시지 않는 일부 엄격한 그리스도인을 보고 꽉 막혀 이야기가 통하지 않는다고 한다. 한번 틀어지면 맺힌 마음을 잘 풀지 못한다는 뜻이다. 술의 작용을 모르는 데다 성령의 역사도 경험하지 못한 그리스도인의 경우 이런 엄격함은 어쩔 수 없는 숙명일지도 모른다. 더구나 '내가 그래도 교인인데' 하는 생각 때문에 가면이 한 꺼풀 더 두꺼워질 뿐이다. 이럴 때는 차라리 한잔하고 속 시원하게 풀어버리는 것이 꽁하며 틀어져 있는 것보다 더 큰 미덕이라 할 수 있을 것 같다.

칼이 그것을 쓸 줄 모르거나 옳지 못한 데 쓰려는 사람의 손에 들어가면 위험한 물건이 되듯이, 술도 오용하거나 남용하면 위험하다. 곤드레만드레 취해 두드려 부수면서 헛소리나 하기 위한 전주곡쯤으로 전락한 술은 주정뱅이들의 전유물에 불과하다. 그러나 하느님의 모든 축복을 "내 잔이 넘치나이다"(시 23:5)라고 표현한 것처럼 술을 이분법적으로만 여기지 않고 하나의 축복으로 받아들일 수도 있다. 그러기에 예수도 아버지의 나라에서 우리와 함께 새 술을 마시는 날을 약속하신 것(마 26:29)이 아닐까. 서로 진담을 털어놓고 마음과 마음이 통해 한마음이 되는 날을 의미하는지도 모르겠다.

여보의 미학

부부 싸움은 칼로 물 베기

부부는 서로 사랑하는 사람들이 결혼하여 얻은 호칭, 남편과 아내를 아울러 이르는 말이다. 그런데 중국에서는 배우자를 '아이렌愛人, 애인'이라 부른다고 한다. 재미있는 대조다. 한국에서 보통 애인은 결혼한 관계는 아니지만 사랑하는 사람을 가리키기 때문이다. 예를 들어 김 군의 애인은 박 양, 둘이 결혼을 하면 애인 관계는 끝난다.

물은 칼로 베어도 흔적 없이 다시 합쳐진다. 부부도 마찬가지다. 그런데 이야말로 옛날이야기일까? 요즘에는 부부가 갈라지는 일이 예삿일이니 말이다. 누군가는 헤어짐이 쉬워진 것을 보고 부부간에 사랑한다는 말을 하지 않거나

애정이 담긴 호칭으로 제대로 표현하지 못하기 때문이라고
도 말한다. 묘한 현상이다. 결혼 전에는 죽네 사네 하며 서로
사랑하지만 부부가 되면 달콤한 요소는 깡그리 증발해 버리
고 그저 삭막하고 멋없는 접촉만이 계속된다는 말인가? 그
렇다면 그야말로 결혼은 사랑의 무덤이 아닌가?

부부가 되면 서로 사랑하는 사람이었다는 사실을 망각
하는 걸까? 분명 깊은 뜻이 있을 터. 그런데 가만히 따져보
면 사랑한다는 것은 아직도 상대방을 대상으로, 즉 목적어
로 의식할 때 가능한 말이다. 아직 너와 내가 각각 주체와 객
체로 분리되어 있는 상태다. 너와 내가 하나가 된 완전 합일
의 경지에서는 사랑이나 미움의 대상이 따로 없기에 사랑이
고 미움이고 하는 것이 끼어들 틈이 없다. 자기 남편이나 부
인을 사랑하는 이로 생각하지 않는 것은 그대와 내가 이원
화된 세계를 초월해서 일심동체가 되었다는 뜻이다.

북미에서 사용하는 부부간의 호칭은 다양하다. 그중 가
장 흔하게 사용하는 단어가 스위트 sweet나 허니 honey다. 이는
'달콤한 이여', '꿀 같은 이여'라는 뜻이다. 이에 반해 한국에
서는 '여보'라는 단어를 많이 쓴다. 어원적으로 따지면 여보
는 '여기 보시오'의 준말로, 상대의 주목을 끌기 위한 목적
이외에는 별 뜻이 없다. 그러니까 여보 하는 대신에 '저기요'
해도 별 상관이 없다는 이야기다. 한국의 부부들은 상대방
을 사탕이나 꿀로 보지 못하는 미각 마비 상태라는 말인가?
미각이라면 한국 사람들을 따라갈 이가 없다고 한다. 달다

는 표현도 달싹하다, 달콤하다, 달착지근하다 등으로 구별할 만큼 다채롭다. 그러니 여기에도 분명 곡절이 있을 테다.

꿀이 아무리 달고 좋다 해도 한두 숟갈만 먹으면 당장 물리고 만다. 그러니까 아내나 남편을 꿀로 여긴다는 말은 서로 금방 물릴 팔자임을 전제로 하는 셈이 아닌가? 결국 부부란 좀 싱겁더라도, 끊임없이 시원함과 신선함을 제공하는 냉수 같은 것이어야 한다. 장자도 진정한 사랑은 맑은 물과 같다고 하지 않았던가? 사랑한다는 말을 못하거나 상대방을 기껏 여보 정도로 부르는 사람들은 이런 심오한(?) 진리를 터득한 사람들이었음에 틀림이 없으렷다.

칼로 물 베기. 부부 관계란 베어도 베어도 끊어지지 않고 마셔도 마셔도 질리지 않는 신비스러운 물임을, 그렇게 부드러우면서도 강한 물이어야 함을 재확인시켜 주는 지혜의 말임에 틀림이 없다.

교육과 불만 공화국

하던 지랄도 멍석 펴놓으면 안 한다

공자는 누구보다도 배우기를 좋아했다. 이른바 호학好學
정신이다. 『논어』 제5편 「공야장公冶長」에는 "열 집이 사는 작
은 마을에도 반드시 신의와 충절을 지키는 사람이 있겠지만,
나만큼 배우기를 좋아하는 사람은 없을 것十室之邑 必有忠信如丘者
焉 不如丘之好學也"이라는 공자의 말이 등장한다. 배우는 것이 좋
아 먹는 것도 잊어버리고 심지어 몸이 늙어가는 것도 알지 못
했다고도 했다. 일례로 공자는 『주역』을 좋아했는데, 어찌나
열심히 읽었는지 책을 매고 있던 가죽 끈이 세 번이나 끊어질
정도였다. 즉 위편삼절韋編三絶이다. 덧붙여, 그는 "알기만 하는
사람은 그것을 좋아하는 사람만 못하고, 좋아하는 사람은 즐

기는 사람만 못하다^{知之者不如好之者 好之者不如樂之者}"고도 했다.

　어떤 일을 할 때 좋아서 즐겨 하는 경우와 해야 하기 때문에 어쩔 수 없이 하는 경우가 있다. 좋아서 자발적으로 하는 일은 신이 나서 하게 되지만, 강압이나 의무감 때문에 억지로 하게 되면 신명 나게 할 수 없다. 같은 소설책이라도 좋아서 읽으면 한자리에서 다 읽지만, 학교 숙제로 읽어야 한다면 계속 남은 책장을 세며 읽는다. 컴퓨터 게임을 하다가 막 끝내고 공부를 하려는데 부모가 들어와 공부하라고 소리치면 공부하려던 마음이 싹 가신다. 이처럼 신나게 하던 일마저도 멍석을 깔아주고 하라고 강권하면 할 맛이 사라진다.

　한 아이가 피아노를 배운다고 상상해 보라. 집에 새로 들여온 피아노 건반을 두드려보니 아름다운 소리가 났다. 이쪽저쪽 건드리니 각각 다른 소리가 나는 것이 신기했다. 계속 피아노를 치다가 보니 간단한 노래도 연주할 수 있게 되었다. 신이 났다. 그러자 부모가 바이엘과 체르니 교본도 사주고 선생님도 붙여주며 피아노를 좀 더 체계적으로 배워보라고 한다. 전보다 더 잘 치게 되고 그래서 더 즐겁다.

　그러다가 선생님이 동네 피아노 콩쿠르에 나가보겠느냐고 물어봤다. 일등을 해도 좋고 일등을 하지 않아도 좋았다. 피아노 치는 아이들과 어울릴 수 있고 피아노를 더 잘 치는 법을 배울 수 있는 기회라서 좋은 것이다. 일등을 하느냐 하지 않느냐의 문제가 아니라 무엇보다 피아노를 신나게 치며 삶을 즐기는 것 자체가 만족스러워진다. 이렇게 즐기다 보니 실력도 점점 향상되어 아이는 결국 훌륭한 음악가가 되었다. 이는 '스스로 동기가 유발된intrinsically motivated' 경우다.

이와 대조적으로 어떤 아이는 부모의 강권에 의해 피아노를 치기 시작했다. 부모는 아이가 피아노를 쳐서 동네 콩쿠르에서 일등을 하면 장래에도 좋고 자기의 자존심에도 보탬이 된다고 생각해서 가르쳤다. 아이는 피아노를 별로 좋아하지 않았지만 성화에 못 이겨 열심히 연습했다. 부모가 옆집 아이를 보라고 다그치기에 옆집 아이보다 연습을 더 많이 해서 꼭 옆집 아이를 이기고 콩쿠르에서 일등을 해야겠다고 다짐했다.

그러나 이 아이는 동네 콩쿠르에서 일등을 하지 못했다. 너무 분하고 슬펐다. 그동안 죽어라 하고 피땀 흘려 연습한 것이 모두 허사요, 시간 낭비라 생각했다. 그렇지만 이왕 연습한 것이 아까워 다시 열심히 노력해 다음 콩쿠르에서는 일등을 했다. 그러나 기쁜 것도 한순간이었다. 도대체 무슨 의미란 말인가? 허탈했다. 경쟁에서 져도 불만, 이겨도 불만이었다. 이는 외부에서 '동기가 강요된extrinsically motivated' 경우다.

공부는 왜 하는가? 공부는 대부분 어릴 때 부모의 강권에 의해 시작된다. 유치원에 들어가기 전부터 아이에게 별별 공부를 다 시킨다. 그 공부가 경쟁에서 이기려는 목적 단 하나에 초점이 맞춰져 있다고 말하면 지나칠까? 모르던 것을 "배우고 때때로 그것을 익히면 또한 기쁘지 않은가學而時習之 不亦說乎"라는 공자의 호학 정신에서 너무 먼 지금의 현상이다.

어떻게 해서라도 내 아이를 사회적으로 성공한 엄친아로 만들겠다는 치열한 경쟁의식 하나로 악전고투하는 것이 아닐까. 그러나 아이는 소기所期의 목적을 이루지 못해 허탈함을 느끼고, 비록 이룬다 해도 역시 허탈함을 느낀다. 불만 공화국에 자살률 상위국, 국민총행복지수GNH는 하위국인 나라. 이것이 우리가 교육으로부터 바라던 바일까? 더 많은 학생에게서 호학의 자세를 보고 싶다.

청빈과 청복의 함수관계

가난도 비단 가난

설날에 주고받는 덕담 중 가장 널리 사용되는 말로 단연 1위는 "새해 복 많이 받으세요"일 것이다. 요즘은 더욱 구체적으로 "돈 많이 버세요"라고 말하는 사람도 있다. 홍콩에서는 설날 인사로 "쿵헤이팟초이恭喜發財"라고 말한다. 새해에 재산이 불 일 듯하라는 뜻이다. 이쯤 되면 복받는 일이 결국 경제적으로 풍요로워짐을 뜻하는 것이 아닌가 싶다. 복이 정말로 경제적인 풍요로움만 의미할까?

성경을 보면 예수는 "가난한 자는 복이 있나니 하나님의 나라가 너희 것임이요"(눅 6:20)라고 했다. 부에 대한 우리의 집착을 경계하는 말임에 틀림없다. 부에 대한 집착을 끊고 자유로워진 삶이 바로 하느님의 나라에서 사는 복된 삶이라는 뜻이 아닐까?

유교도 마찬가지로 소인배가 탐하는 '이利'가 아니라 군자가 추구하는 '의'를 이상으로 삼으면서 외적인 빈부에 상관하지 말 것을 당부한다. 심지어 의롭게 살다가 어쩔 수 없이 가난해진다 해도 청빈淸貧이야말로 참된 청복淸福의 근원이라 가르친다.

종교사를 보면 여러 종교에서는 재물을 탐하지 않는 것뿐 아니라 재물이 있더라도 이를 뒤로하고 이른바 자발적 가난을 선택하는 것을 삶의 이상으로 삼는 경우가 많다. 부처나 성 프란체스코의 경우가 대표적이라 할 수 있다. 예수의 경우 본래 목수 일을 하며 번 재산이 있었는데 스스로 가난해졌는지 모르지만, 재산이 많은 어느 부자 젊은이에게 "가서 네게 있는 것을 다 팔아 가난한 자들에게 주라"(막 10:21)고 충고한 것을 보면 자발적 가난을 선호했던 것이 분명하다.

그런데 이와는 대조적으로 요즘 우리 주위에는 '잘살아보자'를 종교적 목표로 여기는 사람이 많은 것 같다. 잘 믿으면 경제적으로 부유해지므로 남 보란 듯 살려면 잘 믿으라는 주장이다. 이런 자세를 가진 종교인들의 기준으로 보면 "가난한 자는 복이 있나니"라고 말한 예수나 욕심·성냄·어리석음을 삼독三毒이라 가르친 부처는 실수한 분들이다. 그들은 성경이든 불경이든 현실에 맞게 개정판을 내야 한다고 주장할지도 모른다.

종교를 이런 기복祈福 일변도一邊倒로 받아들일 때 나도 모르게 빠져들 수 있는 몇 가지 위험이 있다. 첫째, 신앙이 나의 경제적 부를 축적하기 위한 한갓 수단으로 전락하고 만다. 하느님이든 부처든 결국은 우리가 두들기기만 하면 무엇이나 내놓는 복 방망이나 카드 넣고 단추 몇 개만 누르면 곧바로 현금을 내주는 현금인출기로 둔갑하게 된다. 둘째, 가난은 믿음이 부족한 결과라는 생각을 불러일으킨다. 어떻게 살든 결과적으로 가난하게 살면 불편함뿐 아니라 이제 죄책감까지 감내해야만 한다. 셋째, 가장 큰 문제는 부함이 잘 믿은 덕이라 생각하므로, 일단 부하게 되면 부를 모으면서 저질렀던 여러 가지 부정한 수단까지 정당화된 것으로 착각할 수 있다. 누가 뇌물을 주어도 그것이 위에서 축복해주시는 특별한 방법이라고 생각할 수도 있다. 정말 무서운 일 아닌가.

배고픈 사람들에게 먹을거리를 주려는 경제 활동이라면 그것이 최우선의 과제일 수도 있다. 그러나 빈익빈 부익부라는 말처럼 철저히 자본주의적 재테크를 위해 땅을 투기하거나 기타 모든 수단을 동원해서 오로지 돈을 모으겠다는 일념만으로 살고 그것을 신이 내린 축복이라 여기는 사람이라면 스스로를 종교인이라 주장할 수는 없는 노릇 아닌가. 그들은 그냥 금송아지를 섬기는 사람일 뿐이다.

진정한 믿음의 사람이라면 금송아지에 목매고 사는 대신 "목숨을 위하여 무엇을 먹을까 무엇을 마실까 몸을 위하여 무엇을 입을까 염려하지 말라"(마 6:25)고 한 예수나, "어떠한 형편에든지 나는 자족하기를 배웠노니 나는 비천에 처할 줄도 알고 풍부에 처할 줄도 알아 모든 일 곧 배부름과 배고픔과 풍부와 궁핍에도 처할 줄 아는 일체의 비결을 배웠노라"(빌 4:11~12)라고 말한 바울, 모든 욕심을 버리라는 부처의 말처럼 느긋한 마음으로 살 줄 알아야 한다. 이럴 때 우리에게 참된 복이 오는 것 아닐까?

가르치는 일의 보람

되로 주고 말로 받는다

이 속담은 주로 부정적인 상황에서 쓰이는 듯하다. 무의식중에 던진 한마디 말이 상대방을 노엽게 하여 그로부터 욕을 바가지로 얻어먹을 경우 "되로 주고 말로 받는다"고 한다. 그러나 이 속담은 긍정적으로 써도 좋은 말로, 그렇게 쓸 때 더욱 아름다운 인간관계가 성립될 수 있다. 오래전에 쓴 좋은 예시가 아래에 있어 옮겨본다.

*

캐나다로 유학 오기 전, 서울에 있는 조그마한 남녀 공학 중고등학교에서 교편을 잡고 영어와 독일어를 가르친 적이 있다. 그때 최초로 담임을 맡았던 반의 학생들 중 하나가 어떻게 캐나다에 있는 나의 집 주소를 알았는지 편지를 보내왔다. 그 반 학생들 중 상당수가 미국 로스앤젤레스에 산다고 하면서 "여기에 오시면 꼭 연락하고 들러주세요. 저희가 선생님을 모시고 사은회를 열겠습니다"라는 내용이었다.

그 후 대학교수가 6년 동안 학생들을 가르치면 1년은 연구하는 기간으로 활용할 수 있는 안식년을 맞아 한국으로 가는 길에 로스앤젤레스에 들러 그 반 학생들을 만났다. 해변에 별장 같은 집을 짓고 사는 한 여학생의 집에 모여 저녁 한때를 보냈다. 밤송이 같은 머리를 했던 소년들, 단발머리를 나풀거리거나 두 갈래로 땋고 다니던 소녀들이 이제 30대의 의젓한 신사와 숙녀로 변모하고 아이들의 부모가 되어 있었다. 이국에서 갖는 우연한 모임은 그야말로 감회가 깊었다.

밤이 깊도록 옛날을 회상하고 추억을 더듬는 이야기를 나눴다. 모두 즐거운 일들만 이야기했지만, 스스로 돌이켜보면 잘해줬던 일보다 미처 하지 못한 일, 후회스러운 일이 많이 생각났다. 아무튼 그날 저녁, 나는 기대 이상으로 잊을 수 없는 선생님, 고마운 선생님으로 떠받들리는 행운을 누렸다. 감격스럽기도 하고 황공스럽기도 하고….

'지금까지 교편생활을 한 20여 년 동안 오늘 같은 날도 있기에 지난 20년이 헛되지만은 않았다는 것을 확인할 수 있다. 그런 의미에서 오늘 저녁 고마워해야 할 사람은 오히려 나 자신이다'라는 식으로 인사말을 남겼다.

로스앤젤레스를 떠나는 이튿날, 옛날 그 반의 반장을 맡았던 여학생이 공항으로 찾아왔다. 비행기 안에서 열어보라며 하얀 봉투를 주고 갔다. 비행기 안에서 열어보니 "With warmest thanks진심으로 감사드립니다"라고 적힌 카드와 함께 예쁜 글씨로 쓴 편지 한 장이 나왔다. 편지 끄트머리에는 "약소하지만 저희의 마음이라 생각하시고 선생님께서 연구하고 여행하는 데 써주십시오. 나무라지 말아주세요. 부탁합니다"라는 말과 함께 어제 본 학생들의 이름이 쭉 적혀 있었다. 그 이름들을 보니 20년 전 얼굴과 어제 본 얼굴이 엇갈리며 눈앞에 아른거렸다.

로스앤젤레스로부터 멀어져 가는 하늘 위에서는 당연히 나무랄 수도 칭찬할 수도 없다. 창밖 어두운 허공을 내다보는데 눈앞이 흐려진다.

*

2008년 8월 16일, 어느덧 대학생 부모가 된 그 반 학생들이 나를 위해 로스앤젤레스에서 마련한 은퇴 기념식에 참석했다. 사업에 성공한 몇몇이 큰 식당을 빌려 풍성한 대접을 했고, 의미 있는 기념품을 나눠줬으며, 정겹고 따뜻한 회고담이 이어지는 등 성대한 은퇴 기념식이었다. "되로 주고 말로 받는다"는 속담은 이럴 때 쓰면 어떨까.

그날 기념식에서 학생들이 만들어준 수정 기념패에는 "To teach is to touch someone's life forever가르침은 누군가의 인생을 영원히 두드리는 것이다"라는 말이 새겨져 있다. 내 책상에 올려

놓고 볼 때마다 되로 주고 말로 받은 기쁨보다 가르침에 신
중을 기해야 한다는 생각이 앞선다.

다시 불러보는
사모곡

자식을 보기 전에 어머니를 보랬다

이 속담과 같은 의미로 "그 어미에 그 자식"이라는 말도 있다. 어머니의 역할이나 자녀에게 미치는 어머니의 영향력이 그만큼 크다는 의미일 것이다. 부전자전父傳子傳이란 말이 있지만 어느 면에서는 모전자전母傳子傳이란 말이 더 현실적일 수도 있다. 많은 사람이 살아가면서 이 말을 체감해 봤겠지만 특히 어머니의 자리를 여실히 느꼈던 경험이 있는 터라 나의 어머니에 대해 한마디하지 않을 수 없다.

공교롭게도 나의 생일은 6월 6일 현충일이다. 한국에 있을 때 생일만 되면 오전 10시에 사이렌이 울리고, 다른 사람들과 함께 순국선열을 기리며 1분간 묵념을 했다. 또 그때는 생일 즈음이 딸기의 계절이기도 했다. 딸기가 한창이라서 생일날은 으레 딸기를 먹었다. 지금 집사람이 된 여자친구와 딸기를 먹으러 농대가 있던 서울대학교 수원 캠퍼스에 간 적도 있었다.

그런데 캐나다에 오고부터는 생일을 현충일과 연관시킬 일이 없었고 생일에 딸기를 먹을 일도 없었다. 그 대신 생일이 되면 꼭 어머님께 세배를 드리고 어머님이 우리와 함께 사시지 않을 때는 아침 일찍 전화로 때아닌 세배(?)를 드렸다. 나를 낳아주시고 길러주심에 감사하기 위해서였다. 어느 어머니인들 자식을 낳아주고 길러주지 않겠느냐만 내게는 조금 특별하기에 더욱 크게 감사를 드렸다.

어머님은 바로 위의 누님을 낳은 뒤 단산으로 여겼다. 나이도 마흔을 훌쩍 넘었고 또 위로 연년생 비슷하게 아이를 낳다가 몇 년째 아이가 없었으니 당연히 그렇게 믿었을 것이다. 그런데 느닷없이 마흔세 살 나이에 아이가 들어선 것이다. 그야말로 민망하기 그지없는 노릇이었으리라 짐작하고도 남을 일이다. 어머님이 민망하다고 느꼈을 이유가 한둘이 아니었다. 이미 낳은 자식이 많았던 데다 그 당시로 치면 나이가 많은데 아이를 갖는다는 사실이 민망했을지도 모르지만, 그보다도 첫째 딸이 시집을 가서 벌써 아이를 낳았는데 엄마가 그 뒤로 새삼 아이를 낳는다니⋯. 이런 상황을 생각하면 어머님의 심경이 어떠했을지 짐작된다.

의사를 찾아가 상의하는 등 아이를 떼려고 백방으로 노

력했던 모양인데 천재일우로 어느 산부인과 의사로부터 유산하기에는 너무 늦었다는 말을 듣고 아이를 그대로 낳을 수밖에 없다는 결론에 이르렀다고 한다. 그래서 찾은 차선책이 바로 아이를 낳자마자 남의 집에 주기로 한 것이다. 아이가 없는 어느 일본 사람이 아이를 원해서 그 집에 주기로 했다. 드디어 출산일이 되고 산파가 아이를 받았다. 어머님은 아이와 정이 드는 것이 두려워 아이를 멀찌감치 방 윗목에 눕혀두었다. 그런데 하얀 얼굴을 가진 아이가 새록새록 주먹을 빠는 모습이 너무나 귀여워 마음을 바꾸고 키우기로 결심했다고 한다.

시간이 한참 흐른 뒤 어머님이 이 사연의 '수정판'을 말씀하시는 것이 아닌가. 그때 일본 사람에게 주지 않은 것은 아이가 너무 귀여워서가 아니라 그 사람이 마음을 바꾸어 데려가지 않기로 했기 때문이라고….

어린 시절 어머님이 "조놈 낳지 않았으만 어얄 뻔했노?"라거나 "조놈 남 줏으면 큰일날 뻔했제"라고 말하는 소리를 들으면서 자랐지만 원본이든 수정판이든 사연을 모르면서 살았다. 철이 좀 들고 난 뒤 그 말에 담긴 의미를 알았지만.

아무튼 거의 어른이 된 누님과 형님 들이 나간 후에 집에 남아서 크느라 어머님이 밭일을 나가든 친척 집 나들이를 하든 교회에 나가든 언제나 손을 잡고 따라다니면서 어머님의 사랑을 독차지하다시피 하면서 자랐다. 어머님도 말로는 "열 손가락 깨물어 안 아픈 게 있나 봐라"라고 하면서 자식을 편애하지 않는다고 강조했지만 그래도 막내를 가장 사랑하신다는 것을 드러내지 않을 수가 없었고, 또 형님과 누님 들도 그 사실에 별다른 이의를 제기하지 않고 수긍하는 눈치였다.

몇 년 전 백순잔치를 할 때, 사회자가 짓궂게 "할머님, 할머님 자식들 8남매 중 어느 자식을 제일 사랑하세요?"라고 물었다. 어머님은 물론 "다 사랑하지요"라고 대답했다. 사회자가 더욱 짓궂게 "그래도 하나만 꼭 집는다면 그게 누구지요?"라고 했다. "그라만 그건 물론 우리 망냉이라."

어머님은 내가 어릴 때 착한 일을 하거나 귀염받을 행동을 하면 언제나 "그놈 개보다 낫다"는 말로 인정해 주셨다. 개보다 더한 놈도, 개보다 못한 놈도, 개 같은 놈도 아니고, 개보다 나은 놈이라는 것이다. 지금 생각해 보면 이 "개보다 낫다"는 말이 내 어린 시절을 붙들어준 가장 큰 힘이었던 것 같다. 심지어 대학생이 되어서도 가끔 어리광을 부려 어머님이 즐거워하시는 것을 보면 내 귀에 "그놈 개보다 낫다"는 말이 들리는 듯했다.

생일을 맞을 때마다 어머님께 전화로 감사를 드리는 것은 이런 어릴 때의 사연 때문에 더욱 의미 깊은 일이었다고 할 수 있다. 어머님이 백한 살의 나이로 돌아가시고 처음으로 맞는 생일날, 아침에 일어나서 전화를 걸 데가 없다는 사실에 충격을 받았다. 그리고 내가 예순이 되던 생일날, 특히 어머님을 기리며 어머님께 바친 책이 나오던 날, 이 특별한 날에 다시 어머님께 세배를 드리거나 전화를 할 수 없다는 사실에 더 큰 충격을 받았다.

이 책의 「들어가며」에서 내가 아는 속담의 상당수를 어머님에게서 들었다고 말했다. 속담을 통해 세상을 보는 눈이 달라진 것을 다시 한번 어머님께 감사한다. 이 책을 어머님께 바치면서 내가 즐겨 읊조리던 고려가요 「사모곡」을 외어본다.

"호미도 놀히어신 마루는

낟구티 들리도 어쯔새라

아바님도 어시어신 마루는

위 덩더둥셩

어마님 구티 괴시리 어쎄라

아소 님하 어마님 구티

괴시리 어쎄라."

2부

인생을
풍요롭게 만드는
관계에 대하여

역사의식의 함양

개구리 올챙이 적 생각 못 한다

이 속담이 생물학적으로 맞는 말일까? 말 그대로 개구리가 올챙이 적을 생각 못 하는지는 모르겠다. 아무튼 이 속담이 말하려는 뜻은 인간이 개구리가 아닌 이상 옛일을 잊어서 되겠느냐 하는 것 아니겠는가?

학계에서 인간은 동물들과 다른 존재로 구분되어 왔다. 라틴어로 인간을 가리켜 이성을 가진 인간이라는 뜻의 호모 사피엔스homo sapiens, 공작하는 인간이라는 뜻의 호모 파베르homo faber, 상징을 사용하는 인간이라는 뜻의 호모 심볼리쿠스homo symbolicus, 종교적 인간이라는 뜻의 호모 렐리기오수스homo religiosus, 놀이하는 인간이라는 뜻으로 호모 루덴스

homo ludens라 한다.

　그런데 지금 우리가 말하는 속담의 문맥에서 보면, 인간은 과거를 잊지 않는 동물이라고도 할 수 있을 것 같다. 물론 심오한 종교적 경지에 이르면 인간은 과거나 미래가 아닌 오로지 '영원한 현재eternal now'에 머무르게 된다고 한다. 그러나 현실에서 우리는 어쩔 수 없이 과거를 돌아보고 미래를 설계하며 살아간다. 어떤 노래 가사에서 "과거를 묻지 마세요"라고 했지만 과거는 스스로를 비춰보는 거울로서 그만큼 우리에게 소중하다.

　미국이나 캐나다에서는 자동차 번호판에 간단한 문구를 써넣어서 각 주의 특징을 홍보한다. 캐나다 밴쿠버가 속한 브리티시컬럼비아주에는 "Beautiful British Columbia아름다운 브리티시컬럼비아"라는 말이, 토론토가 속한 온타리오주에서는 "Yours to Discover당신이 직접 탐험할 곳", 내가 오래 살았던 서스캐처원주는 "Land of Living Sky살아 있는 하늘의 땅"이 들어가 있다. 그런데 몬트리올이 속한 퀘벡주는 주의 표어인 "Je Me Souviens"이라는 프랑스어 문구가 들어가 있다. '나는 기억한다'는 뜻으로, 역사 속 영광과 불운을 기억하고 거기서 교훈을 얻자는 뜻이라 보는 것이 일반적인 해석이지만 과거 캐나다 땅에 있었던 프랑스와 영국 간의 영토 싸움에서 패배한 프랑스인들이 역사를 잊지 않겠다는 뜻으로 넣었다 여기기도 한다.

　비슷한 맥락으로, 유대인의 절기는 거의 대부분 과거에

민족이 어려웠던 시기를 상기하기 위해 마련되었다. 이른바 유월절은 자기 조상들이 이집트에서 종살이할 때를, 장막절은 조상들이 사막에서 떠돌아다닐 때를 회상하기 위한 날이다. 부림절, 하누카hanukkah 모두 비슷한 성격을 갖는다.

이슬람교인들은 한 달 동안 해가 뜰 때부터 질 때까지 금식하는 라마단을 실천하는데, 이것은 과거 종교적 지도자 무함마드가 수행했을 때의 어려움을 잊지 않고 자기들도 그대로 실천해 보겠다는 뜻을 지닌다.

한국에서는 삼일절, 광복절처럼 일제 치하의 어려움을 잊지 않으려는 기념일을 지키고 "아아 잊으랴. 어찌 우리 이 날을"하면서 한국전쟁을 상기하는 노래도 부른다.

이러한 기념일을 지키고 노래를 부르지만 우리는 종종 과거를 쉽게 잊고 사는 것이 아닌가 한다. 누가 쓰라린 과거를 회상하고 싶어 할까. 하지만 우리조차 잊으려 하면 자연스럽게 우리 자손에게도 말하기 싫어지는 게 당연지사다. 몇 년 전 우리가 겪은 IMF라든가 현재의 경제적 양극화도 근본적으로 과거를 잊은 데서 연유한 것이 아닐까 싶다.

올챙이 적을 기억하지 못하는 개구리식 졸부 정신을 벗어던지고 인간으로서 갖추어야 할 올바른 역사의식에서 우리의 현재와 미래의 삶을 조명하는 힘을 기를 수 있으면 좋겠다.

국민 상위 시대

윗물이 맑아야 아랫물이 맑다

강의 상류가 흐린데 하류가 맑기를 기대할 수는 없다. 그것도 몇백 리 떨어진 상류라면 흐르는 동안 흙탕물이 가라앉아 어느 정도 맑아질 수 있겠지만, 바로 한 구비 위가 흐린데 아랫물이 어찌 흐리지 않을 수 있겠는가. 상류에서부터 흐려지는 근본 원인이 제거되지 않았는데 하류가 맑아지기를 바라는 것은 그야말로 백년하청百年河淸 아니냐는 뜻이다.

이 속담은 주로 정치적으로 쓰인다. 윗물 격인 정치 지도자들이 맑지 못하면 아랫물 격인 국민이 맑을 수 없다. 나라 전체가 이렇게 혼탁한 것은 근본적으로 상류에서 부정부패를 일삼으며 물을 흐리는 지도자들 때문이다. 이들이 솔

선수범하여 맑아져야 정의롭고 공정한 사회가 이루어지는 것이라는 식으로 이해하고 있다. 일리 있는 해석이다.

지금과 같은 민주주의 사회에서 누가 윗물이고 누가 아랫물인가? 옛날에는 위정자들이 모든 것을 결정하고 아래로 백성을 지배해 왔다. 백성은 결정권이 없어서 위에서 시키는 대로 따를 뿐이었다. 완전히 하향식 구조였기 때문에 국가가 맑으냐 흐리냐는 것은 위정자의 손에 달렸다 해도 과언이 아니었다.

그러나 이제 우리는 민주주의 시대에 살고 있다. 국민은 피지배자가 아니라 국가의 주인이다. 주인이 주인을 섬길 공복公僕을 골라낸다. 적어도 일반 국민이 밑에서 수동적으로 위정자의 지시만 따르거나 그들이 하는 대로 가만히 앉아서 당하고만 있어야 하는 위치에 있지 않다는 것이다. 국민은 국가를 위한 공복을 선출하고 감시하고 마음에 맞지 않으면 갈아치울 수도 있는 권리를 가진다. 말하자면 오늘날에는 민중이 윗물이고 위정자가 아랫물인 셈이다.

이런 민주주의 원칙에 비추어보면 똑똑하지 못한 공복이 판을 치는 것은 결국 똑똑하지 못한 주인이 있기 때문 아닌가. 물론 완력이나 무력으로 주인을 억누르고 자기들이 주인 행세하겠다는 종이 속출하는 판국에는 주인도 별도리가 없을지도 모른다. 그러나 궁극적으로는 그것도 진짜 주인이 자기가 주인임을 인식하지 못했거나 주인 노릇을 제대로 하지 못한 데 책임이 있다고 봐야 한다.

우리 주위에는 아직도 스스로를 아랫물이라고만 생각하고 모든 책임을 윗물에 돌리려는 사람이 너무 많다. 맑은 사회, 정의로운 국가가 오로지 위정자의 선심에만 달렸다고 믿고 가만히 앉아 있어서는 안 된다.

이제부터 관이 위에서 모든 것을 결정한다는 수동적인 노예근성의 자세를 청산하고 "국민이 윗물이다. 우리가 어떻게 하느냐에 따라 어떤 정부를 갖게 되느냐가 결정된다"라고 말하는 자주적인 주인 의식이 우리 사이에 더욱 널리 깊이 뿌리내리리라 믿는다.

경제 제일주의의 함정

"바보야, 문제는 경제야! It's the economy, stupid!" 미국의 전 대통령 빌 클린턴이 선거전에서 내걸었던 기치다. 클린턴의 말이 아니더라도 당연히 경제적 가치는 중요하다. 인간이 살기 위해 필요로 하는 기본적 조건이 바로 의식주가 아니던가?

"금강산 구경도 식후경이라"거나 "수염이 대 자라도 먹어야 양반이다"라는 속담처럼 삶에서 우선적으로 충족시켜야 할 경제적 필요 사항들을 부인할 사람은 거의 없을 것이다. 그런데 문제는 근래 한국 사회에서 경제적 가치가 사물을 판단할 때 채택하는 거의 절대적 가치로, 절대적 가치까지는 아니라면 적어도 가장 중요한 가치로 부상했다는 점이다.

요즘은 결혼할 상대를 구할 때도 외모나 성격, 장래성보다도 경제적 조건을 가장 중요한 결정 요인으로 본다고 한다. 더군다나 이상을 추구해야 할 종교마저도 잘 믿으면 복을 받아 잘살 수 있다는 경제적 원리를 떠받드는 것 같다. 좋은 직업이냐 좋은 직장이냐를 따질 때도 월급의 고하가 판단 기준인 경우가 허다하다. 심지어는 인간 자체, 사람의 됨됨이마저 그가 버는 돈의 액수로 저울질한다. 아무리 경제적 가치가 중요하다 해도 이처럼 모든 것을 경제적 가치로만 환산한다면 문제가 있다.

저쪽 언덕바지에 나무 한 그루가 서 있다고 하자. 경제적 가치만을 최고로 여기는 사람은 그 나무를 잘라 가구를 만들어 팔면 몇백만 원의 소득이 있겠다고 생각한다. 골몰하던 그는 자기가 원하는 만큼의 경제적 이익을 얻기 위해 그 나무를 싼값에 사서 서슴지 않고 베어간다. 자연히 그는 나무가 가진 경제 외적 가치에 대해선 무관심하거나 무시할 수밖에 없다. 그 나무가 뿜어내는 산소량, 그 나무 덕분에 감소한 산사태나 홍수의 위험, 멀리서 그 나무를 보았을 때의 아름다움, 그 나무를 보금자리로 삼아 살아가는 벌레들, 그 나무에서 쉬어가는 새들, 그 나무 밑에서 자라나는 풀들, 그 나무 그늘 밑에서 돗자리를 깔고 한여름 더위를 식히는 노인들…. 이런 것은 고려 대상이 되지 않는다.

물론 가구도 필요하다. 그러나 정말 가구가 필요해서라기보다 오로지 경제적 이윤을 극대화한다는 목적 하나로 모든 것을 마름질한다면 우리의 삶에서 이처럼 잃어버리는 것이 얼마나 많은가? 심지어 경제적 가치를 추구하며 불철주야 부산하게 쫓아다니느라 건강하고 여유 있는 삶을 즐길 기회마저 빼앗겨 버리고 생을 마감할 수도 있다. 끊임없는 욕망을 충족시키기 위한 경제적 가치, 즉 경제 자체만을 위한 경제는 이처럼 우리의 삶을 메마르게 하고 심지어는 고사시킬 수도 있다. 그렇기에 인류의 위대한 스승들은 하나같이 맹목적으로 경제적 가치를 최우선으로 삼으려는 우리의 본능적 충동을 경계하라 했나 보다.

부처는 우리의 고통이 집착에서 오는 것이므로 재물을 비롯해 일체의 것에 대한 집착을 버리라고 했다. 예수도 "사람이 떡으로만 살 것이 아니요 하나님의 입으로부터 나오는 모든 말씀으로 살 것이라"(마 4:4) 하여, 떡이 우리 삶의 필요조건이긴 하지만 충분조건은 되지 못하므로 더 높은 '의미logos, 로고스'를 찾아야 한다고 했다. 노자도 "넘치도록 가득 채우는 것보다 적당할 때 멈추는 것이 좋습니다持而盈之 不如其已"라고 말했다.

이 같은 말은 기본적으로 먹고살 것이 있는데도 계속 무엇을 먹을까, 무엇을 마실까 걱정하며 허기진 상태로 살다가는 귀중한 한평생을 낭비하고 만다는 이야기가 아닌가? 불교적으로 말하면 아귀餓鬼의 상태로 산다는 뜻이다.

다행스럽게도 몇몇 사람들은 경제적인 풍요 자체가 자동으로 행복을 가져다주는 것이 아니라는 사실을 자각하기 시작했다. 점점 많은 사람이 경제를 위한 경제가 아니라 인간을 위한 경제, 즉 국민총생산GDP보다는 행복지수를 증진시키려는 데 초점을 맞추는 경제에 관심을 가지고 있다. 경제가 다른 문화적·정신적 가치를 창출하는 밑거름이 될 때 진정 의미 있는 것으로 승화될 것이다.

두려워할 사람

우물 안의 개구리

라틴어로 된 구절 중에 "Hominem unius libri timeo"라는 말이 있다. "나는 한 권의 책만 읽은 사람을 두려워한다"라는 뜻이다. 주교 제러미 테일러Jeremy Taylor에 의하면 중세 신학의 대가인 성 토마스 아퀴나스Saint Thomas Aquinas가 한 말이라고 한다. 그 한 권의 책이 무엇일까? 감리교 창설자 존 웨슬리John Wesley는 그 한 권의 책이 성경이라 했다. 우리 주위에 성경만 읽고서 진리를 독점했다고 주장하는 사람을 두려워해야 하는 현실을 보면 이 말이 맞는 듯하다.

누가 한 말인지 또 그 한 권의 책이라는 것이 딱 집어 무슨 책인지는 확실하지 않지만, 일반적으로 요즘에는 무슨 책이든 한 권만 읽고 세상을 다 아는 것처럼 떠드는 사람이 두렵다는 뜻으로 이해되고 있다. 어떤 책이든 딱 한 권만 읽고서 모든 것을 그가 읽은 그 책을 기준으로 판단하고 남을 비판하기도 하는 사람은 소통도 어렵고 심지어 두렵기까지 하다.

예를 들어 어떤 사람은 자유를 논한 책 한 권을 읽고 주야장천 자유만을 외치다가 다른 사람의 자유도 빼앗고 자기의 자유도 잃어버리는 결과를 가져왔다. 또 대학에 들어가자마자 법전만 졸졸 외워 사법고시에 합격하고서 많은 사람의 삶에 지대한 영향을 끼치는 위치에 선 사람들. 그중 우리가 두려워해야 할 사람이 얼마나 많은가 실감하고 있다.

요즘 한국 사회에서는 이 말이 책에만 국한한 것이 아니라 신문에도 해당하는 것 같다. 편향된 시각을 주입시키려는 한 가지 신문만 보는 사람도 두려움의 대상이 되기 때문이다. 또한 한 가지 종류의 유튜브만 보는 사람도 두려움의 대상이 된다. 알고리즘인가 뭔가로 한 가지 종류의 유튜브에 꽂힌 뒤 계속 비슷한 종류의 유튜브만 보고 그렇게 습득한 지식으로 세상을 보고 자기 주장을 고집하는 사람, 심지어 그에 따라 행동하는 사람도 경계의 대상이 되어야 할 것 같다.

우리가 한 권의 책만 보고, 한 분야의 책만 보고, 한 가지 신문만 보고, 한 종류의 유튜브만 보고 그것을 절대적 진리나 사실인 것으로 붙들고 살게 된다면 미래학자 앨빈 토플러Alvin Toffler가 지적한 바와 같이, "한 번 배운learning 다음, 배운 것을 일단 뒤로 하고unlearning, 다시 배우지relearning" 못하는 '21세기 문맹자'가 되는 셈이다. 이런 사람들은 결국 "우물 안의 개구리"처럼 우물 밖 세상을 모르고 살면서 우물 밖의 이야기를 하는 사람을 무시하거나 심지어 경멸하거나 박해하기까지 한다. 그것이야말로 무서운 일 아닌가?

결국은
가치관의 문제

가난이 죄다

우리가 저지르는 불미스러운 일들이 주로 가난에서 비롯한다는 이야기다. 집에 찾아오는 손님들에게 박정薄情한 것, 서로 아웅다웅하는 것, 장사꾼이 뒷거래를 하는 것, 남을 속이는 것, 훔치는 것 등등 모든 일이 가난하기 때문에 빚어지는 결과라는 것이다. "광에서 인심 난다"고 광에 곡식이 그득하면 인심도 쓰고 옆 사람을 생각할 여유도 가질 수 있겠지만, 의식衣食이 풍족하지 않은데 무슨 놈의 예절이 있을 수 있겠느냐는 뜻이다.

맞는 말이다. 가난 때문에 죄를 짓지 않을 수 없었던 대표적인 예시가 우리가 잘 아는 빅토르 위고의 소설 『레 미제

라블』의 주인공 장발장이다. 이 경우 "사흘 굶어 담 아니 넘을 놈 없다"는 말에 수긍이 간다. 경제적 여건과 우리의 마음 상태가 완전히 무관하다고 주장할 사람은 거의 없을 것이다.

그러나 인간이 저지르는 나쁜 짓이 모두 가난에서 기인할까? 주변에서 일어나는 뒷거래, 밀수, 위조, 탈세, 뇌물 공여, 사기, 불법 이민 알선 등등이 모두 가난하기 때문에 일어났을까? 모두 사흘 굶은 상태에서 생긴 일들일까?

가난이 죄라고 치자. 그러나 이 말을 남이 잘못했을 때 이해해 주려고 받아들이면 몰라도 내가 한 짓, 우리가 한 잘못의 책임을 몽땅 가난에다 뒤집어씌우고 스스로는 무죄인 양 자기 합리화와 정당화에 이용하려 드는 것은 아무리 보아도 올바른 심사心思에서 나온 태도 같지가 않다.

문제는 가난 자체라기보다 "말 타면 종 두고 싶"은 마음처럼 상한선을 모르고 치닫는 우리의 욕망이 아닐까? 좀 거창한 용어를 쓰면 물질 제일주의적 인생관 내지는 천민자본주의적 가치관이 화근이라는 이야기다. 이런 인생관, 이런 가치관에서 성공은 가난에서 부로, 부에서 더욱 큰 부로 옮겨감을 뜻한다. 성공한 사람이란 적수공권赤手空拳으로 자수성가自手成家한 사람, 그것도 더욱 잘되어 준재벌이나 재벌 정도가 된 사람을 말한다. 그들은 복받은 사람들로서 흠모와 존경의 대상이 된다.

이런 가치관으로 볼 때 예수가 저지른 최대의 실수는 앞에서 언급한 것처럼 "가난한 자는 복이 있나니"라고 선언한 것이다. 그뿐인가. 하늘 궁전을 버리고 이 땅에 와 머리 둘 곳조차 없는 처지가 된 예수, 왕자의 위치를 버리고 무소유의 수도승이 된 석가, 학문적·사회적 특권을 버리고 헐벗고 굶주리고 매 맞는 위치로 떨어진 바울, 부유한 상인의 아들에서 알거지 신세가 된 성 프란체스코, 변호사로서 누릴 수 있는 일신상의 호강을 포기하고 헝겊 한 조각으로 몸을 가리며 살다간 간디가 있다. 아무리 보아도 그들의 삶은 우리가 지향해야 할 성공담과는 먼 이야기로만 보일 뿐이다. 그야말로 뜬구름 잡는 사람들의 정신 나간 짓거리처럼 보인다.

대개 예수를 믿든 부처를 따르든 나만은 그들의 덕으로 잘살아보자고 다짐한다. 끝없는 욕망의 줄사다리를 오르는 것이다. 떨어지지 않으려고 더욱 빨리 오르려고 무엇이든 움켜잡는다. 그러니 부정이든 불의든 부패든 수단과 방법을 가릴 것 없이 온갖 짓을 마다하지 않는다.

가난에다 우리의 모든 죄를 뒤집어씌우지 말아야 한다. 죄가 있다면 가져도 가져도 더 가지고 싶어지는 마음, 아무리 가져도 자꾸만 가난한 것으로 느껴지는 마음, 자족할 줄 모르는 마음, 결핍된 마음, 아귀 상태의 마음이다. 이와 관련된 공자의 말 몇 가지를 옮기며 이번 이야기를 마친다.

"부와 명예는 사람들이 다 원하는 바. 그러나 정당한 방법으로 얻을 수 없는 것이라면 거기에 연연하지 말라. 가난과 업신여김 받는 것은 사람들이 다 싫어하는 바. 그러나 어쩔 수 없이 오는

것이라면 거기서 도피하려 하지 말라.”(『논어』 제4편 「이인里仁」, 5)

“나물 먹고 물 마시고 팔을 베고 누었어도 거기에 즐거움이 있을 수 있다. 불의로 얻어지는 부귀, 내게는 뜬구름과 같도다.”(『논어』 제7편 「술이述而」, 15)

“사회에 도가 편만할 때라면 빈천해지는 것이 부끄러움이다. 사회에 도가 없는 상태에서는 부귀를 누리는 것이 부끄러움이다.”(『논어』 제8편 「태백泰伯」, 13)

소속의 확인

가재는 게 편

유유상종類類相從. 사정이 비슷한 사람끼리 자연히 가까이 모이는 것은 과부 사정 과부가 아는 것처럼 서로 이해와 소통이 그만큼 잘되는 까닭이리라. 따라서 같은 고향 사람, 같은 학교 졸업생, 같은 일가친척 등에 따라서 서로 편을 짜는 것은 자연스러운 현상인지도 모른다.

예를 들어 두 사람이 논쟁을 하고 있다. 한 사람은 나와 어릴 때부터 같은 동네에서 자랐고 같은 학교에 다녔고 요즘에도 자주 만나 이런저런 이야기로 의견을 나누는 사이다. 그가 생각하는 방법이나 논법이 나와 비슷한 데가 많다. 따라서 두 사람의 논쟁에서 그 사람의 논점이 내게 더 친숙

하고 더 설득력 있게 들린다. 그의 편을 들게 된다. 자연스러운 현상이다.

또 다른 예를 들면, 두 모임이 회원을 모집한다. 한 모임은 나와 같은 직업을 가진 사람들의 모임이다. 거기에 가면 대화가 잘 통할 것 같고 직업과 관계 있는 지식을 서로 나누며 피차 유익한 일을 위해 힘을 모을 수 있을 것 같다. 그래서 그 모임에 가입하고 모임의 성장과 발전을 위해 힘쓰기로 한다. 당연한 현상이다.

두 경우 모두 공동의 관심사, 공동의 이상, 공동의 목적, 공동의 의미를 추구하고 실현하는 일에 뜻이 맞아 한편이 되는 경우다. 통계적으로도 비슷한 환경, 교육, 생활양식을 가진 사람들 사이에서 여러 가지 공통성이 발견되고, 이런 사람들끼리 공동의 관심사를 위해 한편이 되면 성공률도 그만큼 높아진다고 한다.

그러나 이와는 대조적으로 편을 짜는 유일한 기준을 외부적·외형적 조건이 비슷한지 여부로 삼는 경우가 있다. 두 사람이 논쟁을 하는데 쟁점이나 내용은 상관없이 무조건 동창의 편을 든다든가, 모임의 목적이나 그 목적을 수행하는 방법 같은 데는 관심 없고 자신의 고향 사람이 많은 모임이니까 덮어놓고 거기 가담한다든가 하는 경우다.

심한 경우 인류와 사회의 정의, 평등, 사랑, 평화, 신뢰, 조화 등 아름다운 이상과 가치를 추구하고 실현하려는 사람들이 있더라도 그들이 혈연, 지연, 학연 등으로 연관되어 있지 않으면 나와는 별 볼 일 없는 사람들이라 간주하는 한편, 비록 정치적으로나 사회적으로 인류와 사회에 해를 끼치고 있는 사람이라도 그들이 동향 사람이나 동창이면 눈을 감아 주거나 심지어 그들과 합세하는 일까지 있다.

우리는 어디에 속해야 할까? 어느 편에 서야 할까? 이런 문제에 부딪혔을 때 보다 높은 차원의 상황은 전혀 고려하지 않은 채 지연, 혈연, 학연의 외부적 조건만 같으면 절대적으로 그 편을 들어야 한다는 입장은 가재가 게 편 들 듯하는 일차원적인 생각이 아닐까?

물론 팔은 안으로 굽어진다. 그러나 그 팔도 사랑과 정의의 깃발을 들기 위해 밖으로도 위로도 펴질 줄 알아야 한다. 언제나 안으로만 굽어 있는 팔은 곰배팔이다.

균형 잡힌 삶

개같이 벌어서 정승같이 산다

구멍가게를 하는 박 씨는 입버릇처럼 "개처럼 벌어서 정승같이 살아야지"라고 중얼거린다. 그러면서 밤낮없이 일을 한다.

개처럼 번다는 것이 구체적으로 무슨 의미일까? 개처럼 쏘다니며 물고 뜯고 빼앗고 훔치고 그야말로 인정사정 볼 것 없이 마구잡이로 벌어들인다는 뜻인가? 이윤의 추구라면 체면이니 인륜이니 하는 것은 옆으로 밀어놓고 수단과 방법을 가리지 않고 한 푼이라도 더 모으는 것인가? 또 정승같이 산다는 것은 무슨 뜻인가? 모은 재산을 가지고 남 보란 듯이 멋들어지게 사는 것인가? 쓰는 방법이 멋지면 버는 과정이

지저분하더라도 상관이 없다는 말인가?

쓰는 것도 중요하지만 버는 방법도 그만큼 중요하다. 어떻게 쓰느냐가 어떻게 벌었느냐를 정당화시킬 수는 없다. 흔히 양심에 거리끼는 방법으로 번 돈이라도 자선사업 자금이다, 장학금이다, 교회 헌금이다, 절에 드리는 보시다 하고 바치기만 하면 과거가 모두 정당화된다고 믿는다. 그뿐 아니다. 버는 과정에서 개 같은 짓을 많이 하는 바람에 사람들에게 개 취급을 받아왔지만 거창한 희사금을 통해 사람들에게 정승처럼 군림할 수 있으리라 믿는다. 이런 사고방식이야말로 개같이 벌어서 개처럼 사는 데 불과하다고 볼 수밖에 없다.

이 속담을 다르게 풀이해 보자면, 개같이 벌어서 정승같이 산다는 말에는 비록 개처럼 성실하게 정당한 방법으로 벌었다고 하더라도 버는 것 자체로서는 충분할 수 없고 정승같이 고귀한 삶을 사는 것이 뒤따라야 한다는 좋은 뜻도 포함된 것 같다. 이른바 노블레스 오블리주를 실천하는 삶이다.

기독교 신약성서에서는 삶에 두 가지 형태가 있다고 분류했다. 하나는 생물학적·경제적 삶을 의미하는 비오스bios이고 다른 하나는 형이상학적 가치를 추구하는 정신적 삶 조에zōē다. 전자는 '만들어가는 삶making a living'이고 후자는 '살아 있음 그 자체의 삶living a life'에 해당한다고 할까.

이 두 가지 삶은 양자택일의 관계가 아니라 상호 보완의 관계를 유지하고 있다고 보아야 한다. "수염이 대 자라도 먹어야 양반이다"라는 말처럼 생물학적·경제적 여건이 완전히 결여된 상태에서는 정신적·형이상학적 가치를 추구하는 삶이 불가능한 경우가 많기 때문이다. 반대로 생물학적·경제적 삶만 있다면 그것은 인간의 삶이 아니라 동물의 삶에 불과하다. 예수가 "사람이 떡으로만 살 것이 아니"라고 했듯, 생물학적·경제적 삶은 필요조건이지 충분조건은 못 된다는 뜻이다. 개같이 버는 것만으로는 개 같은 삶 이상을 벗어나지 못하는 것이다. 여기에 정승 같은 삶이 덧붙여져야 한다. 개같이 버는 것이 유일한 목적일 때 삶은 의미를 잃고 만다.

개처럼 벌어서 정승같이 살라는 속담은 직업의 귀천 따위를 따질 것 없이 무슨 일에나 성실하게 임해서 번 것을 밑거름으로 하여 너와 나 모두가 아름다운 삶을 이룩하라는 것, 즉 비오스와 조에가 합일하는 균형 잡힌 삶을 살아가라는 뜻으로 받아들이고 싶다.

작은 것의 힘

고래 싸움에 새우 등 터진다

이 속담은 주로 큰 나라나 큰 집단 간의 상호 이권 다툼으로 작은 나라나 작은 집단이 무고하게 희생되는 일을 두고 하는 말이다. 제2차 세계대전 이후 생겨난 초강대국 미국과 구소련 간의 냉전 체제 때문에 한국은 등이 터지고 심지어 삼팔선에서 허리가 동강 나는 고통까지 겪어야 했다. 또 1992년에는 미국 로스앤젤레스에서 흑인과 백인 간의 거대한 인종 분규에 휘말려 비당사자인 한인의 가게가 불타 없어지는 아픔을 겪기도 했다. 모두 고래 싸움에 애민하게도 약소국 한국이, 약소민족 한국인이 당했던 사례들이다.

다시는 고래들의 전쟁이 벌어지지 않길 바란다. 그동안

고래들은 꾸준히 핵폭탄 같은 온갖 무기를 장만해 두었기 때문에 싸움이 났다가는 우리 모두가 잘 알고 있듯 새우 등만 터지는 정도가 아니라 바다의 모든 생물이 몽땅 멸종할 것이고, 고래 자신들마저 살아남을 수가 없을 것이다.

어찌 된 일인지 중고등학교에 다닐 때까지도 나는 이 속담을 "새우 싸움에 고래 등 터진다"로 잘못 알고 있었다. 조그만 새우들이지만 고래 등에서 서로 싸우다가 잘못하여 고래 등을 꼬집게 되면 고래같이 큰 동물이라도 어쩔 수 없이 등에 상처를 입을 것이라는 식으로 내 멋대로 해석했던 것이다.

이런 식의 거꾸로 읽기도 일리가 있지 않을까 생각한다. 어쩌면 거꾸로 읽어 더 적절한 속담이 될 가능성마저 있어 보인다. 우리 주위의 일상사를 살펴보면 새우 싸움으로 고래 등 터지는 일이 고래 싸움으로 새우 등 터지는 일보다 훨씬 더 흔하기 때문이다. 몇 가지 예를 보자.

우선 형제간의 불화로 집안이 콩가루가 되는 일이 있다. 유산을 두고 싸운다거나 기타 사소한 이해관계나 인간관계 때문에 형제가 으르렁거림으로 온 집안, 나아가 대소가大小家까지 이로 인한 피해를 입게 된다.

계층 또는 지역 간의 갈등, 빈부 간의 다툼 등으로 사회나 국가 전체가 몸살을 앓는 일도 자주 보는 현상이다. 이것도 새우 싸움에 고래 등 터지는 꼴이 아닌가? 또한 이민 사회의 경우 사소한 일이나 감정으로 서로 싸우는 바람에 한국인 전체가 손가락질을 받는 수가 있다. 몇몇 새우가 한인 사회 전체에 흠집을 내는 격이다.

뭐니 뭐니 해도 새우 싸움에 고래 등이 터진다는 말은 종교계에 가장 잘 적용된다. 교회에서 신자들끼리, 혹은 교회와 교회 또는 교파와 교파 간의 불화와 갈등과 시비와 세력 다툼으로 서로 지지고 볶기 때문에 기독교 전체가 욕을 먹는다. 나아가 기독교에서 믿는 하느님까지 고통을 받을 정도다. 일례로 간디는 그리스도를 좋아한다I like Christ 했으나 그리스도인은 사절이라고 했다I don't like christian.

기독교뿐만이 아니다. 불자도 비구比丘냐 대처帶妻냐, 즉 성직자의 결혼을 허용하느냐 하지 않느냐를 가지고 싸우고 이 문중이다, 저 문중이다 하면서 치고받는 바람에 종단, 나아가 불교나 불법 전체가 손상을 입기도 한다면 틀린 말일까? 나아가 어느 종교가 자기 종교만이 옳은 종교라고 독선적인 주장을 하면서 이웃 종교를 비난하는 바람에 분쟁이나 싸움을 일으켜서 종교계는 물론 사회 전체가 시끄러워지거나 심지어는 종교 자체가 비난의 대상이 되기도 하고 종교 자체에 등을 돌리는 사람의 수가 늘어날 수도 있다. 모두 새우 싸움으로 크나큰 고래가 넘어가는 셈이다.

큰 고래들 싸움에 새우 등이 터지는 것은 어쩌면 우리 조그만 새우들로서는 어떻게 해볼 도리가 없을 수도 있다. 그러나 새우 싸움에 고래 등 터지는 일이 없도록 만드는 건 어느 정도 새우들이 할 수 있다. 새우의 능력과 책임을 인식하고 서로 물고 뜯고 꼬집으며 싸워 고래 등에 흠집 내는 일을 그만두겠다는 각오를 다질 필요가 있다. 그럴 때 우리가 서 있는 터전인 집안, 집단 사회, 종교계, 국가, 세계가 더 평화롭고 안온해지지 않겠는가.

내면의 변화

금의환향

"남아가 뜻을 세워 고향을 떠났으면 배움을 이루기 전에는 죽어도 고향에 돌아가지 않는다男兒立志出鄕關 學若不成死不還"는 옛말이 있다. 여기서 '배움'이 정확히 무엇을 말하는 것인지는 알 수 없지만 옛날이었으니까 과거에 급제하는 것, 벼슬을 얻는 것, 혹은 학문에 대성하는 것쯤이었으리라 짐작한다. 아무튼 대단한 각오로 고향을 떠난 것임에 틀림없다. 일단 정한 뜻이 이루어지면 그때는 비단옷을 입고 귀향하는 것이 보통이었던 모양이다.

뜻을 세우고 고향을 떠나는 사람도 많지만, 요즘에는 고국을 떠나는 사람도 많다. 그들은 무슨 뜻을 세우고 고국을 떠날까? 학문의 성취, 자녀 교육, 사업의 성공일까? 너도 나도 이민을 가니까 친구 따라 강남 가듯 따라나선 사람도 있겠지만, 거창하게 청운의 뜻까지는 아니더라도 대부분 나름대로 소박한 꿈을 품고 붕정鵬程에 올랐으리라 짐작한다. 그리고 언젠가 그 꿈이 이루어져 금의환향하겠다는 희망을 안고 갔으리라.

이민사 수십 년이 지난 오늘날, 주변에서 이미 뜻을 이루어 금의환향한 사람을 많이 보게 된다. 최근에는 이민 간 나라에 정착해 살겠다는 사람들이 상대적으로 늘어났으리라 여겨지지만, 그래도 금의환향하는 사람도 많다. 시대가 바뀌었으니 문자 그대로 비단옷을 입고 말을 타고 졸랑졸랑 동네 어귀로 들어가는 사람은 없을 것이다. 모두 현대식으로 금의환향한다.

오늘날의 금의환향은 어떤 것일까? 밍크코트로 온몸을 감싸고 비행기 트랩에서 내리는 것일까? 다이아몬드 반지 등 온갖 보석을 온몸에 주렁주렁 달고 공항에 들어서는 것일까? 온갖 최신 전자기기를 걸치고 덜그럭거리며 서울로 입성하는 것일까?

만약 이런 것이 금의환향이라면, 이런 식의 환향은 한마디로 고향에 전혀 도움이 되지 않는다. 쉽게 말해 무명옷 입은 사람들에게 비단옷으로 우쭐대려는 태도가 아닌가. 일찌감치 고향을 빠져나온 내가 너희보다 얼마나 더 현명하냐, 내가 얼마나 더 출세했는지 봐라, 내가 얼마나 위대하냐며 나 보란 듯이 거들먹거리려는 심사에 불과하다.

이렇게 거들먹거리며 귀향하는 사람은 의식적이든 무의식적이든 고향에 있는 사람들에게 너희도 잘되려면 하루속히 고향을 등지라, 아직 이런 촌구석에서 썩고 있으니 얼마나 한심한가 하는 등의 생각을 심고 그들에게 이등 인생이라는 좌절감을 강요함으로 일종의 쾌감 같은 것을 맛보려는 심사가 심층에 깔려 있다. 이쯤 되니까 금의환향 같은 통속적 개념이 오늘날에도 유효한 것인지 의문이 생긴다.

금의환향이 지닌 내면적 의미를 찾아낼 수는 없을까? 배움을 이루라 그리고 고향을 찾으라. 그러나 나의 경제적·사회적·학문적 성공과 같은 외부적 성과를 확대해서 나팔을 불기 위함이 아니라 그동안 벌고 모은 것, 보고 배운 것, 갈고닦은 것 중에서 고향의 형제자매와 이웃에게 나눌 것이 있으면 나눠야 한다. 이로써 유대를 재확인하고 정을 나누고 나의 새로운 경험으로 비추어보아 고향에서 새롭게 얻을 것이 있으면 얻고 고향에 보탤 것이 있으면 보태면서 보다 깊은 차원의 목적의식과 올바른 마음가짐이 선행될 때 참된 의미의 환향을 찾게 되지 않을까.

미국의 종교철학자 존 던John Dunne 교수는 『온 세상의 길 The Way of All the Earth』에서 다른 생활방식, 다른 문화, 다른 종교로 '넘어가 봄passing over'으로써 새로운 안목을 얻고 '다시 돌아오는 것coming back'이 현대인이 감행해야 할 정신적 모험이라고 했다. 이런 정신적 모험에서 얻을 수 있는 겸허하고 사려 깊은 내면적 변화가 바로 우리가 고향을 찾을 때 입고 가야 할 아름다운 현대식 비단옷이 아닐까 생각해 본다.

공생과 상생의 원리

누이 좋고 매부 좋다

『맹자』의 「진심 상盡心上」 제25장에 다음과 같은 말이 있다.

"닭이 울 때부터 일어나 하루 종일 선한 일을 위해 힘쓰는 사람은 순舜임금의 제자들이고, 닭이 울 때부터 일어나 하루 종일 자기의 이익만을 위해 힘쓰는 사람은 도척盜跖의 제자들이다. 순임금과 도척의 차이를 알고 싶으면 이익을 생각하는가 선을 생각하는가 하는 것을 보면 된다."

순임금은 요堯임금과 함께 중국 최고의 성왕으로 불린다. 우리나라 이순신 장군의 이름 '순신舜臣'이 순임금에서 따온 것으로도 알려져 있다. 반면 도척은 고대 중국의 유명한 도둑이다.

나는 순임금의 제자인가 도척의 제자인가? 요즘 사람들은 닭 울음소리에 깨는 일이 없기 때문에 아무 쪽도 아니라고 말할지도 모르겠다. 그러나 닭 울음소리에 깨든 휴대폰 알람이나 라디오 소리에 깨든 날이 밝아서 깨든 과연 나는 종일 선한 일을 위해 힘쓰고 있는가, 혹은 나 자신의 이익만을 위해 힘쓰고 있는가를 심각하게 자문해 본다면 내 안에서 어떤 대답이 나올까?

"오늘 같은 시대에 말도 안 되는 질문이다. 물론 예수가 남을 위해 살았던 존재이고 불교에도 남을 위해 모든 것을 희생하는 대자대비大慈大悲의 보살 정신이 있는 것은 알지만 지금과 다른 사회구조, 가치 체계에서나 가능했던 일이다. 지금처럼 이익 추구가 최고의 가치로 인정받는 자본주의 사회에 살면서 어떻게 종일 자기의 이익을 구하지 않고 선한 일만을 위해 살 수 있다는 말인가? 특히 경제적으로 실력이 있어야 남에게 인정받는 현대 사회에 살면서 말이다. 닭 울 때부터 하루 종일이 아니라 스물네 시간 내내 돈 버는 일만 생각해도 모자랄 형편인데 남을 위해 사느냐 나를 위해 사느냐 물어보는 질문 자체가 일고一考의 가치도 없는 구시대의 유물일 뿐이다!"라고 따질 수도 있다.

그러나 이런 식으로 일격에 배격해 버려야 할 질문만도 아니라는 생각이 든다. 앞서 말했듯 유교에서는 '이'와 '의'

를 대조하여 소인배는 이익에 마음이 있고 군자는 옳은 일에 마음이 있는 법이라고 가르친다. 또한 기원전 4세기 중국의 사상가였던 묵자는 이익을 강조한 데 반하여 맹자는 이익만 추구하는 자세에서 벗어나야 한다고 강조했다.

이익을 추구하는 것과 올바르고 착한 일에 힘쓰는 것은 반드시 양립될 수 없는 이항대립二項對立 혹은 양자택일兩者擇一의 문제일까? 종일 선한 일에 힘써야 한다고 해서 우리가 가진 직업을 모두 팽개치고 자선사업이나 종교에만 뛰어들어야 한다는 뜻은 아니다. 여기서도 문제는 역시 '마음먹기'에 달려 있다. 이게 무슨 말일까?

나의 구멍가게가 오직 나의 이익만을 추구하기 위한 수단에 불과하다는 생각을 고쳐서 남에게 봉사하는 수단도 된다는 자각을 갖는 것이다. 무슨 직업이든지 그것이 오직 나의 생계를 위한 수단이 아니라 이웃과 사회, 나아가 인류를 위해 일할 수 있는 기회라는 생각을 갖기만 하면 같은 곳에서 같은 일을 하더라도 종일 나의 이익만을 위해 힘쓰는 위치에서 종일 선한 일을 위해 힘쓰는 위치로 옮겨가는 것이 아니겠는가?

성직聖職이나 인술仁術에 종사한다 해도 종일 나의 이익만을 추구하는 자기중심적 목적의식에서 비롯한다면 도척의 제자로 일하는 셈이고, 푸줏간에서 일을 하거나 광주리를 만들어 팔더라도 이웃과 사회에 편리를 제공하는 일이라는 자각에 입각했다면 순임금의 제자로 일하는 것이다.

독일의 사회학자 막스 베버Max Weber에 의하면 서구 자본주의의 출발은 자기의 직업을 부름calling이나 소명의식vocation으로 이해하고, 이를 통해 이웃과 하느님을 섬긴다는 프로테스탄트 윤리관으로부터 힘입은 바가 크다고 한다. 이런 윤리관 덕분에 각자 자기 직업에 충실하고 자연히 돈이 모이고 돈이 모이더라도 근검절약해서 더욱더 큰 자본이 축적되고 그것이 이웃과 하느님을 위해 선한 목적에 쓰이고…. 대략 이런 것이 베버가 생각하는 자본주의 성립 과정이었던 셈이다. 그의 주장대로 이것이 자본주의 근본정신이라면 자본주의의 이익 추구가 반드시 나 혼자만의 이익을 최우선으로 둔다는 뜻이 아님이 명백하다. 그것은 궁극적으로 사회의 공동 이익, 전 인류의 공동 복리를 추구하는 일이 될 수도 있고 이렇게 자각하고 일하면 그것은 선하고 바른 일을 추구하는 것과 합치된다 보아도 무방할 것이다.

닭이 울 때 잠에서 깨든 자동차 소리에 눈을 뜨든 하루 종일 나의 일에 충실하자. 그러나 그것이 개인만의 이익이 아니라 남을 위한 봉사가 된다는 사실도 함께 명심하자. 이럴 때 나의 일이 누이 좋고 매부 좋은 일이라는 자부심과 함께 뿌듯한 보람과 의미를 맛보게 되지 않을까?

이런 사랑!

가는 말이 고와야 오는 말이 곱다

이 속담은 일상에서 흔히 경험할 수 있다. 사랑은 서로 주고받는다는 특징을 지닌다는 말이다. 요즘에는 우스갯소리로 변한 시대상을 가리켜 "가는 말이 거칠어야 오는 말이 곱다"고 비틀어 말하는 사람도 있는 것 같다.

심리학자 에리히 프롬은 우리가 사랑을 이야기할 때 대부분 사랑'하기'보다 사랑'받기'를 생각한다고 한다. 그러나 진정한 의미의 사랑은 하는 것이 받는 것보다 더 중요하고, 이처럼 사랑을 하려면 사랑하는 연습이 필요하다고 했다. 마치 아름다운 경치를 보고 아름다운 그림을 그리려면 꾸준한 연습이 필요한 것처럼.

이런 말을 하고 있으니 『달라이 라마의 종교를 넘어』를 읽었던 기억이 떠오른다. 예전에 《불교신문》의 요청으로 서평을 쓴 적이 있는데, 원본으로 한번 읽어보고 싶어서 영어판을 사서 읽었다. 이 책의 제4장은 "Compassion, the Foundation of Well-Being"으로, 직역하면 '자비는 안녕의 기초'라는 뜻이다. 보통 'compassion'을 한국어로 옮길 때는 '자비'라고 번역하기 때문에 이 책의 한국어판에서도 "자비, 행복을 만들다"라고 번역되어 있다. 그러나 이 책에서 달라이 라마가 종교적 가르침에 입각한 종교적 윤리가 아니라 인지과학이나 인간 본성에 대한 관찰에 기초해 세속적 윤리를 강조하고 있다는 사실을 고려하여 여기서는 종교적 색채가 짙은 자비보다는 일반적으로 많이 쓰는 '사랑'이라고 옮겨본다.

이 장의 서두에서는 인간이 모두 다른 사람의 사랑과 온정에 의존할 수밖에 없음을 강조한다. 우리가 태어났을 때 어머니의 사랑과 보살핌에 의존하는 것은 말할 것도 없고, 어릴 때뿐 아니라 자라면서 사랑과 온정을 받아야 정신과 육체에 안녕이 깃든다고 운을 뗀다. 그리고 남에게 사랑이나 온정을 받을 때보다 줄 때 더 큰 유익이 있다는 사실에 방점을 찍는다.

"사랑하는 것이 사랑받는 것보다 더 중요하다 Loving is of even more importance than being loved" 그리고 우리가 다른 사람을 사랑할 때 "사랑의 첫 번째 수혜자는 언제나 자기 자신일 수밖에 없다 The first beneficiary of compassion is always oneself"라고 덧붙인다.

한 가지 더 중요한 사실은, 우리의 사랑이 우리가 사랑하는 사람의 반응에 따라 좌우된다면 그 사랑은 언제나 깨져버릴 위험을 지닌 취약한 것일 수밖에 없다는 것이다. 즉 사랑하는 사람이 나의 기대에 부응하면 모든 것이 문제없지만, 기대에 못 미치면 사랑의 감정은 쉽게 서운함으로, 심지어 증오로 바뀌기 쉽다. 섭섭하다느니, 배은망덕하다느니, 어찌 그럴 수 있느냐느니, 내가 너를 어떻게 키웠는데라느니 하는 말이 여기에 해당한다고 볼 수 있다.

문제는 우리가 이런 식으로 사랑했던 사람에게 원한과 증오와 적대감을 가진다면 자신 역시 정신적으로나 감정적으로나 영적으로나 건강할 수 없다는 데 있다. 따라서 나 자신의 유익을 위해서라도 진정으로 편향되지 않은 무조건적인 사랑으로 다른 사람을 대하는 태도를 지녀야 한다고 강조한다.

"원한, 증오, 적대감은 우리에게 아무 유익이 없다. 순수하고 무조건적이며, 편향되지 않은 사랑에 기초한 태도로 다른 이들을 대하는 것은 분명 자신의 유익을 위한 것이다."

자녀를 향한 어머니의 모성애와 달리 의식적으로 사랑하겠다는 의지로 훈련된 결과로 이루어진 사랑은 한 차원

높은 사랑이라 볼 수 있다. 이른바 확대되고 보편적인 사랑은 나 자신을 고려한다는 데 뿌리박은 사랑이 아니라 다른 사람들도 나와 똑같이 행복을 추구하고 고통을 피하려는 인간들이라는 단순한 자각에 뿌리내리고 있다는 것이다. 다른 사람에 대한 따뜻한 관심은 안정적인 것이어서 다른 사람이 우리에게 어떤 태도를 취하느냐에 전혀 영향을 받지 않는다. 심지어 다른 사람이 나를 위협하고 말로 학대할지라도 그들을 향한 나의 사랑과 그들의 안녕을 바라는 나의 관심은 흔들리지 않는다. 이처럼 진정한 사랑은 다른 사람의 행동에 초점을 맞추는 것이 아니라 그 사람 자체에 초점을 맞추는 것이라고 했다. 묵자의 겸애설兼愛說을 떠올리게 하는 대목이다.

재미있는 사실은 앞에서 언급한 것처럼 이런 사랑이 종교를 넘어서도 가능하고, 그럴 때 참된 사랑이 된다고 했다. 오늘처럼 각박한 세상에 이런 사랑이 실로 가능할까 의문이 들 수밖에 없다. 그러나 각박하니까 더욱 그리워지는지도 모르겠다.

용서와 치유

숙인 머리는 베지 않는다

비슷한 속담으로 "비는 장수 목 벨 수 없다", "비는 데는 무쇠도 녹는다"가 있다. 용서를 빌면 어쩔 수 없이 용서할 수밖에 없다는 뜻이다. 그러나 용서는 꼭 비는 사람에게만 해야 할까?

용서라고 하면 가장 먼저 부처와 예수의 가르침이 생각난다. 부처의 그 넓은 자비의 마음에는 미움도 원한도 있을 자리가 없다. 이런 자비의 마음속에는 사실 용서할 원수마저도 있을 수 없다고 해야 할지 모른다. 예수도 그의 제자들에게 "일곱 번을 일흔 번"(마 18:22)까지도 용서하라고 했고 심지어 십자가에 달려 운명하는 순간에도 "아버지 저들을 사하여 주옵소서 자기들이 하는 것을 알지 못함이니이다"(눅 23:34)라고 하면서 용서의 정신을 보였다. 부처나 예수는 어떻게 이렇게 한없이 넓은 용서의 마음을 가질 수 있었을까? 이와는 대조적으로 우리는 왜 부부간, 부모 간, 친구 간, 단체나 국가 간에 용서하는 자세가 그렇게도 모자랄까?

우리가 당장 부처나 예수처럼 될 수는 없다고 하더라도 적어도 주위에 있는 사람들을 좀 더 많이 용서하고 사랑하면서 행복하게 살아갈 수 없을까? 무슨 구체적인 묘안이 없을까? 몇 가지 생각이 떠오른다.

첫 번째, 어떤 사람이 나에게 나쁜 짓을 했다고 생각될 때 무조건 노여움, 원한, 분노, 증오 등의 감정을 품고 이를 갈 것이 아니라 그 사람이 정말로 나쁜 짓을 했는지 찬찬히 살펴보는 여유를 가지는 것이다. 누구를 나쁜 사람으로 생각하고 그에게 원한을 품게 된 데는 종종 나의 오해에서 기인하는 경우가 있기 때문이다. 사실 어떤 행동이 정말로 나쁜 짓인지 아닌지는 일반적으로 생각하는 것처럼 그렇게 간단하게 가려지지 않는다. 많은 경우 그것은 견해차에 불과할 수 있다. 따라서 누가 나에게 나쁜 짓을 했다고 하더라도 그것이 나의 입장에서 본 선입견이나 주관적 판단에 의해서 그렇게 받아들여졌을 뿐이지, 그 자체가 반드시 나쁜 짓이 아닐 수 있다는 이야기다. 내게 나쁜 짓을 했다는 사람이 자기로서는 좋은 의도를 가지고 선의를 베푼다는 마음으로 한 행동일 수 있고 실제로 똑같은 행동을 다른 사람에게 했을 때 그 사람은 다른 반응을 보일 수도 있다. 나에게는 나쁜 짓으로 보였지만 그가 좋은 일이라고 해서 한 것이라면 그 일로 인해 나는 오히려 그에게 고마워해야 할 수도 있다.

두 번째, 어떤 사람이 나에게 나쁜 짓을 했다고 확신했을 때라면, 나의 언행이나 태도가 의식적이건 무의식적이건 이런 대접을 불러들일 만한 것이었는지 아니면 나의 성품에 어떤 결함이 있어 이런 일이 발생하지 않았는지 등 먼저 자기 스스로를 살피는 것이 좋다. 내적 성찰을 통해 스스로를 고치고 개선하는 좋은 기회가 생겼다면 나는 그 나쁜 짓을 한 사람에게 오히려 고마워해야 한다는 이야기가 된다. 그뿐 아니라 그 사람이 정말로 나의 결함 때문에 그런 일을 했음이 분명하다면, 나는 나 때문에 실족한 그 사람에게 미안한 마음도 가져야 한다.

세 번째, 누가 나에게 나쁜 짓을 했을 때 일차적으로 화가 나는 것은 어쩔 수 없다. 그러나 이럴 때 그 화를 나와 동일시해서 화가 흥분한다고 나도 따라서 흥분할 것이 아니라, 일단 그 화를 나와 분리해서 화 자체를 살피는 일이 중요하다. 화는 화, 나는 나라는 식으로 화를 내게서 떨어뜨려 그 화가 나를 지배하지 못하도록 하는 것이다. 내 속에 있는 화가 나를 향해 함께 광란의 춤을 추자고 유혹해도 이를 물리칠 수 있는 용사다운 기개가 필요하다. 그렇게 되면 화는 내 안에 잠시 머물다가 그냥 떠나버린다.

네 번째, 다른 사람에게 원한이나 분노, 증오를 품고 있는 것은 우리의 피와 뼈를 마르게 하는 일이다. 육체적, 심리적, 영적으로 우리를 쇠진하게 한다. 따라서 누가 나를 미워한다고 나도 함께 미워하는 것은 나 자신에게 고통을 주는 어리석음이다. 마음이 비어야 깨달음의 빛에 이를 수 있고 마음이 청결해야 하느님을 볼 수 있다고 하는데, 이처럼 어둡고 무거운 마음을 가지는 것은 무엇보다 나 자신에게 못할 짓을 하는 일이다. 따라서 누군가를 용서하고 이런 어두운 마음을 청산하는 것은 엄격히 따지자면 그 사람을 위한 것이기 전에 나 자신을 위한 행동이다. 뿐만 아니라 나를 미워하면서 고통당하고 있을 그 사람에 대해서도 안타까운 마음을 가져야 한다.

다섯 번째, 누가 나에게 정말로 나쁜 짓을 했다고 생각될 때, 나쁜 짓과 나쁜 짓 하는 사람을 구별하는 것이다. 나쁜 짓은 미워하되 그 사람은 사랑하라는 이야기다. 병은 미워하되 병자를 미워해서는 안 되는 이치와 같다. 나쁜 짓을 하는 사람을 병자로 비유할 수 있다. 병자가 병에 희생되어 고통을 당하는 것과 마찬가지로 나쁜 짓을 하는 사람은 탐진치貪瞋癡 삼독으로 고통당하는 희생자다. 이런 희생자는 때려잡는 것이 아니라 오히려 불쌍히 여기고 돌봐야 한다. 병의 정도가 심하면 심할수록 더욱 아끼고 돌봐주어야 할 것이다.

사실 우리에게는 미워해야 할 사람이 아니라 오로지 물리치고 치료해야 할 병이 있을 뿐이다. 악독한 정치 지도자를 미워하고 때려잡는 것이 아니라 참된 인간화의 길을 역행하는 그 정치 이념이나 원리를 배격해야 한다. 거짓 종교를 선전하며 팔고 다니는 사람 그 자체를 미워하는 것이 아니라 그들을 움직이는 비열한 야욕과 무지의 어두운 힘을 물리치도록 해야 한다. 인간은 모두 치유의 대상이다.

여섯 번째, 위에서 몇 가지를 열거했지만 사실 용서의 마음을 가질 수 있는 가장 근본적인 힘은 깊은 종교적 안목에서 나온다. 그 안목이란 만물이 서로 상즉상입相卽相入한다는 것, 즉 만물은 결국 하나라는 사실을 체득하는 심오한 우주관 내지 세계관에 기초한다. 너와 나는 하나라는 마음에서 네 아픔이 곧 나의 아픔이라는 동병상련同病相憐의 마음, 영어로는 '함께 아파함'을 뜻하는 'compassion'의 마음이 우러나올 수 있다.

여기서 한 가지 짚고 넘어갈 필요가 있다. 용서는 어떤 사람이 무슨 일을 하든 가만 놓아두고 방관만 하라는 뜻이 아니다. 사랑하라는 뜻이다. 사랑하기 때문에, 자비의 대상이기 때문에, 지금 그에게 고통을 주고 있는 병을 치료하는 데 최선을 다하는 것을 의미한다. 물론 수술의 고통이 따를 수도 있고 경우에 따라서는 신체 일부를 잘라내야 하는 고통이 있을 수도 있다. 또 전염병의 경우에는 환자가 돌아다니며 병을 퍼트리지 못하도록 억지로라도 붙들어 놓거나 격리 수용할 수도 있다. 그러나 이 모든 일을 하더라도 환자를 미워하거나 죄의 대가를 지불하게 하거나 벌하거나 복수할 목적이 아니라 진정으로 그를 위한다는 마음으로 사랑과 자비로 하는 일임을 깊이 명심할 필요가 있다.

물론 용서가 말처럼 쉽지 않다는 사실을 우리는 다 알고 있다. 그러기에 용서는 더욱 값지고 귀하다. 이런저런 연습을 통해 우리 안에 용서의 마음과 이런 마음을 가지려는 참된 용기가 더해 갈 때 삶은 더욱 부드러워진다. 나아가 가정, 이웃, 사회 등 주위는 더욱 밝아지고 훈훈해지는 행복감을 맛보게 되는 것이 아니겠는가. 비는 사람에게만이 아니라 누구에게나 너그러운 마음을 갖는 것이 제일인가 보다.

칭찬하는 사회

달리는 말에 채찍질

잘 달리는 말에 채찍질을 해서 더욱 잘 달리게 한다는 뜻이다. 이른바 주마가편走馬加鞭이다. 그러나 조심해야 한다. 말의 경우에는 채찍질을 하면 더욱 잘 달릴지 모르지만 사람의 경우에는 채찍질이 상책일 수만은 없기 때문이다. 왜 그런가?

잘 알려진 대로 중국 사상사에서 맹자는 성선설性善說로, 그와 대조적으로 순자는 성악설性惡說로 유명하다. 맹자에 의하면 인간은 본래 착한 본성을 타고났기에 남의 아픔을 차마 볼 수 없는 불인不忍의 마음을 가지고 있다고 했다. 이 착한 본성을 잘 계발하면 누구나 요임금이나 순임금처럼 훌륭한 성인이 될 수 있다는 주장이다.

순자는 이와 반대로 인간의 본성이 본래 악하다고 보았다. 이런 악한 본성을 가지고 태어났지만 살아가면서 어떤 행동이 선하고 어떤 행동이 악한가를 살펴 선하게 살기를 계속 노력하면 그 노력이 축적되어 습관이 되고, 그것이 자연스럽게 몸에 배어 좋은 일이 저절로 일어나는 경지에 이르러 결국 우임금처럼 훌륭한 사람이 될 수 있다고 했다.

맹자의 성선설과 순자의 성악설 중 어느 것이 옳을까? 동아시아 역사에서 순자의 성악설은 진시황제 때 잠깐 빛을 보았을 뿐 대부분은 맹자의 설을 정설로 보았다. 그러면 요즘 시점에서 우리는 어느 쪽 손을 들어줄 수 있을까?

심층 심리학에서는 인간의 본성이 단일하거나 균질하다고 보지 않는다. 인간의 심성에는 밝은 면도 있고 어두운 면도 있다는 것이다. 이것이 사실이라면 맹자는 인간성 중에서 밝은 면을, 순자는 어두운 면을 강조한 것이라 볼 수 있지 않을까?

문제는 이들이 왜 이런 주장을 했는가 하는 데 있다. 맹자나 순자가 공통으로 바라던 바는 인간이 소인배적인 상태에서 벗어나 군자나 성인의 상태로 변화하는 것이었다. 단, 그렇게 하도록 도와주는 방법이 서로 달랐던 게 아닐까 생각한다. 피아노 연습을 하는 아이를 보고 맹자는 '너에게는 피아노 치는 데 소질이 있으니 그 소질을 꾸준히 계발하라'고 이르고, 순자는 '아이란 게으른 법이니 정신 차리고 열심히 피아노를 치지 않으면 안 된다'고 하는 차이 같은 것이다.

　현대 교육은 맹자의 방법을 선호한다. 그런데 그것이 교육 분야에서만일까? 종교에서는? 사회나 정치 분야에서는? 죄인이라고 윽박지르거나 뭐든지 잘못한다고 나무라기만 하는 대신 사랑과 자비의 마음을 가지고 사람들 속에 있는 잠재력이나 가능성도 함께 볼 수 있으면 좋겠다. 그렇게 되어 앞으로 종교계, 사회나 정치계가 어떤 모습으로 변할지 궁금하다.

　『칭찬은 고래도 춤추게 한다』는 책이 있다. 하물며 인간에게 있어서랴. 주위에 춤추는 사람들이 점점 많아지길 기대한다.

사랑과 이용의 함수

등 치고 간 내먹다

한 손으로는 남의 등을 어루만져 주면서 다른 손으로는 그의 간을 내먹는다니 너무나도 끔찍한 이야기다. 겉으로는 남을 사랑하는 척하면서 속으로는 그를 이용하려 드는 표리부동한 행동을 두고 하는 말일 터인데, 이렇게 소름 끼칠 정도로 살벌한 표현을 쓴다. 이런 종류의 위선적인 행동이 얼마나 역겹고 가증스러웠으면 극단적인 말로 묘사했을까? 우리 주위에 정말로 이런 일이 있을까 상상조차 하기 싫다. 그러나 이런 행위가 과연 극악무도한 몇몇 소수의 사람에게서만 찾아볼 수 있을까? 한번 곰곰이 생각해 볼 일이다.

인간 사회의 비극은 '사람은 사랑하고 물질은 이용하기

people to be loved, things to be used'라는 기본 질서에서 벗어나 오히려 오늘날 현실에서 '물질은 사랑하고 사람은 이용하기'로 바뀐 데 있다고 볼 수 있다. 사람을 목적 그 자체로 보지 않고 자신의 이기적인 목적을 달성하기 위한 수단으로 전락시킨다는 뜻이다. 말하자면 인간을 모두 이용 가치에 따라 저울질한다는 이야기다.

이러한 비극적 현상은 동서고금을 막론하고 만연한 고질병이다. 그래서 독일의 계몽주의 철학자 임마누엘 칸트가 인간을 목적으로만 여길 뿐 결코 수단으로 삼지 말라며 이를 모두가 받아들여야 할 정언명령*categorical imperative* 가운데 하나라고 역설하지 않았겠는가.

스스로 깊이 반성해 볼 때, 대인 관계에 있어 상대방을 오로지 목적으로만 여겼다고 장담할 수 있는 사람이 세상에 얼마나 될까. 예를 들어 내가 김 씨를 도와주었다고 하자. 물론 훌륭한 일이다. 그러나 그것이 만에 하나 김 씨의 환심을 사겠다든가, 김 씨로부터 뭔가를 받아내겠다든가, 김 씨를 내 편으로 만들겠다든가, 김 씨가 고마워할 것을 보고 한번 우쭐해 보겠다든가, 사귀어놓으면 언젠가 요긴할 때가 있을 것이라든가, 하느님이나 다른 사람의 칭찬을 받겠다든가 하는 등등의 마음이 잠재의식에라도 있었다면, 엄격한 의미에서 그것은 김 씨를 위한 도움이라기보다 나 자신을 위한 도움이다.

따라서 김 씨는 목적이 아니라 나 자신의 목적을 위한

수단에 불과했던 존재가 된다. 이처럼 내가 누구를 사랑한다고 할 때 그 동기가 궁극적으로 상대방보다는 나 자신을 위한 것이었음을 발견하게 되는 경우가 많다. 이렇게 자기중심적으로 자기를 사랑하기 위해 남을 사랑하는 것을 에로스eros라고 한다.

이와 반대로 종교에서 이상으로 삼고 있는 사랑은 자기를 잊어버리고 전적으로 상대의 안녕과 복지에만 관심을 쏟는 자기희생과 자기 내어줌의 사랑이다. 그리스도교에서 말하는 아가페agape가 그렇고 불교에서 강조하는 자비도 마찬가지다. 맹자 역시 앞뒤를 계산하지 않고 오로지 남이 어려움 당하는 것을 보고 견디지 못하는 불인의 마음이 인간 본연의 순수한 마음임을 강조한다.

무작정 상경한 사람에게 잠자리를 비롯해 옷과 화장품을 제공하는 것, 새로 이민 오는 가정을 위해 다른 교회보다 앞서 트럭을 가지고 공항에 나가는 것, 홀로 사는 이의 집에 담요 한 장을 사들고 심방을 가는 것, 상속자도 없이 홀로 죽어가는 노인의 병상을 자주 찾는 것, 신생 개발도상국에 식량을 원조하는 것 모두 사랑의 행동이라고 할 수 있다. 그러나 그것이 진정 순수한 사랑의 정신인지 혹은 그 뒤에 끈이 달린 것인지에 따라 숭고한 희생적 행위일 수도 있고 등 치고 남의 간을 빼먹으려는 비열한 만행일 수도 있다. 물론 진위를 알 수 있는 것은 오직 신과 나 자신뿐이다.

남의 등을 많이 쳐주자. 그러면서 간을 내먹으려는 생

각은 내다버리자. 그럴 때 그 행동은 진실하고 거룩하며 아
름다운 사랑으로 승화할 것이기에.

상생의 지혜

백지장도 맞들면 낫다

요즘 한국 사회의 두드러진 특징 중 하나는 여러 가지 이해 집단 간의 첨예한 대립이라 할 수 있다. 그런데 상당수 싸움의 궁극적인 목표가 오로지 상대편을 쓰러뜨리고 내 편이 이기게 하는 데 집중된 것 같다. 요즘 말로 '진영논리'다. 좀 과격한 말을 쓰면 내가 죽느냐 네가 죽느냐 하는 '냐냐주의'에 입각해서 죽기 살기로 싸우는 형국이다.

인도의 성인 간디가 생각난다. 간디가 인도의 독립운동을 지도하면서 지킨 두 가지 기본 원리는 우리가 잘 아는 바와 같이 진리파지眞理把持, Satyagraha와 비폭력ahimsa이다. 진리파지란 우리가 남과 겨룰 때 사사로운 감정이나 자신이 속한 집단의 이해타산이 아니라 오로지 양쪽 모두를 위한다는 진리에 입각해야 한다는 사상이다.

예를 들어 왜 인도는 영국에 대항해서 싸워야 했는가. 영국이 인도를 식민지로 삼으면 인도인이 비인간화되는 것은 물론이고 남을 비인간화하는 영국인도 마찬가지로 비인간화된다. 그렇기 때문에 인도인이나 영국인 다 같이 인간화되기 위해 인도의 독립이 필요함을 인식한다는 식이다. 싸우더라도 '너 죽고 나 살자'가 아니라 '너도 살고 나도 살자'는 것이다. 다른 말로 윈윈 게임이다. 또한 이는 "정의, 인도, 생존 번영을 위할 뿐 결코 배타적 감정으로 일주하지 말라"고 한 우리나라 삼일운동의 정신이기도 하다.

진리파지의 행동이 바로 비폭력으로 나타난다. 비폭력은 남에게 해를 주지 않는다는 뜻이지만 이를 적극적으로 표현하면 사랑이요, 자비다. 간디는 비폭력과 진리파지의 원칙이 예수가 가르친 사랑에 극명하게 드러나 있다고 보았다. 부처의 자비인들 이와 다를 바 있겠는가.

백지장 하나도 맞들면 낫다고 하는데, 한국 사회가 처한 어려운 정황에서 헤어나려면 얼마나 더 큰 자기희생과 협력이 필요하겠는가. 사랑과 자비를 이상으로 하는 종교인은 민족의 화해나 세계의 평화와 같은 공동선을 위해 힘쓰는가, 아니면 나도 모르게 나와 내 집단의 근시안적 이기심만을 위해 싸우는가. 다시 한번 스스로를 깊이 살펴보아야 한다.

마지막으로 한 가지 개념을 소개하며 이 글을 마치고 싶다. 우분투ubuntu. 남아프리카 반투어에서 유래한 말로, 영어로는 'I am because we are'이라 번역할 수 있다. 한국어로는 '우리가 있기에 내가 있다'는 뜻으로 보면 되겠다. 우분투는 실제 아프리카 여러 공동체에서 전통적으로 쓰이는 말로, 공동체와 내가 상호 연관, 상호 의존의 불가분적 관계임을 강조하는 말이라고 한다.

캐나다 퀘이커교 잡지 《캐나디안 프렌드The Canadian Friend》에 의하면 2024년 8월 남아프리카공화국에서 개최한 퀘이커교 세계 대회의 모토가 "우분투의 정신으로 살아가기: 피조물 그리고 서로를 품으라는 신의 부름에 희망으로 응답하기Living the Spirit of Ubuntu: Responding with hope to God's call to cherish creation—and one another"였을 정도로 최근까지도 중요시되는 정신이라 말할 수 있다.

우분투 정신을 실천한 남아프리카공화국 성공회 신부 데즈먼드 음필로 투투Desmond Mpilo Tutu 대주교는 "우분투는 신의 전殿이라고 할 수 있는 피조물들의 상호 의존성을 인정하는 것이다. 우분투는 인간관계뿐 아니라 자연계와의 관계에서도 조화와 균형을 확실하게 해준다. 우분투는 아프리카 여러 사회에서 일상적으로 실행되는 것으로서, 그 영향력은 공동체에서 화합, 균형, 개방성, 평화, 자비, 위엄을 유지하게 해준다. 이것은 이기주의와 물질주의를 막아준다"라고 말한다.

근년에 들어 이기심과 물질 제일주의의 희생이 된 채 각자도생各自圖生에만 힘쓰게 된 한국 사회에 이런 우분투의 공동체 정신이 되살아나길 꿈꿔본다. 가능한 꿈일까?

유환유비

소 잃고 외양간 고친다

외양간을 잘 고쳐놓았으면 소를 잃어버리지 않았을 터인데 소를 잃고 나서야 외양간을 고치니 얼마나 어리석은 일이냐는 속담이다. 옳은 말이다. 소를 잃기 전에 일어날 수 있는 여러 가지 가능성과 위험성을 진단하고 점검해서 거기에 맞게 대책을 강구해 놓았으면 그보다 더 좋은 일이 어디 있겠는가? 그러지를 못한 어리석음을 안타까워해야 할 것이다. 한자로 풀면 유비무환有備無患이라, 실기失機하지 말라는 뜻이요, 보통 말로 하면 원님 지나간 다음 나팔 불어서는 곤란하다는 이야기다.

한평생을 놓고 생각해 보면 이 말이 정말 옳다. 인생은

한 번밖에 오지 않는 것. 한번 잃어버리면 그것으로 그만이다. 외양간을 자꾸자꾸 고쳐가며 살 수 있도록 인생이 우리에게 여러 번 오지 않는다. 한 번밖에 주어지지 않은 삶, 허비하거나 낭비할 수 없다. 잃은 다음 고쳐봐야 쓸데없는 일이다.

그러나 우리의 일상사를 놓고 따져보면 누구나 평생 소를 한 번만 가져야 한다는 법은 없다. 시골에서 농사짓자면 소가 없을 수는 없는 일이다. 무슨 연유에서든 소를 잃었으면 어쩔 수 없이 다시 소를 들여올 수밖에 없다. 따라서 소를 잃어버린 다음 이렇게라도 소를 다시 들여올 것에 대비해서 외양간을 점검하여 잘 고치는 게 필수적이다. 이런 필수적인 일을 등한시하는 것이야말로 한심한 일이다. 그러니까 소를 잃기 전에 외양간을 고치지 못한 것이 어리석은 일이라면, 소를 잃고 나서도 외양간을 고칠 줄 모르는 것은 곱빼기로 어리석은 일인 셈이다. 소를 잃기 전에 외양간을 고치지 못한 것이 한 번 실수를 저지른 것이라면, 소를 잃고도 외양간을 고칠 줄 모른다는 것은 지나간 잘못에서 교훈을 얻을 능력이 결여되었다는 것이어서 어쩔 수 없이 앞으로도 계속 잘못할 위험에 처해 있다는 엄청난 사실을 뜻하기 때문이다.

따라서 소 잃고 외양간 고치는 것은 결코 어리석은 일이 아니다. 아니, 소를 잃었으면 반드시 외양간을 고쳐야 한다. 즉 유환유비有患有備여야 한다.

　우리 주변에 소 잃고 외양간만 고칠 줄 알았더라면 다음부터 잃지 않아도 됐을 소를 얼마나 많이 잃었는가? 러시아의 체르노빌이나 일본의 후쿠시마 원전 사고, 서울의 성수대교나 삼풍백화점 붕괴 사고, 남북 경색, 부정 축재나 민주주의 파괴 행위를 보라. 이전에는 이렇게 큰 소가 아니었을지 모르지만 비슷한 일로 소를 여러 번 잃은 경험이 있는데도 외양간을 튼튼히 고칠 줄 모르는 데서 온 비극이 아닐까?

　억지 같은 소리일지는 모르지만, 설령 이것들이 소를 처음 잃는 일이라 치자. 그러면 이제 소 잃는 일은 이것으로 마지막이어야 한다. 이렇게 큰 참사나 불미스러운 일들이 일어나기 전에 예방하지 못한 것이 안타깝지만 이제 개인 또는 사회나 국가 전체가 외양간을 튼튼하게 잘 고쳐서 더 이상 소를 잃지 않도록 해야 할 것 아닌가. 소를 잃었으면 외양간은 반드시 고쳐야 한다. 소 잃고 외양간 고친다고 비웃지 말라.

공든 탑도
무너진다

십년공부 도로 아미타불

이 속담의 연원이 궁금하다. 통설에 의하면 10년 동안 매일 '나무아미타불'을 외우면서 염불하던 한 스님이 하루는 개성 성안에 갔다가 어느 유명한 기생에게 반해 그동안 쌓은 공이 허사로 돌아갔다는 데서 생긴 말이라고 하지만 확인할 길이 없다. 주로 오랜 세월 쌓은 공이 하루아침에 수포로 돌아갈 때 이런 말을 쓴다.

우리가 들이는 공 가운데 자녀를 위해 들이는 공보다 더 오래 들이고 각별히 들이는 것이 또 있을까? 그런데 요즈음 우리 주위를 보면 오랫동안 들였던 공이 한순간에 무너지는 경우가 있어 가슴이 아프다.

2013년 9월 10일, 세계 자살 예방의 날을 맞아 한국건강증진재단이 통계청의 자료를 바탕으로 분석한 결과, 경제협력개발기구OECD 회원국의 평균 청소년 자살률은 낮아지는 추세인 반면, 열 살에서 열아홉 살의 한국 청소년 자살률은 지난 10년간 57퍼센트가 높아졌다고 한다. 놀라운 사실은 같은 기간 성인 자살률보다 더 높은 증가율이라는 점이다. 그 후 10년이 지나 2023년 데이터에 따르면 자살 인구 연령이 더 낮아져, 아동·청소년 자살률은 인구 10만 명 당 3.9명으로, 2000년 이후 최대치를 기록했다고 한다.

성인은 주로 경제적 어려움, 우울증 같은 정신 질환이나 장애, 외로움 등을 이유로 자살하는 반면, 청소년은 주로 성적 및 진학 문제에 따른 압박, 학교 폭력, 왕따, 스트레스, 부모와의 좋지 못한 관계, 부모의 기대에 부응하지 못하는 좌절감, 또는 부모의 이혼으로 인한 가정불화 등에 의해 충동적 자살을 한다고 한다.

어떤 이유든 무서운 일이다. 청소년의 자살은 "십년공부 도로 아미타불"이 아니라 '몇십 년 공부 아미타불'이다. 그뿐 아니라 이것은 자살하는 본인과 부모, 형제, 사회 전체와 관계되는 복합적인 비극이다. 우리 모두 더욱 세심한 주의와 관심으로 자녀를 돌봐야겠다는 다짐을 해야 한다. 한 가지 놀라운 사실은 자살에 치료란 있을 수 없고, 오로지 예방만이 있을 뿐이라는 것이다.

자녀들을 뒷받침해 주자. 그러나 너무 압박하지는 말

자. 희망과 계획은 지니되 허황된 기대는 삼가자. 자녀가 모두 싱싱하게 자라도록 건강한 토양과 알맞은 환경을 조성해 주자. 그들이 구김살 없이 자라나 인류 사회에 기여하는 일꾼이 되는 것을 볼 때 십년공부가 헛수고가 아니었음을 발견하는 기쁨을 맛보게 되리라.

한국 사회의
네 가지 병

어물전 망신은 꼴뚜기가 시킨다

꼴뚜기는 얕은 바다에서 사는 작은 오징어류다. 다리를 쭉 펴면 길이가 약 20센티미터 정도 된다. 그런데 왜 "어물전 망신은 꼴뚜기가 시킨다"는 말이 나왔을까? 꼴뚜기가 무슨 잘못을 저질렀기에 어물전 망신을 다 시키는가? 시커먼 먹물을 뿜어내어 다른 생선들이나 심지어 생선을 사러 온 손님들에게 먹물을 끼얹기 때문일까? 꼴뚜기에게는 미안한 일인지 모르지만, 아무튼 사람들 사이에서 망신스러운 일을 해서 지탄의 대상이 되는 사람을 두고 꼴뚜기라 하는 것 같다.

한때 '한국병'이란 말이 유행했다. 꼴뚜기가 어물전 망신의 주범인 것처럼 한국 사회에 있어서는 안 될 망신스러운 일을 두고 이런 말을 썼다. 구체적으로 무엇을 지칭하는지 모르겠지만 결국 공동체 전체의 이익보다는 나 하나의 이익을 최고 가치로 떠받드는 자기중심주의적 경향이 아니었을까. 이처럼 자기중심주의 혹은 이기주의를 조성하여 한국 사회를 망신스럽게 만들고 심지어 병들게 하는 주범이 무엇일까? 나름대로 한국 사회에서 관찰할 수 있는 네 가지 문화를 생각해 보았다.

첫째, 입시 문화다. '고3병'이라는 말이 있을 정도로 자녀가 고등학교 3학년이 되면 수험생뿐만 아니라 온 집안이 병을 앓는다. 좋은 학교에 입학하기 위해서다. 왜 좋은 학교에 입학하려 할까. 사회에 더욱 효과적으로 봉사하기 위함일까? 십중팔구 성공해서 남들 보란 듯 살기 위함이 아닐까. 아무튼 입시 준비생이 되면 조부모님 댁에 가서 세배를 한다거나 조상의 산소를 찾는다거나 동생을 먼저 생각한다거나 친구와 협력해야 하는 등의 일에 신경 쓰지 않을 수 있다. 말하자면 고교 시절 내내 전통적·윤리적·사회적 덕목보다도 자신의 출세야말로 떠받들어야 할 최고의 가치임을 다짐하며 자란다는 뜻이 아닌가 싶다.

둘째, 군대 문화다. 지금은 많이 달라졌다지만 예전에는 전투모를 잃어버리면 난리가 났다. 소대장으로부터 오늘 15시까지 구해놓으라는 명령이 내려오면 훔쳐오든지 변소에서 벗겨오든지 간에 무조건 명령대로 해야 했다. 시간이 되었는데도 못 구하고 있다가 '옆 소대에서 하나 훔쳐오면 그 소대는 대원 전원이 기합을 받을 터인데, 어찌 그런 일을…' 하는 생각 따위를 말했다가는 조인트를 까였다. 군 복무 시절 내내 이런 식으로 나의 목적을 위해서는 수단과 방법을 가리지 않고 이웃 같은 것은 생각할 필요가 없다는 가치관으로 무장할 여지가 크다. 이런 가치관을 제대 후 사회에 적용하면 어떻게 될까?

셋째, 운전 문화다. 지금은 많이 좋아졌지만 한때 한국에서 양보는 곧 죽음이나 낙오를 의미하기라도 하는 양 한 치라도 코를 먼저 들이대고 앞서가려는 도로 풍경을 흔히 볼 수 있었다. 도로에서는 내가 먼저 가는 것이 중요할 뿐 남을 위한 배려 따위의 사치는 있을 수 없음을 재확인하는 훈련이 아침저녁으로 치러야 할 의식儀式처럼 계속되는 셈이었다.

넷째, 종교 문화다. 기복 종교가 판을 친다. 이런 종교는 인류 전체나 사회의 복지보다는 신의 복을 받아 내가 잘살아보는 게 우선이다. "가난한 자는 복이 있나니"는 말도 안 되는 소리. 가난한 것은 내가 신에게 뭔가 잘못했기 때문이므로 가난은 곧 죄라고 인식한다. 무슨 수를 쓰든 떵떵거리며 살아야 한다고 생각하며 그것이 훌륭한 신도라는 증거라고 믿는다. 매주 이런 믿음을 강요당하며 산다.

물론 이런 나만 아는 심성이 꼭 종교적 요인 때문이라고는 할 수 없을지 모르겠다. 그러나 종교가 퍼진다면 거기에 비례하여 남을 생각하는 마음이 커지고 범죄율도 그만큼 줄어들어야 할 터인데 그렇지 못하니 안타까운 일 아닌가.

한국에서 종교가 해야 할 역할이 무엇인가 다시 생각하게 하는 대목이다.

그럼 이런 네 가지 병에 대한 처방은 무엇일까? 꼴뚜기 대신 싱싱한 어물로 가게를 가득 채울 방법은 없을까? 고양이 목에 방울을 다는 것처럼 어려운 일일지 모르지만 일신의 어려움이나 위험을 무릅쓰고서라도 그렇게 해보겠다고 마음을 쓰는 사람들이 점점 많이 나와야 하지 않나 생각해 본다.

필연성과 개연성 사이

아니 땐 굴뚝에 연기 날까

김 양이 바람을 피웠다는 소문이 파다했다. 김 양은 결백을 주장했다. 그러자 옆에서 이 양이 한마디했다. "아니 땐 굴뚝에 연기 날까?"

아니 땐 굴뚝에서 연기가 나지 않는 것이 보통이다. 그러나 절대적으로 연기가 나지 않는다는 보장은 없다. 현대 물리학에서는 우리가 일반적으로 믿는 인과율이 만고불변의 철칙이 아니라 하나의 통계학적 가능성에 불과하다고 이야기한다. 이른바 불확정성 원리다.

예를 들어 금덩어리를 금고에 넣어놓고 사람들이 손을 대지 않는다면 몇백 년 후에도 그 금덩어리가 금고 속에 그대로 남아 있으리라는 것은 통계학적으로 보아 그럴 확률이 크다는 것뿐이지 그 금덩어리가 금고 밖에 나와 있을 가능성이 전혀 없다고 절대적으로 단언할 수 없다는 이론이다. 따라서 아니 땐 굴뚝에서 연기가 나올 수 있는 확률은 극히 적겠지만 그렇다고 절대 나와서는 안 된다는 법이란 있을 수 없다는 이야기다.

좀 억지 변명처럼도 들린다. 백 보 양보해서 아니 땐 굴뚝엔 연기가 나오지 않는 것이 상례라고 하자. 그러나 여기서 따져볼 문제는 아니 땐 굴뚝에서 연기가 나올 수 있느냐 없느냐 따위의 양자역학이나 인과법칙이 아니다. 첫째, 아니 땐 굴뚝에서 나왔다는 그 연기가 정말로 연기인가 아닌가 하는 문제다. 연기가 나지도 않았는데 연기가 난 것으로 잘못 본 경우, 즉 구름같이 생긴 도깨비 꼬리가 굴뚝에서 빠져나오는 것이나 크리스마스 때 산타 할아버지의 흰 수염이 굴뚝에서 올라오는 것을 보고 그것이 으레 연기려니 착각하는 경우가 없지 않을까 하는 점이다.

둘째, 앞집 굴뚝과 뒷집 굴뚝이 내가 선 위치에서 볼 때 일직선상으로 포개져 있어 뒷집 굴뚝에서 나오는 연기를 마치 앞집 굴뚝에서 나오는 연기로 오해하는 경우가 없지는 않을까. 이런 착각이나 오해로 인해 연기도 안 나오는 김 양 집 굴뚝에다 대고 "이 집에서 지금 틀림없이 불을 때고 있노라"라고 단정하는 웃지 못할 사례가 나오지 말라는 법이 없다.

이제 백 보를 한 번 더 양보해서 정말로 김 양 집 굴뚝에서 진짜 연기가 나왔다고 하자. 그렇다 하더라도 우리가 할 일이 김 양을 무조건 단죄하는 것뿐일까? 김 양이 직접 땐 불인가? 직접 땐 불이라면 자진해서 땐 것인가, 혹은 강요에 의한 것일까? 자진해서 땠다면 왜 땠을까? 불을 때지 않을 수 없었던 사정이 무엇이었을까? 불을 때고 연기를 피워 놓고도 그것이 연기가 아니라고 주장하는 데는 어떤 사정이 있는 것일까? 이런 식으로 김 양을 이해하려는 마음이 더 아쉬워 보인다.

남의 집 굴뚝 연기에 대해 이렇다 저렇다 섣불리 판정 내리는 일은 삼가야 할 뿐만 아니라 확인된 연기라도 그 뒤에 얽힌 사정을 깊은 이해와 동정으로 대하려는 따뜻한 마음이 있어야 하지 않겠는가.

유기체 의식의 함양

나의 어머님은 여덟이나 되는 자식들을 기르면서 하나하나에게 한결같은 사랑을 쏟았다. 하나라도 아프거나 하면 "내가 대신 아프고 말지"라고 하며 스스로 우리의 고통을 짊어지려 했다. 특히 어릴 때 관절염으로 오랫동안 고생하던 막내 누나에게 지극한 정성과 사랑을 베풀었다. 그러면서 항상 "열 손가락 깨물어 안 아픈 손가락이 없다"는 속담을 인용했는데, 우리는 이런 어머니의 소박한 말에서 형제들이 모두 손가락과 같은 관계라는 진리를 알게 모르게 마음에 새겨놓았는지도 모르겠다.

이른바 유기적有機的, organic 관계다. 콩가루 집안이 아닌 이상 가정이란 가족 구성원이 모두 상관관계를 가진 유기적 단위다. 마치 신체 각 부분이 깊은 관계를 유지하면서 움직이는 것과 같다. 눈, 코, 입, 귀, 팔, 다리, 허리, 배, 손발, 오장육부 어느 하나라도 따로 독립되어 있는 것이 없다. 모두 돕고 서로 도움을 받으며 각각의 기능을 발휘할 때 하나의 온전한 단위로 존립하게 된다. 어느 한 부분이라도 아프면 모든 부분이 다 같이 고통을 당한다.

가정뿐 아니라 국가도 넓은 의미에서 하나의 유기체라 할 수 있다. 국가를 일종의 유기체로 보는 학설은 특히 헤겔 학파에 속하는 정치철학자들의 주장에서 확인할 수 있다. 그러나 여기서 말하는 것은 전체주의 입장을 뒷받침하기 위한 국가 유기체설이 아니다. 헤겔의 주장은 유기체가 각 부분을 초월해 존재하듯 국가 역시 단순 개인의 합이 아니며 개인은 유기체의 일부로서, 국가의 이익이 개인의 이익에 우선해야 한다는 것이다. 그러나 나는 이와 반대로 국가를 이루고 있는 구성원 하나하나의 불가결성, 즉 각 구성원의 존엄성과 상호 간의 불가분적인 유대 관계를 강조하고 싶다.

국가를 유기체로 파악한다면 몇 가지 심각하게 반성해야 할 일이 있다. 우리 몸의 일부가 아플 때 몸 전체가 아픔을 함께하듯 국가의 어느 계층이 고통을 당하고 있을 때 우리는 그 고통을 모두의 고통으로 받아들이고 있는가? 한쪽 팔에서 피가 흐르는데도 무관심하게 반응하는 몸이 정상적인 몸일 수 없듯 구성원의 일부가 어떤 어려움을 당해도 상관하지 않는 사회도 정상적인 사회일 수 없다. 마찬가지로 배만 잔뜩 부르고 머리가 텅 빈 몸이 건전한 몸일 수 없듯 경제적으로만 살찌고 문화적으로나 정신적으로 허탈한 상태를 면하지 못한 국가도 건전한 국가일 수 없다.

인간이 인간다워지기 위해서는 모든 기관이 다 제 기능을 마음껏 발휘하면서 조화롭게 성장해야 한다. 국가도 국가다워지기 위해서는 구성원 각자가 그들의 다양한 기능을 유감없이 드러냄으로써 국가 전체가 균형 잡힌 발달을 할 수 있어야 한다.

우리를 위해 눈이나 귀 또는 입의 기능을 하다가 고통당하는 사람들을 외면하지 말자. 눈이나 귀가 없어도 배만 부르면 그만이라는 유혹에 넘어가지 말자. 배부른 돼지가 고뇌하는 소크라테스보다 더 행복하다는 망념에 사로잡히지 말자.

열 손가락 중 하나라도 깨물리는 일이 없도록 서로 보살피며 살아가야겠지만, 만에 하나 한 손가락이라도 깨물린다면 그 고통을 함께 나누자. 그리하여 열 손가락이 합동하여 선을 이루도록 해야겠다.

수단과 목적의 전도

열흘 붉은 꽃이 없다

화무십일홍花無十日紅. 정치가들이 자주 쓰는 말이다. 권력은 꽃과 같아서 열흘 이상 붉음을 유지하지 못한다는 뜻이다. 특히 지금 권력을 쥐고 있지 못한 편이 현재 정권을 잡고 있는 편을 향해 주로 쓴다. 그러나 상대방의 권력이든 자기가 잡으려는 권력이든 화무십일홍이라는 말처럼 덧없는데 왜 권력을 잡겠다는 사람은 이리도 많을까? 이에 대해 모두들 국민을 위해 봉사하기 위해서라고 말한다. 궁금한 것이 있다. 권력을 쥐려고 하는 사람들 중에 정말로 그 권력으로 사람을 섬기겠다는 일념을 가진 이가 과연 얼마나 될까?

언젠가 사법고시 합격자를 상대로 한 설문조사 결과를

본 적이 있다. 이들 중 상당수가 사법고시에 합격한 것 자체를 인생의 목표가 달성된 것으로 보았다. 그 내용이 아직까지 기억에 남아 있는 이유는 어떻게 사법고시 합격 자체가 인생의 목표가 될 수 있는지 심히 의아스러웠기 때문이다. 물론 어려운 시험에 합격한 것은 장한 일이다. 또 일로매진一路邁進한 결과라 축하를 받아 마땅하다. 그러나 합격 자체가 정말로 인생의 목표인가? 사법고시에 합격한 것은 억울한 일을 당하는 이웃이 사라지고 내가 속한 공동체에 정의를 광범위하게 실현시킨다는 숭고한 목적을 위한 수단이 아닌가? 사법고시 합격은 이런 원대한 목표를 향해 가는 첫걸음에 불과하며, 이런 의미에서 보면 정의가 실현되지 못하고 억울한 일을 당하는 사람이 오히려 늘어난 현실에서 그들이 목적으로 삼고 가야 할 길은 아직도 멀다 해야 한다.

따지고 보면 사법고시 합격생만이 아닌 것 같다. 각종 선거에 입후보자로 나서는 이들은 어떤가? 그들도 당선 자체를 인생의 목표로 보고 있지는 않나? 한번 높은 자리에 앉아 목에 힘을 주면서 권세를 누려보는 것이 인생의 목표요, 최고 가치라 보는 것은 아닐까?

너무 이상적인 공염불인지 모르지만 당선을 통해 내가 가진 재능을 더 효과적으로 발휘해 더 많은 사람을 섬기길 원한다는 목표가 정석이 아니겠는가? 당선은 어디까지나 내가 속한 공동체에 더욱 크게 봉사하기 위한 출발이요, 수단일 뿐이다.

　　당선을 목적으로 보느냐 수단으로 보느냐는 정치 풍토에 크게 영향을 미칠 수 있는 중대한 사안이라 생각한다. 당선 자체가 목표라면 상대방을 중상모략하는 등 그야말로 물불을 가리지 않고 싸울 것이다. 그러나 당선은 어디까지나 더 많은 사람을 섬기기 위한 한 단계 더 높은 차원의 목적을 위한 수단이라 생각한다면 자신과 경쟁자들 가운데 누가 더 효과적으로 사람들을 섬길 능력을 소유했는가에 관심을 가질 것이다. 이런 일이 실제로 있겠냐마는 이론으로라도 내가 당선되는 것보다 상대방이 당선되는 것이 사람을 섬긴다는 궁극적인 목적에 더욱 부합한다고 생각할 경우 스스로 사퇴하는 일까지 생길 수 있다. 실제로 선거 도중에 사퇴하는 이들이 있긴 하지만 현실에서처럼 당선 가능성이 없어서가 아니라 내가 속한 공동체의 더 큰 안녕과 유익이라는 가치를 위해서 사퇴하는 것이다. 물론 사심 없는 마음으로 재어보았을 때 내가 누구보다 더 잘 섬길 수 있다고 확신한다면 나의 당선을 위하여 최선을 다해야 한다.

　　중국 고전『장자』를 보면 안회가 위나라 백성들이 독재자 밑에서 신음하고 있다며 자기가 가서 그들을 돕겠다고 말하는 이야기가 나온다. 그러자 스승 공자가 그런 안회를 만류했다. 안회는 자기가 인격적으로나 정치적으로나 국가 경영에 필요한 모든 자질을 갖추었는데 가지 못하게 하는 이유가 무엇이냐고 되물었다. 공자는 그래도 아직 한 가지 모자라는 것이 있다며, 그것이 바로 '마음을 굶기는 일(心齋, 심재)'

이라고 했다. 내 속에 있는 모든 이기적인 욕망을 비우고 나서 정치판에 들어가야 나도 살고 다른 사람도 살릴 수 있다고 했다.

너무 이상적인 이야기인가? 『장자』를 몰랐던 간디 역시 장자와 같은 원리를 가지고 정치에 참여했다. 그가 실천한 진리파지는 자신이나 우리 편의 이익만이 아니라 상대방을 포함하는 우리 모두의 공동 이익에 이바지하는 일을 해야 한다는 원리다. 자기 출세와 당리당략이 최고의 가치가 된 한국의 정치 현실에서 당선이나 집권이 결국 모든 이의 안녕을 위한 수단이라고 여기는 사람이 많아지길 기대하는 것은 그야말로 연목구어緣木求魚에 불과할까?

지도자의 자질

가혹한 정치는 호랑이보다 더 무섭다

『도덕경』 제17장을 보면 지도자는 네 가지 유형이 있다고 한다. "가장 훌륭한 지도자는 사람들에게 그 존재 정도만 알려진 지도자, 그다음은 사람들이 가까이하고 칭찬하는 지도자, 그다음은 사람들이 두려워하는 지도자, 가장 좋지 못한 것은 사람들에게 업신여김을 받는 지도자太上不知有之 其次親而譽之 其次畏之 其次侮之"다. 그러므로 훌륭한 지도자는 내성외왕內聖外王이어야 한다. 속으로 성인 같은 자질을 갖추어야 그것이 밖으로 표출되어 훌륭한 왕이 된다는 도가 특유의 정치철학을 구체적으로 표현한 말이다.

그럼 밑에서부터 한번 생각해 보자. 최악의 지도자, 즉 사람들의 비웃음을 사는 지도자는 도덕성을 상실하고 부패했기 때문에 아무리 사회정의니 인도주의니 하고 이야기해도 사람들이 믿지 않고, 부산하게 조석朝夕으로 법령이나 훈령을 내려도 콧방귀를 뀔 뿐 관심을 기울이지 않는다. 이런 지도자가 있는 사회는 불신, 혼동, 혼란이 있을 뿐이다.

그다음 유형은 사람들이 두려워하는 법치주의法治主義 지도자다. 법과 형벌로 백성들을 꼼짝 못 하게 하는 지도자들은 진시황제나 히틀러, 그 정도까지는 아니더라도 주변에서 볼 수 있는 독재형 정치 지도자들이다. '데려가서 맛을 좀 보여주라'는 식으로 나라를 다스리는 유형이다. 공자가 말하는 이런 가혹한 정치 지도자는 호랑이보다 더 무섭다고 할 수 있다.

그다음 유형은 사람들이 친근감을 갖고 찬양하는 지도자다. 이른바 덕치주의德治主義 지도자다. 동양에서 왕이 전통적으로 지향하던 지도자형이라 할 수 있다. 미국의 에이브러햄 링컨 대통령도 이 유형에 속한다고 할 수 있을까?

그러나 『도덕경』에 의하면 이런 덕치주의로 사람들의 칭송을 받는 지도자도 최상의 지도자는 못 된다고 한다. 사람들이 칭송하고 좋아한다는 것 자체가 벌써 그 지도자를 의식하고 산다는 뜻이다. 사람이 공기의 고마움을 모르고 산다든지 자식이 어머니의 사랑을 의식하지 않고 지내는 것처럼 자연스러운 것은 우리의 일상에서 감지 대상 밖에 있다.

신발이나 안경이 꼭 맞으면 내 몸의 일부처럼 여기고

별도로 의식하지 않는다. 의식한다는 것은 뭔가 자연스럽지 못하고 불완전하다는 뜻이다. 따라서 최상의 지도자는 있는지 없는지 그 존재마저도 잘 알려지지 않은 지도자, 백성의 필요에 따라 너무나도 자연스럽게, 순리대로, 이슬처럼 다스리는 이른바 무위자연無爲自然의 다스림이요, 가만히 내버려 둠을 실천하는 지도자다. 그래서 뭐든지 잘되면 사람들은 그것이 자기의 노력 덕분이라 생각하게 하는 지도자라는 것이다.

『장자』에도 비슷한 맥락의 이야기가 나온다. 어떤 사람이 노자에게 "명왕明王의 다스림은 어떠해야 하는가?"라고 질문한다. 요즘 우리가 쓰는 말로 바꾸어 말하면 사람들이 훌륭하다고 떠받드는 강력한 지도자, 즉 민첩하고 박력 있고 두뇌 회전이 잘되고 사물의 앞뒤를 훤히 뚫어보고 때에 따라 정의와 평화와 같은 말도 섞어 쓸 줄 알고 적절히 자기 선전에도 신경을 쓰는 지도자가 훌륭한 지도자냐는 질문이다. 노자는 이렇게 대답한다. 그런 지도자는 잔재주를 부리면서 부산하게 설치느라 몸과 마음을 지치게 하는 정치 기술자나 정치꾼일 뿐이지 결코 참된 지도자, 즉 명왕은 아니다. 이런 지도자는 제 꾀에 넘어지고 자기 방귀에 자기가 놀라는 사람, 즉 자승자박自繩自縛하는 사람이다.

도가 사상에 의하면 결국 지도자가 될 자질을 갖춘 이는 한마디로 이름에 연연하지 않는 무명無名, 자기중심주의에서 벗어난 무기無己, 자기의 공로를 의식하지 않는 무공無功의 사람이라고 한다. 서양의 학자 중 이런 지도자의 다스림을 '영적 정치spiritual politics'라 명명하고 이런 지도자적 자질을 '변화형 리더십transformational leadership'이라 말한 이도 있지만, 오늘 같은 각박한 정치 현실에서 이런 소리를 하는 것은 잠꼬대 같은 일이 아닌가? 지금 이런 지도자를 도대체 어떻게 기대할 수 있단 말인가? 그러나 그러기에 더욱 생각해 보고 그리워하게 되는 지도자상이 아닌가 하는 생각이 든다.

3부

세계 속의 우리

경제 질서와
사회정의

가난 구제는 나라도 못한다

맬서스 이론Malthusian theory은 인구가 기하급수로 늘어나지만 경지 면적은 제한되어 생산량이 쫓아가지 못해 자연히 굶는 사람이 등장한다는 주장이다. 이 이론대로라면 기아 문제는 국가조차 손을 댈 수 없는 문제인 셈이다. 결국 "가난 구제는 나라도 못한다"는 뜻이다.

2023년 세계 인구는 80억 명을 돌파했다. 오늘날 인구 폭발 위기를 걱정하지 않는 사람이 거의 없다. 주로 지속적인 인구 증가는 이른바 제3세계를 중심으로 이뤄진다. 인구가 거의 증가하지 않거나 오히려 줄어드는 선진국의 입장에서는 먹을 것도 없는데 아이는 왜 꾸역꾸역 낳아서 말썽이냐는 불평이 나오기 십상이다.

그러나 상당수 인구학 학자의 견해에 따르면 생활이 어려울수록 출산율은 그만큼 높아진다고 한다. 여러 가지 이유가 있겠지만 결과적으로 가난한 집에 자식이 많다는 말이 문자 그대로 사실이라는 이야기다. 기찻길 옆 판자촌에 아이들이 바글바글한 것은 반드시 기적 소리 때문만은 아니라는 소리다. 기적 소리가 아니더라도 가난하면 자연히 아이가 많이 생기기 때문이다.

오늘날 제3세계는 정치적으로 식민 지배에서 벗어났을지 몰라도 경제적으로는 아직도 식민지 상태에서 벗어나지 못한 형편이다. 제3세계에서 창출되는 부는 소위 선진국이라는 데로 들어가 그들의 생활수준을 향상시키고 그들의 인구 증가율을 감소시키는 데 공헌하지만 제3세계는 여전히 가난에 허덕이고 자식들이 계속 불어나는 아이러니가 빚어진다.

인구 전문가들의 계산에 따르면, 지금의 경제력으로도 부를 균등하게 분배했을 때 인구 증가율을 억제할 수 있는 생활수준으로 충분히 만들 수 있다고 한다. 그러나 문제는 부가 어느 한쪽에 편중해서 낭비된다는 데 있다. 예를 들어 세계 인구의 5퍼센트밖에 안 되는 미국이 전 세계 자원의 3분의 1 이상을 소비하고 있는 것과 같은 불균형이 문제다.

부의 균등한 분배를 위해서 이른바 선진국에서 후진국으로(나는 이 선진국과 후진국이라는 구분을 극히 싫어하는 사람 중 하나다. 그래서 이 말을 쓸 때마다 '이른바'라는 말을 붙인다) 경제원조를 하면 되지 않을까? 실제로도 이런 경제원조가 이루어지고 있고 지구 남북의 균형 있는 발전을 위한 남북 대화니 하면서 애쓰고 있지 않는가? 물론 이런 생각을 할 수도 있다. 그러나 많은 사람이 지적하듯 경제원조는 부자 나라에 있는 가난한 사람의 돈을 거두어 가난한 나라에 있는 부자에게 넘겨주는 일에 불과한 경우가 대부분이어서 궁극적으로 문제를 해결할 수는 없다고 한다.

세계 인구문제는 결국 부의 균배가 이루어지는 올바른 경제 질서의 확립을 전제 조건으로 하는 셈이다. 한 걸음 더 나아가 이런 올바른 경제 질서는 사회정의의 실현이라는 원칙에 입각하는 것이고, 사회정의의 실현은 결국 나 하나만을 위해 살겠다는 일편단심이 줄어드는 데서 가능한 일이다.

인구문제, 식량문제, 경제문제, 경제 질서 등 궁극적으로 마음먹기에서 해결의 실마리를 찾아야 한다면 지나친 환원주의일까? 아무튼 가난 문제가 사람들의 마음먹기와 전혀 무관하지 않다고 한다면 그것은 그야말로 나라에서도 어쩔 수 없는 일인 셈이다. 마음을 고쳐먹는 것은 나라가 아닌 우리 각자의 깊은 통찰과 자각, 결의에 의해 가능하기 때문이다.

채식을 권하는 이유

배보다 배꼽이 더 크다

별로 신통하지 않은 책 한 권을 보내는데 우송료가 책 값보다 더 들 경우 "배보다 배꼽이 더 크다"고 한다. 어떤 목적을 위해 애쓰는데 그 목적이 이루어졌을 때 얻을 수 있는 가치보다 그 일을 이루는 과정에서 더 큰 희생이 요구될 때 이런 말을 쓰는 것 같다.

요즘 건강 신드롬이라고 부를 수 있을 정도로 건강에 대한 관심이 고조되고 있다. 이에 발맞춰 채식 바람이 대단하다. 우유마저도 육식으로 취급하면서 끊는 사람이 늘어나고 있다.

내 주위에도 채식을 하는 사람이 많다. 채식을 강조하는 사람들 중에는 유독 자기 건강에 관심이 있는 이가 많다. 육식이 몸에 좋지 않다는 여러 가지 영양학적 이론을 꿰고 있으며 그 외에도 공해 문제까지 더해져 사료를 통한 호르몬이나 농약에 의한 화약물질을 함유하는 육류는 건강식품이 될 수 없다거나 생선도 바다의 오염이나 양식 어장의 열악한 조건 때문에 안전한 식품일 수 없다고 강조한다.

더러 종교적인 이유로 육식을 피하는 사람도 있지만, 이들 역시 하느님의 전인 나의 몸을 잘 가꿈으로써 하느님에 대한 의무를 다한다고 여긴다. 결국 채식의 이유가 몸의 건강에 대한 관심으로 낙착하는 것을 본다.

육식을 피하고 채식을 하는 주된 이유로 배보다 배꼽이 더 큰 어처구니없는 현실을 꼬집는 사람들도 있다. 풀, 채소, 곡물을 사료로 만들어 소를 키우고 소고기를 얻는 데 따르는 희생이 소고기에서 얻을 수 있는 이득보다 훨씬 크다는 것이다.

제러미 리프킨Jeremy Rifkin의 책 『육식의 종말』에서 잘 지적한 바와 같이 인간이 고기를 먹기 시작하면서 육용을 목적으로 하는 소의 숫자가 급격히 불어나 소를 사육하기 위한 토지는 전 세계 땅의 24퍼센트를 차지하고, 미국에서 잡초를 제거하는 데 사용되는 화학약품의 80퍼센트가 소가 먹는 옥수수와 콩을 재배하는 데 뿌려진다고 한다. 또한 소가 먹어치우는 곡물은 세계 곡물 생산량의 3분의 1에 해당하는데, 이는 곡물 7킬로그램을 사용하여 1킬로그램의 소고기를 얻는 셈이다. 그야말로 배보다 배꼽이 더 크다. 덧붙여 소를 비롯한 가축의 호흡과 배설물에서 나오는 가스는 모든 교통수단에서 발생하는 배기가스보다도 지구 온난화를 불러오는 주범이 된다고도 한다. 이런 의미에서 육식을 피하고 채식을 하는 것은 지구상의 한정된 자원 낭비를 막고 생태계 파괴와 환경오염 방지에 협조하는 것이라는 말에 실감이 간다.

단지 채식이 내 한 몸의 건강만을 위한 것이어야 할까? 채식의 이유를 좀 더 넓게, 좀 더 깊이 생각해 볼 수는 없을까? 내가 강조하고 싶은 것은 육식을 하지 않는 것이 더 좋다는 종교적인 이유다. 나의 몸에 좋기 때문에 육식을 금한다는 자못 인간 중심적인 생각이 아니라 동물에게 괴로움을 줄 수 없기 때문에 육식을 거부하는 태도다. 이런 태도를 가장 극명하게 드러내는 종교는 인도의 자이나교Jainism다. 부처와 동시대 인물인 마하비라Mahavira에 의해 창시된 자이나교는 아힘사, 즉 불살생不殺生의 가르침을 가장 철저하게 실천하고 있다. 육식을 금하는 것은 물론, 길을 갈 때도 곤충을 밟지 않도록 길을 쓸며 지나고 공기 중에 있는 곤충을 마시는 일이 없도록 마스크를 쓰고 다닌다. 간디가 채식을 한 것도 근본적으로 이런 아힘사의 원칙에 입각한 것이었다.

사실 잡아먹는 것도 문제지만 좁은 사육장 안에서 동물에게 자기 식성과 관계도 없는 먹이를 강제로 먹이고 자기 선호와도 관계없이 생식하도록 강요하여 미치게까지 만드는 인간의 행위는 윤리적으로도 심각한 문제다.

물론 모두가 당장 채식을 해야 한다고 주장하려는 마음은 없다. 어떤 영양학 전문가는 체질에 따라 육식을 해야 하는 사람도 있다고 주장한다. 체질뿐 아니라 습관이나 기호에 따라 육식하는 사람을 나무라거나 비웃어도 안 될 것이다. 다만 이런저런 이유로 육식을 하더라도 그럴 때마다 내가 먹는 고기 때문에 희생하는 쪽이 있다는 사실을 상기해 보면 어떨까 생각한다. 소화에 지장을 주는 일일까?

생태학적 관심

십 년이면 강산도 변한다

"내 놀던 옛 동산에 오늘 와 다시 서니, 산천의구山川依舊란 말 옛 시인의 허사로고." 이 시를 쓴 옛 시인은 산과 내가 옛날 그대로 변함이 없다고 했지만 속담에서는 "십 년이면 강산도 변한다"고 했다. 10년이면 강산도 변하니 긴긴 세월 변하지 않는 것이 있을 수 있을까 하는 뜻이겠다. 고대 그리스 철학자 헤라클레이토스Heracleitos의 말로 하면 판타 레이panta rhei, 萬物流轉이고, 불교적 용어를 쓰면 일체무상一切無常, ani-tya인 셈이다.

강산이 변하는 기간이 옛날에는 평균 10년쯤 되었는지 몰라도 요즘은 하루아침에 온통 딴 세상이 되는 것 같다. 주위를 둘러봐도 그렇고 고국을 다녀오는 사람들도 고국의 변하는 산천의 모습에 놀랐다고 이구동성이다.

성서에서 겨자씨만 한 믿음이 있으면 산을 옮길 수 있다고 했는데 요즘엔 그런 믿음도 없이 그리고 겁도 없이 하루에도 산을 몇 개씩 옮기고 강의 줄기를 바꾸어놓는다. 그리고 인간의 힘이 드디어 자연을 정복했다고 큰소리를 친다. 일부에서는 성서 「창세기」를 보면 하느님이 자연을 다스리라고 했으니 자신들도 자연을 다스리는 것이라 말한다.

그러나 과연 인간이 자연을 다스리고 정복했는가? 최근에는 인간이 자연을 다스리고 정복했다고 믿었던 생각이 얼마나 아둔했던가 하는 데 많은 사람의 관심이 쏠리고 있다. 공해를 염려하는 생태학적 관심이 바로 그것이다. 원자력을 이용하여 못할 것이 없다고 믿었는데 바로 그 원자력이 공포의 대상이 되었다는 사실이 가장 뚜렷한 예다. 그 외에도 공장에서 나오는 매연으로 생기는 산성비 때문에 호수가 죽어가고 값진 조각품이나 건축물이 부식하고 농약과 공장의 폐수 때문에 강과 바다가 죽어가고 있다는 보고는 매일 아침 접하는 이야기다.

이쯤 되니까 서양 사상가 중에는 자연에 대한 종래의 서양적 사고방식에 회의를 품고 동양적 사유에 관심을 기울이는 사람이 많이 생겼다. 특히 도가 사상처럼 자연의 법칙을 순응하는 데서 행복을 찾겠다는 태도가 긴 안목으로 볼 때 인류의 장래를 위해 필요하다고 보게 된 셈이다.

　『도덕경』 제29장을 보면 "세상을 휘어잡고 그것을 위해 뭔가 해보겠다고 나서는 사람들, 내가 보건대 필경 성공하지 못하고 맙니다. 세상은 신령한 기물, 거기다가 함부로 뭘 하겠다고 할 수 없습니다. 거기다가 함부로 뭘 하겠다고 하는 사람 그것을 망치고, 그것을 휘어잡으려는 사람 그것을 잃고 말 것입니다 將欲取天下而爲之 吾見其不得已 天下神器 不可爲也 爲者敗之 執者失之"라는 대목이 있다. 이명박 정부 때의 4대강 사업이 이를 말하고 있지 않은가.

　서양 사람들은 에베레스트산에 올랐을 때 그것을 '정복'했다고 하고 남이 가보지 않은 곳에 발을 디뎠을 때는 처녀지나 처녀림을 차지했다고 말한다. 전통적인 동양적 사고 방식으로는 상상하기 곤란한 발상이다.

"내 버디 몃치나 ᄒ니 水石수석과 松竹송죽이라

　東山동산의 돌 오르니 긔 더옥 반갑고야

　두어라 이 다ᄉᆞᆺ 밧긔 또 더ᄒᆞ야 머엇ᄒᆞ리"

　윤선도의 「오우가」에서 말하듯 자연은 벗할 대상이지 정복하거나 침범할 대상이 아니다. 오늘날과 같이 강산이 빨리 변하는 세상에 살자니 외우畏友를 대하듯 우정과 경외심으로 대하는 태도가 더욱 아쉽게 느껴진다.

동병상련

과부 사정은 과부가 안다

과부라고 하면 비하하는 말처럼 들리기에 미망인未亡人이라는 낱말을 쓰는 것이 보통이다. 그러나 이 미망인이라는 낱말은 남편이 죽었는데도 아직 죽지 못하고 있는 여인으로 살아 미안하다는 뜻이 들어가 있다. 인도에서는 전통적으로 남편이 죽은 부인을 사티sati라고 불렀으며, 그들은 죽은 남편을 태우는 불더미 위로 올라가 함께 타 죽어야 했다. 이런 특수한 전통이 아니라면 남편이 죽었어도 아직 죽지 못하고 살아 있다는 의미를 지닌 미망인이라는 말보다 차라리 과부라는 말이 더 적절한 표현이라 보아야 한다.

"홀아비는 이가 서 말이고 홀어미는 은이 서 말이라"

는 말이 있는 것을 보면 홀아비의 신세가 더 처량했는지 모르겠다. 어느 면에서 그럴 수 있다. 그러나 옛날에는 과부의 어려움이 홀아비의 어려움보다 훨씬 더 컸나 보다. 그래서 성경도 가장 불쌍한 사람들을 거론할 때마다 과부와 고아를 썼던 것이리라.

옛날 과부들은 남편 없이 집안일과 농사일을 혼자서 처리해야 했고 아비 없는 후레자식이라는 소리를 듣지 않도록 자식들을 잘 길러야 했고 치근거리는 남자들과 심지어 자루를 가지고 다니며 등에 업고 가려는 동네 남정네들을 경계해야 했고 뜬소문에 억울한 눈물도 짓씹어야 했고 무엇보다 독수공방에서 오는 외로움에도 시달려야 했고…. 이 같은 어려움을 겪었을 과부 사정을 우리로서도 어느 정도 이해할 수 있을 것만 같다. 그러나 아무리 이해하려 한들 과부 사정은 과부가 되어보지 않은 사람으로서는 완전히 이해할 수 없다. 이리 뒤척 저리 뒤척이며 보낸 눈물의 긴긴밤을 같은 경험을 해본 이 말고 누가 감히 이해할 수 있으랴. 그건 과부끼리나 진정으로 이해할 수 있으니 서로 참되게 위로하며 도우며 살아가라는 게 이 속담의 속뜻인 것 같다.

한국인은 역사적으로 안팎에 걸쳐 숱한 고통과 어려움을 겪었다. 거기다가 북미로 이민을 와서 사는 한국인은 소수집단으로서 여러 가지 불리한 일과 억울한 일까지 겪으며 살았다. 이런 어려움은 우리에게 무엇을 가르쳐주는가? 우리와 비슷하게 고통과 억울함을 당하는 다른 과부들을 이해하고 그들과 함께 서로 위로하고 도우며 살라는 정신적 터전을 마련해 주는 것이 아닐까? 동병상련^{同病相憐}, 즉 같은 병을 앓는 사람끼리 서로 불쌍히 여기고 같이 아파한다는 뜻이다. 영어로 'compassion^{연민}' 혹은 'sympathy^{동정}'도 같이 아파한다는 뜻이다. '과부 됨'은 우리에게 다른 과부들과 진정으로 아픔을 함께할 수 있는 위치에 서게 해준다고 볼 수 있지 않은가.

미국 로스앤젤레스에서 온 한 한국인 목사를 만났다. 그분은 그쪽 소식을 전하면서 "지금 미국은 흑인과 멕시칸 때문에 골치가 아프다. 그들은 미국 사회의 암적인 존재와 같다"라는 말을 했다. 그러면서 흑인과 멕시칸이라는 말이 나올 때마다 심히 경멸 조의 억양과 표정을 나타냈다.

아프리카나 히스패닉 계통 사람들이 미국 사회에서 차지하는 위치에 대해 우리 모두 모르는 바 아니다. 그들이 오늘과 같은 수모와 멸시를 당하는 역사적 배경이나 사회적 여건, 국제적 사정에 누구보다도 먼저 이해하고 함께 그 고통을 나누어야 할 사람은 같은 '과부', 한국인이 아닌가. 그들을 매도하고 사회문제의 모든 책임을 전가하며 지배자의 논리에 장단을 맞추는 것은 과부 사정을 아는 같은 과부가 할 일이 아니다. 과부 사정을 몰라주는 과부는 오히려 보통 사람보다 더 밉상스러운 법이다.

1970년대에 들어서면서 신학계에 새로운 물결이 일었

다. 거의 2천 년 동안 돈 많고 권세 있는 사람들을 위해 그리고 그들에 의해 꾸며진 신학에서 탈피해, 말하자면 과부처럼 가난하고 불쌍하고 눌리고 소외당한 사람들의 입장에서 쓰는 신학이 나타났다. 그들을 고통의 질곡에서 풀어주는 데 초점을 둔 신학인 것이다. 노예 생활의 뼈저린 경험에서 아직도 완전히 벗어나지 못한 흑인들을 위한 흑인 신학black theology, 경제적·사회적 불공평에 묶여 신음하는 제3세계 사람들을 위한 해방 신학liberation theology, 이류 인간으로 취급당하며 불공평한 대접을 감수하면서 살아온 여성들을 위한 여성 신학feminist theology, 사회 부조리와 역사적 질곡으로 가슴에 한恨이 맺힌 민중들의 한을 풀어주기 위한 민중 신학minjung theology 등이 새 물결의 기수들이다.

그들의 성서 해석이나 신관, 역사관, 강조점 등에 전적으로 찬동하지 못하는 사람이 있을 수 있지만 과부 같은 처지의 사람들이 당하는 억울함을 척결하고 인간의 존엄성과 권리를 되찾도록 나서는 그들의 자세와 노력에 누구보다도 먼저 이해하고 동참할 수 있는 사람들은 이런 처지를 누구보다 잘 아는 우리 한국인이 아닐까. 북미에 사는 한인 교포 가운데 70퍼센트에서 80퍼센트를 차지한다는 그리스도인들은 이런 신학적 흐름에 어떤 반응을 보이고 있는가.

어쩌면 같은 과부의 사정을 너무나도 뻔하게 알고 있기에 그런 과부들과 친해봤자 별 볼 일 없다고 여기며 일찌감치 돈 많고 힘 있는 사람들에게 빌붙어 사는 게 현실적으로 유리하다는 약삭빠른 계산을 하는지도 모르겠다. 과부란 다 그런 것이라며 나는 그런 과부들과 다르다고 선전하며 다른 과부들을 누르거나 그들과 경쟁하는 것은 아닌가?

이런 약삭빠르고 천박한 계산으로 살아가려는 마음이 있다면 곤란하다. 진정으로 과부 사정을 알아주는 과부, 그들과 동류의식을 느끼는 과부가 되어야 한다. 그럴 때 그들도 우리 사정을 이해하고 함께 의미 있는 일을 위해 공동의 보조를 취할 수 있지 않겠는가?

김치 정신

한국의 3대 음식으로 보통 비빔밥, 찌개, 김치를 꼽지만 그중 김치가 제일이 아닌가 싶다. 비빔밥을 먹을 때도 찌개를 먹을 때도 거기에는 반드시 김치가 있기 마련 아닌가. 김치가 없는 한국의 음식 문화는 생각할 수 없다. 캐나다고 미국이고 한국인이 있는 곳에는 반드시 김치가 있다. 한국인과 김치는 바늘과 실인 셈이다.

김치는 배추를 소금에 절여서 보통 무, 파, 생강, 고추, 마늘, 당근, 양파 등의 채소를 넣고 배, 사과, 밤, 대추 등의 과일로 단맛을 더한다. 때로 새우젓, 참조기, 멸치젓, 굴, 명태 등의 해산물을 넣기도 하며 닭고기나 소고기 국물, 버섯,

설탕 등을 첨가할 때도 있다. 김치에는 그야말로 육해공군이 다 들어가는 셈이다. 영양학적으로는 산성 식품과 알칼리성 식품이 고르게 섞여 있다. 이런 재료들을 사용하여 일정한 조건 아래 젖산으로 발효시킨 것이 김치다. 재료에 포함된 영양소 외에도 발효 과정에서 젖산에 의해 새롭게 합성된 비타민, 다당류, 올리고당 등이 생겨난다.

이런 특징을 지닌 김치야말로 우주적 원리요, 종교적 이상이라고 할 수 있는 음양陰陽, 상생相生, 화和, 양극의 일치 coincidentia oppositorum의 원칙을 가장 극명하게 보여주는 최고의 상징이라 할 수 있다. 이질적이며 상극적인 요소를 하나로 어우르는 조화 정신의 구체적인 표본이다. 전 한신대학교 김상일 교수의 표현을 빌리자면 '혼 사상'의 표출이라고도 볼 수 있다.

여기서 두 가지 질문을 해본다. 첫 번째, 이런 심오한 철학적·종교적 의미를 지닌 김치를 만들어낸 민족은 그 마음에 김치가 상징하는 정신이 깃들어 있는 게 아닐까? 비록 실생활에서 그대로 지키며 살지 못하더라도 적어도 이런 정신을 이상으로 여기는 민족이기에 김치를 창안해 낸 것이 아니겠는가.

두 번째, 김치의 정신적 가치를 오늘날 우리의 삶에 적용할 수 없을까? 이른바 김치 정신을 새롭게 구현하는 문제다. 사실 구현할 수 있을까 없을까를 따질 것이 아니라 구현해야 한다고 본다. 그럼 어떻게 할 수 있을까?

세 가지로 나누어 생각해 볼 수 있다. 하나는 김치 정신을 통해 우리 사회에 팽배한 이념적·정치적 대립을 극복하는 것이다. 김치가 이질적이거나 심지어 반대되는 물질을 삭여 새로운 맛과 영양을 창출하듯 다양한 사상과 상충되는 이념이 서로 상극相剋을 빚는 것이 아니라 상생과 호혜互惠의 아름다운 관계로 승화하게 해야 한다.

다음으로 현재 우리 사회에 팽배한 종교적 배타주의를 해소하는 데도 김치 정신이 발휘되어야 하리라 본다. 다양한 종교는 국민의 정신적 건강과 안녕에 기여하는 서로 다른 요소라는 사실을 명심하고 함께 도와야 할 것이다. 종교의 진위나 우열을 오로지 내 것, 네 것으로만 판단하고 서로 싸우던 종래까지의 소박한 배타주의는 이런 김치를 만든 민족의 김치 애호가 정신에 부합되지 않는다는 사실을 깨달아야 한다.

마지막으로 국제사회에 김치 정신을 적용하자. 양대 이념이나 세력 사이에서 한국인은 김치적 대응 방법으로 양쪽 모두와 우호 관계를 맺고 서로 조화롭게 하는 데 주도적인 역할을 할 수 있다. 냉전 시대의 산물인 패권주의, 패거리주의, 문명의 충돌 등의 논리를 지양하고 세계가 모두 어울려 새로운 문화를 창출하는 김치적 보완과 평화를 이룩하기 위해 힘쓰자는 것이다.

사실 김치는 포스트모던적 사유의 상징이라 할 수 있다. 이분법적 대결이나 흑백논리가 아니라 양자의 협력과 평화를 위한 대안 논리다. 이는 관점주의perspectivalism의 시각에 입각해 다양하고 다원적인 입장을 톨레랑스tolerance의 마음으로 받아들일 뿐 아니라 적극적으로 그 다양성을 창조적 힘의 원천으로 승화시키는 능력이다. 밥상을 대할 때마다 이런 뜻을 되새긴다면 식사는 일종의 경건한 예배가 되는 것 아니겠는가.

민족 정체성의 확인

성 바꿀 놈

누군가에게 "성姓 바꿀 놈"이라 말하는 건 대단한 욕이다. 예를 들어 김씨가 어느 날 갑자기 박씨가 될 팔자라는 것인데, 이것이 왜 욕일까? 몇 가지 풀이가 가능하다.

첫째, 아버지가 돌아가시고 어머니가 재혼을 해서 새아버지가 생기면 새아버지의 성을 따라 성을 바꾸게 된다. 이러한 경우 성을 바꿀 팔자라는 것은 아버지가 돌아가신다는 뜻과 어머니가 개가改嫁한다는 뜻을 동시에 의미하는 셈이다. 옛날 사회에서 아버지가 돌아가시는 것도 안 좋은 일이지만, 어머니가 다시 결혼한다는 점이 더 문제시되었을 것 같다. 그 당시 윤리관으로 보면 아버지가 돌아가셨을 때 개가를 한 어머니는 정숙한 부인이 아니라 여겼을 테고, 그런 정숙하지 못한 어머니의 자식 역시 떳떳하지 못하다고 여겼을 것이다.

둘째, 성을 간다는 것이 좀 더 심한 욕으로 해석되는 경우를 상정할 수 있다. '네가 아직까지 지금 네 아버지의 성과 같은 김씨인 줄로 알고 있지만 너의 진짜 아버지는 옆집 박씨일 수도 있고 옆 동네 이씨일 수도 있다'를 의미하는 경우다. 말하자면 불륜의 씨앗이라는 말과 같다.

그러나 요즘 같은 세상에 성을 가지고 문제 삼을 사람은 없다. 미국 대통령을 지낸 빌 클린턴도 유복자로 태어나 어머니가 재혼을 하면서 고등학교 때 의붓아버지의 성을 따랐는데, 선거전 때 클린턴의 온갖 약점을 공격한 조지 부시도 클린턴이 성 바꾼 일을 약점으로 지적한 적은 없다.

여러 해 전 중국에 갔을 때 들은 이야기다. 만주 지방에 박씨촌이라고 박씨의 집성촌이 있다고 한다. 옛날부터 그곳에 살고 있던 박씨 무리는 그 지방의 다른 중국 사람들과 전혀 다를 바가 없다고 한다. 단 한 가지 다른 것은 이상하게도 중국인 사이에 없는 한국 고유의 성씨 '박'을 성으로 가지고 있다는 것이다. 이들은 한국어도 하지 못하고 한국 풍속이나 한국 음식 등도 알지 못한다고 한다. 일설에 의하면 병자호란 때 끌려간 박씨의 후예가 아닌가 하지만, 아무튼 이들은 그 성씨 한 가지 때문에 중국에서 실시한 전국 인구 조사에서 자기들의 인종적 배경을 밝히는 란에 새로이 조선족이라 기재했다고 한다. 그뿐 아니라 실제도 조선족이 8월 15일에 치르는 경로절과 같은 행사에도 참석하고 조선족 부락이 홍수 등 재해를 당하면 여러모로 도움을 주기도 한다는 것이다. (아주 오래전에 들은 이야기인데 지금도 그러한지는 모르겠다.)

비슷한 맥락으로 이탈리아 알비라는 마을에 '코레아 Corea'라는 성을 가진 사람들이 모여 사는 집성촌이 있다. 임진왜란 때 일본으로 끌려간 조선인 소년 하나가 이탈리아 신부를 따라 이탈리아로 가, 그곳에서 이름을 '안토니오 코레아'로 바꾸어 살았다는 기록이 있다는데 이 알비마을의 코레아라는 성을 가진 사람들이 바로 이 조선인 소년 안토니오 코레아의 후예가 아닐까 하는 해석이 뒤따랐다.

지금 알비에는 코레아라는 이름을 가진 사람이 그렇게 많지는 않지만 이곳에서 북미로 이민을 와 사는 사람이 꽤 있다. 1970년대 캐나다 토론토에서 살다가 토론토 한인회와 인연을 맺어 명예 한인 회원으로 있던 안토니오 코레아라는 사람이 그 후 알비로 역이민을 갔다가 자기 뿌리를 알아본다고 1992년 알비마을 시장과 함께 한국을 방문했다는 소식도 들었다.

결국 성이란 자기의 정체성을 드러내는 수단이 아니겠는가? 이 두 가지 사례는 한국적인 특색을 지닌 성씨 때문에 자기가 한국과 관계가 있을지도 모른다고 자기 정체성을 새롭게 의식하게 된 경우라 볼 수 있다. 이런 사례를 통해 요즘 이민을 가서 사는 사람 중에 자손이 대대로 한국인의 후예임을 상기하면서 사는 것을 바람직하게 여기는 이가 있다면 한국적인 특성을 가진 성씨를 갖는 게 중요하지 않을까 하는 생각이 든다. 그럼 한국적인 특색을 가진 성씨가 어떤 것일까?

캐나다는 복합 문화 사회다. 영국계와 프랑스계뿐 아니라 독일계, 이탈리아계, 중국계, 일본계 등 세계 여러 민족이 모여 함께 어울려 사는 곳이다. 이렇게 여러 종류의 사람이 섞여 있지만 그들의 성씨을 보면 그 사람이 어느 민족 출신인지를 대략 짐작할 수 있다. 몇 가지 예를 들어보면 맥매스터McMaster, 맥아더MacArthur처럼 'Mc'이나 'Mac'으로 시작하는 이름은 스코틀랜드 계통, 오닐O'Neill, 오코너O'Connor처럼 'O'로 시작하는 이름은 아일랜드 계통, 크리스티안센Christiansen, 안데르센Andersen처럼 'sen'으로 끝나는 이름은 스칸디나비아 계통, 슈바이쳐Schweitzer, 치머만Zimmermann처럼 거센소리의 독일어가 들어가 있으면 독일 계통, 푸치니Pucini, 파가니니Paganini처럼 'ni'로 끝나면 이탈리아 계통, 골덴버그Goldenberg, 아인슈타인Einstein처럼 산을 뜻하는 'berg'나 돌을 뜻하는 'stein' 등 자연과 관계 있는 이름은 유대인, 드미에빌Demiéville, 르페브르Lefebvre처럼 프랑스식 두음이나 음절이 들어 있으면 프랑스 계통, 나카무라Nakamura, 기타가와Kitagawa는 일본 계통으로 추측하는 식이다. 물론 예외도 많지만 일단 이렇게 짐작이라도 하는 것이 보통이다.

그런데 영문으로 표기된 한국 이름을 보고 한국 계통이라

곧바로 짐작할 수 있는 성씨는 몇이나 될까? 물론 김씨가 한국적 특성을 가진 성씨라는 것은 외국 사람도 많이 알고 있다. 한국 사람 중 약 20퍼센트가 김씨 성을 가졌다고 하니 5분의 1이 한국적 특성을 지닌 성씨를 가진 셈이라 다행이다.

그렇지만 그 외의 성들은 어떤가? 캐나다 밴쿠버 음악 페스티벌 프로그램에 나와 있는 이름을 살펴보자. David Chung, John Lee, Philip Chang, Elaine Yang, Ed Lim, Mary Wang, Emily Cho, Christine Choi, Nancy Yu, Michael Kang, George Min…. 이쯤 되면 누가 중국인이고 한국인인지 헷갈리지 않을 수 없다. 중국 사람 중에도 이름에 'Choi'나 'Cho'가 들어가는 경우가 있다. 'Lee'라는 성을 쓰는 사람은 중국 사람일 수도 있고, 서양 사람일 수도 있고, 한국 사람일 수도 있어 더욱 혼동된다. 'Park'은 한국 사람의 박씨일 수도 있고 서양 사람의 이름일 수도 있다.

이씨의 경우 이승만 전 대통령처럼 'Rhee'로 쓰거나 로마자 표기법에 따라 'Yi'라고 쓰는 사람이 더러 있고, 박씨도 'Pak'이나 'Bak'으로 표기하는 사람이 있다. 이런 이름을 가진 사람들은 한국 사람이라 짐작할 수 있지만 (더러 서양 사람 중에도 Bak이 성씨인 사람이 있기도 하다), 그것도 상식이 있어야 알 수 있는 일이지 보통 사람의 경우 그저 성이 단음절이면 그것이 'Yi'든 'Pak'이든 'Kwon'이든 'Oh'든 심지어 'Kim' 일지라도 모조리 중국인 이름으로 취급하고 마는 것이 어쩔 수 없는 현실 아닌가.

옛날 조선 시대처럼 자기 조상이 중국 사람이었다는 것을 큰 영광으로 여기고 중국 성을 채택하던 모화사상慕華思想에 젖어 있다면 우리 이름이 중국인 이름으로 취급당하는 것을 오히려 다행스러운 일이라 생각할 수도 있다. 그러나 한국이 자주 독립국임을 만방에 고한지도 오래고 떳떳하게 우리 민족의 정체성을 확립한 만큼 마땅히 나름대로 우리식 성씨가 있어야 하지 않을까 생각한다.

우리나라는 일제강점기 말에 창씨개명의 비극을 겪었다. 그때는 모두가 일본식으로 이름을 바꾸어야 했다. 오씨는 오야마大山로 바꾸었다고 한다. 발음도 비슷하고 '나라 오吳'자 밑에 있는 '큰 대大'를 넣기 위함이었다고 한다. 창씨개명을 거부한 사람들 중 일부는 이름의 한문자 표기를 유지하고 발음만 일본식으로 읽기도 했다. 그래서 이씨는 '스모모', 유씨는 '야나기', 임씨는 '하야시'로 읽었다. 해방이 되고 다시 우리 성씨를 찾았음에도 이름은 일본식 그대로 쓰는 경우도 많았다. 마사오正雄, 다케오武夫, 미츠오光雄, 마사요시正吉, 사부로三郎와 같은 일본식 이름을 그대로 쓰면서 그저 우리식 발음으로 각각 정희, 무부, 광웅, 정길, 삼랑으로 불렀을 뿐이다.

한때 한국에서는 아이에게 송이, 아름, 아람, 여울, 나라, 소담, 다솜, 소라, 하늘, 하나와 같은 순우리말 이름을 많이 지어주었다고 한다. 좋은 현상이라고 생각한다. 그런데 성씨를 우리식으로 바꾸어야 한다고 생각하는 사람은 별로 없는 것 같다. 한국 안에서는 성씨를 가지고 한국인임을 알릴 필요가 별로 없기 때문인지도 모르겠다.

반면 앞서 말했듯 해외에 사는 교민의 경우, 성씨를 로마자로 바꾸면 중국 이름으로 오해받는 데 문제가 있다. 해방 후 우리의 성씨를 다시 찾았는데 이제는 중국화를 우려해야 하는 형편인 셈이다. 앞으로 3~4대 정도 지나면 우리 자손들조차 자기의 성씨가 정확히 어느 나라에서 온 것인지 모르게 될 경우마저 나오리라 여겨진다.

어떻게 해야 한국적 특성을 가진 성씨를 만들 수 있을까? 'Mac'이 앞에 붙어서 스코틀랜드식 이름이 되고 'sen'이 뒤에 붙어서 덴마크식 이름이 되듯 우리도 특유의 음절을 앞이나 뒤에 붙여서 특성을 살리면 어떨까? 한 가지 예로 끝에 '가家네'를 붙이는 것이다. 그래서 김가네, 오가네, 박가네처럼 가네가 붙은 이름은 한국 이름임을 만방에 고하는 것이다.

예전에 이런 생각을 해외 동포가 모인 자리에서 농담식으로 이야기했더니 구소련에서 온 한 동포가 다음 이야기를 들려주었다. 소련에서 허씨는 '허가이', 오씨는 '오가이'처럼 받침이 없는 성 뒤에 '가이'를 붙였는데 이처럼 가이가 붙은 성은 고려인의 성씨임을 다들 알더라는 것이다. 그의 말에 의하면 허가이는 '허가네'의 함경도 사투리라고 한다. 물론 '가이'도 부드럽고 좋으나 영어의 'guy남자'와 혼동될 우려가 있어서 일단은 보류다. 아무튼 허가이든 허가네든 신기한 현상이다.

다른 한 가지 의견은 우리 모두 한국에서 왔으니까 '한'

자를 따서 성 앞에 붙이자는 것이다. 옛 한글 '혼'은 원래 하나이면서 동시에 많다는 것을 의미하는 말로 조화를 강조하던 우리의 전통 사상이 담겨 있다. 그래서 한김, 한오, 한박, 한한 이렇게 '한'을 앞에 붙이면 뜻도 좋고 또 어느 도시의 전화번호부나 한국 사람들의 이름이 한군데 모일 수 있는 이점도 있다. 물론 '한김'처럼 자음이 부딪치는 것을 막으려면 '하나김' '하나오'라 해도 좋겠다.

무슨 방법이든 부르기도 쉽고 크게 바꿔야 할 것도 없는 '김가네', '박가네' 정도라도 채택하면 어떨까? 그렇게 되면 우리 아들은 제이슨 오가네 Jason Ohganei, 옆집 친구의 아이는 존 김가네 John Kimganei 다. 사람들은 '아, 이놈들이 한국 계통 아이들이구나!' 하고 단박에 알 수 있을 것이다. 이런 식으로 성을 갈 필요가 있다고 하는 것도 역시 큰 욕일까?

우선순위의 전도

손톱 밑에 가시 드는 줄은 알아도 염통 밑에 쉬스는 줄은 모른다

서울 신사동에는 성형외과 병원 간판이 건물 밖에 그야말로 다닥다닥 붙어 있다. 성형하는 이가 그렇게도 많다는 뜻일 것이다. 이제는 웬만큼 사는 사람들 치고 성형을 하지 않은 사람이 거의 없다는 생각이 든다. 심지어 고등학교를 졸업하면 졸업 선물로 성형 수술을 받는다는 말도 있다. 중국이나 일본 사람들도 한국에 와서 성형을 하고 간다고 하니 한국이 성형 선진국임이 틀림없는 것 같다.

이런 일련의 일들을 보면 『맹자』에 나오는 이야기가 생각난다. 옛날에 무명지無名指가 꼬부라져 펴지지 않는 사람이 있었다고 한다. 무명지는 문자 그대로 이름 없는 손가락이라

는 뜻으로, 네 번째 손가락을 가리킨다. 손가락 중에서 가장 쓰임새가 적은 손가락이기 때문에 특별한 이름이 없는 모양이다. 한국에서는 약손가락, 일본에서는 쿠스리유비藥指라고도 하는데, 한약을 달여서 찍어 먹을 때나 쓰는 손가락이라 이런 이름이 붙었나 보다. 서양에서도 반지 손가락이라는 이름을 붙였는데 네 번째 손가락이 할 일이 너무 없어서 반지 끼는 역할이라도 하라고 반지를 끼우는지도 모르겠다.

이 무명지가 꼬부라진 사람은 평소 무명지 때문에 고통을 느낀 것도 아니고, 일하는 데 크게 지장을 받는 것도 아니었다. 그런데도 어디에 손가락을 펴주는 용한 의원이 있다는 소문을 듣고 진秦나라에서 초楚나라 가는 길만큼 먼 길을 멀다 하지 않고 찾아갔다고 한다.

이를 두고 맹자는 "손가락이 남과 같지 않으면 그것을 싫어할 줄 아는데, 마음이 남과 같지 않으면 그것을 싫어할 줄 모른다. 이를 일컬어 '부지류'라고 한다指不若人 則知惡之 心不若人 則不知惡 此之謂不知類也"라고 말했다. 부지류를 우리 속담으로 바꾸면 "손톱 밑에 가시 드는 줄은 알아도 염통 밑에 쉬스는 줄은 모른다"는 것이다. 염통 밑에 쉬슨다는 말은 파리가 알을 깔 정도로 심장이 썩는다는 말이다. 즉 손톱 밑에 가시가 들어 당장 아픈 것은 알지만 심장이 썩어 무너지는 것은 모르고 있다는 뜻이다. 우리 삶에서 어느 것이 더 중요하고 어느 것이 덜 중요한지를 모르고 하찮은 것에만 매달리는 가치관의 전도나 우선순위의 혼란을 꼬집는 말이라 이해할 수 있다.

요즘 주위에는 우리를 슬프게 하는 것이 너무나 많다. 이런 혼란과 무질서, 부정부패가 도대체 어디서 오는 것일까? 맹자에 의하면 가장 근본적인 원인은 우리가 잃어버린 '본마음'에서 온다. 본마음이란 무엇인가? 맹자는 그것을 남의 아픔을 보고 차마 견딜 수 없어 하는 불인의 마음이라고 했다. 같이 아파한다는 자비의 마음이다.

현실은 어떠한가. 이런 마음의 흔적을 찾아볼 수 있는가? 대통령이나 국회의원이 되기 위해 애쓰는 사람들이 정말로 가난한 자, 억눌린 자, 억울한 자들의 신음에 귀를 기울이고 그들의 고통을 자신의 고통으로 여기고 함께 아파하고 신음하려는 자들인가? 그렇다면 종교 지도자들은? 아니, 나 자신은?

맹자는 다음과 같이 부르짖었다.

"사람이 본마음을 잃고도 찾으려 하지 않으니, 아, 슬프다. 닭이나 개가 집을 나가면 찾아 나설 줄은 아는데, 자기 마음이 나가 버리면 찾을 줄을 모른다. 배움의 길이 그 나가버린 본마음을 찾는 것 이외에 무엇이겠는가?"(『맹자』, 「고자 상告子上」, 제11장)

쌍꺼풀을 만들고 코를 높이고 겉모양을 가다듬는 것도 좋다. 그러나 그에 못지않게 모두 정좌靜坐하고 의식의 심저에 자리 잡은 본마음을 찾는 일에도 정성을 기울여야 하지 않을까? 본마음을 찾으려는 사람의 수가 많으면 많을수록 우리 주위는 그만큼 더 맑고 따뜻해지기 때문이다.

⋮

'본마음'이란 내 속에 있는 진정한 나, 즉 '참나' 혹은 '얼나'라 할 수 있고 이것은 내면 가장 깊은 곳에서 발견할 수 있는 신적인 요소인 하느님이라 할 수도 있다.

아낌의 참된 목적

아껴서 남 주나?

이 말이 속담인가? 아닌 것 같기도 한데 아무튼 관용구로 흔히 쓰는 말이다. 뭐든지 아끼면 그것이 남을 위한 것이 아니라 나 자신을 위한 것이 되니 아끼는 습관을 기르라는 뜻이리라.

특히 한국전쟁을 겪으면서 우리 민족에게 아끼는 습관은 당연지사였다. 무엇이든지 모자랐기 때문이다. 밥도 아껴서 먹고 공책도 아껴서 쓰고 심지어 고무신도 아끼느라 맨발로 다니다가 어쩔 수 없을 때만 신기도 했다. 호롱불에 들어가는 석유를 아끼느라 저녁을 먹을 때 밥그릇이 잘 안 보일 때까지 기다렸다가 불을 켜고, 불을 켜더라도 꺼지지 않을 정도로 심지를 내려 약하게 켜놓는 것이 보통이었다. 호랑이 담배 피우던 시절의 이야기다.

그에 비해 오늘날은 모든 것이 풍부해졌다. 그래도 나는 절약이 몸에 밴 습관이라 아직도 뭐든지 함부로 버리질 못한다. 허드레 글을 쓸 때는 오래된 회의록이라든가 이면지에 써야 마음이 편하고 글도 잘 나오는 것을 느낀다. 비행기에서 마실 것과 함께 주는 종이 수건도 그냥 버리기가 아까워 호주머니에 넣고 나온다. 한번 여행을 하고 나면 비행기 회사 이름이 찍힌 종이 수건이 이 주머니 저 주머니에서 발견되곤 한다. 지금껏 궁상에 가까울 정도로 아끼는 마음을 가지고 살았지만 솔직히 말하면 무엇이든 버리는 것이 아깝다고 여기는 막연한 생각과 이렇게 아끼기 때문에 주머니에서의 지출이 줄어들 것이라는 생각이 기저에 깔려 있지 않았나 싶다.

그러나 무엇을 아낀다고 할 때 이런 이유만 있을까? 『도덕경』 제67장을 보면 노자는 '세 가지 보물三寶'이 있다고 하는데 "첫째는 '자애慈', 둘째는 '검약儉', 셋째는 '세상에 앞서려 하지 않음不敢爲天下先'"이라고 했다. 세 가지 보물이란 세 가지 가치를 말한다. 여기서 눈여겨볼 것은 두 번째 가치인 검약이 있을 때 널리 베풀 수 있다는 부분이다.

이 말은 "광에서 인심 난다"는 속담처럼 곡식을 아껴서 저축해 놓아야, 즉 자기 배가 불러야 자선의 손길을 펼 수 있다는 뜻으로 해석해도 되겠지만, 그보다는 가뭄이 났을 때

나부터 수돗물을 절약하면 남에게 그만큼 혜택이 더 돌아가 듯 낭비하지 않으면 남에게 널리 베풀 수 있다는 뜻으로 읽는 편이 더 좋을 것 같다.

현재 인류는 생태계의 위협에 처해 있다. 차를 타는 대신 걸어가고 불가피한 일로 차를 타더라도 대중교통을 이용하거나 경차를 타는 습관이 내 건강이나 내 호주머니만을 생각하기 때문만은 아니길 바란다. 그렇게 함으로써 병든 생태계를 살리는 일, 크게는 인류의 복지를 증진시키는 일에 동참한다는 자각이 앞서야 할 것이다.

이제 우리는 "아껴서 남 주나?"가 아니라 "아껴서 남 주지"라는 말이 더욱 실감 나는 세상에 살고 있다.

자주적 결단

앞집 처녀 믿다가 장가 못 간다

앞집 예쁜이가 당연히 내 마누라가 되어주리라 잔뜩 기대하며 살았는데, 예쁜이는 다른 데로 훌쩍 시집을 가버렸다. 어쩔 수 없이 노총각 신세로 떨어지고 말았다. 앞집 예쁜이가 내 팔자를 고쳐주려니 하고 막연히 기다리지 말고 자기 운명은 자기가 적극적으로 개척하라는 말이렷다.

민족의 갈 길도 마찬가지가 아닐까? 미국 흑인들의 경우가 생각난다. 링컨은 흑인을 노예 신분에서 해방해 준 위대한 대통령이었다. 그러나 한 가지 분명히 알고 넘어가야 할 사실이 있다. 링컨이 남북전쟁을 치른 주목적이 결코 흑인을 위해서가 아니었다는 점이다. 1862년 링컨이 《뉴욕 트

리뷴New York Tribune》 편집장 호러스 그릴리Horace Greeley에게
보낸 편지를 인용하면 다음과 같다.

"이 싸움에서 나의 최대의 목적은 연방Union을 살리는 것이지 노
예제도를 유지하려거나 없애려는 것이 아니다. 노예를 한 명도
해방하지 않아도 연방을 살릴 수 있다면 그렇게 하겠다. 더러는
해방하고 더러는 그대로 둠으로써 연방을 살릴 수 있다면 그렇
게도 하겠다."

흑인들에 대한 링컨의 생각은 제임스 할 콘James Hall Cone
의 『흑인 신학과 흑인의 힘Black Theology and Black Power』에서 인
용한 다음 발언에서 더욱 명백히 드러난다.

"나는 어떤 형태로든 흑인종과 백인종의 사회적·정치적 동등권
을 이룩해야 한다는 생각에 찬성할 마음도 없고 찬성한 일도
없다. 그리고 흑인에게 투표권이나 배심원이 될 자격을 준다거
나 그들에게 공직을 감당하게 한다든가 백인과 결혼하게 한다
는 생각에 찬성할 마음도 없고 찬성한 일도 없다는 사실을 분
명히 천명하는 바이다. 덧붙여 말하고 싶은 것은 흑인종과 백인
종 사이의 차이점이 너무나도 커서 내가 믿기로는 두 인종이 사
회적·정치적 동등권을 유지하면서 함께 사는 것이 불가능하다.
두 인종이 함께 살 수 없지만 함께 살아야 할 경우라면 반드시
지위의 우열이 구분되어야 하겠고, 나도 다른 사람들과 마찬가

지로 백인종에게 부여된 우월권을 그대로 유지해야 한다는 생각에 동감하는 바이다."

이 같은 링컨의 말은 놀라운 사실이다. 가만히 죽치고 앉아 있어도 누가 와서 우리를 위해 모든 것을 처리해 주리라는 기대는 헛되다는 것을 보여주는 역사적 실례라 하겠다. 학자들의 연구 결과에 의하면 오늘날 미국에서 흑인이 권리를 지니게 된 것도 따지고 보면 백인의 선심이 아니라 그들 스스로가 노력해서 쟁취한 결과라고 한다.

우리나라 사정과 우리 민족의 앞날을 생각하게 된다. 어느 나라가 우리나라를 위해 우리가 해야 할 일을 대신해 주리라고 너무 크게 기대하고 있는 것이 아닐까? 작게는 개인이 장가가는 문제부터 크게는 민족과 국가의 장래에 이르기까지 앞집 처녀만 믿고 사는 의타依他적 태도를 버리고 자주적으로 계획하고 결정하고 해결해 나갈 지혜와 용기가 필요하다.

우리들의 하느님?

2003년부터 8년간 이라크 전쟁을 치르면서 당시 미국 대통령이었던 조지 부시는 "하느님이 미국에 축복 내리시길"이라는 말을 계속했다. 당시 이라크 대통령었던 사담 후세인도 하느님의 영광을 위해 기필코 미국을 물리칠 것이라고 단언했다. 그러자 누군가 물어보았다. 부시의 하느님과 후세인의 하느님 가운데 누가 더 세냐고. 전쟁의 결과를 지켜봤던 많은 사람이 이렇게 대답할 것이다. 부시의 하느님이 압도적으로 더 센 분이었다고.

그런데 부시의 하느님이 누구인가? 그의 하느님은 그리스도교의 하느님이다. 부시는 스스로를 거듭난 그리스도인이라고 하며 매일 일과를 시작하기 전에 영성과 관련된 책을 읽고 정책을 결정하는 데 하느님의 지도를 받는다고 이야기했다.

1972년 미국 대통령 선거에서 민주당 후보로 나왔던 조지 스탠리 맥거번George Stanley Mcgovern은 《네이션The Nation》지에 기고한 글에서 이런 질문을 던지기도 했다. "만약 부시가 하느님의 인도로 이라크를 침공하기로 한 것이라면, 교황을 비롯한 대부분의 개신교 교회 지도자나 랍비 들에게 전쟁은 옳지 못하다 말씀하신 그 하느님은 어떤 하느님이신가? 같은 하느님이라면 그 하느님은 사람에 따라 각각 다른 기별을 주는 분인가?"

정말 모를 일이다. 하느님은 오직 한 분이라 말하는 그리스도교나 이슬람교의 유일신론을 받아들인다면 부시의 하느님, 사담 후세인의 하느님, 교계 지도자의 하느님이 각각 다른 하느님일 수가 없다. 각각 다른 하느님이 존재하는 것이 아니라 한 하느님에 대해 서로가 다른 생각을 한 셈이다. 자기가 낀 안경에 의해 본 하느님이다.

이들에게 하느님은 무조건 우리 편을 들어주는 분이라는 생각이 있다. 이른바 부족신관部族神觀이다. 옛날에 이스라엘 민족이 이집트에서 나와 가나안으로 쳐들어갈 때, 전쟁의 신 야훼가 무조건 자기들을 지켜주리라 믿던 것과 같은 생각이다. 하느님이 내 편을 들어주리라 믿는 부시나 후세인의 생각도 결국 같은 맥락의 신관이다.

　이런 생각은 옛날 한 민족의 생존을 위해 어느 정도 필요했을지 모르지만, 오늘처럼 인류의 평화로운 공존을 이상으로 하는 세상에서는 재검토되어야 한다. 모두 자기를 무조건 편드는 신을 등에 업고 나서면 세상은 신들의 전쟁터가 될 위험이 있기 때문이다. 한마디로 이는 용도 폐기되어야 할 신관이다.

　이제 우리가 모셔야 할 하느님은 무조건 우리 편만 들어주는 우리들의 하느님이 아니라 사랑과 자비와 정의와 평화의 편에 서는 우리 모두의 하느님이 되어야 한다.

정치 참여의 조건

평안 감사도 저 싫으면 그만이다

정부가 바뀔 때마다 각 부처에 새로운 인물들이 대거 등용된다. 새로운 자리에 천거되었는데 마다할 사람이 있을까? 그런데 옛날에는 그런 사람이 있었던 모양이다. 평안 감사監司로 지명받은 사람이 그 자리를 마다했다고 하니.

평안 감사도 제 하기 싫으면 그만이라고 한다. 도대체 평안 감사같이 좋은 자리를 마다하는 이유가 무엇일까? 고향을 떠나기 싫어서일까? 평안도 텃세가 사나워서일까? 아니면 평양 기생의 유혹이 겁나서일까?

평안 감사는 지금으로 따지면 도지사쯤에 해당하는 직책으로, 이 정도 직책으로 발령을 받을 정도의 인물이라면 그런 시시한 이유로 자리를 사양하지는 않았을 성싶다. 더 깊고 본질적인 이유가 있지 않았을까?

『장자』 제4편을 보면 앞서 잠깐 소개했던 그 유명한 심재 이야기가 나온다. 공자의 제자 안회가 공자에게 이렇게 말한다. 위나라에 젊은 임금이 들어와 독재정치를 펴고 있어서 나라에 죽은 사람들의 시체가 늪지에 쓰러져 있는 마른 풀처럼 즐비하여 백성이 어찌할 바를 모르고 있으니 자기가 거기에 가서 이 어려운 난국을 수습하는 데 일조하도록 허락해 달라고 했다. 그러나 안회의 갸륵한 마음에도 불구하고 공자는 그의 요청을 거절했다. 그러면서 안회가 가지 못할 몇 가지 이유를 나열해 주었다. 준비가 되지 않은 상태에서 이상만 앞세우고 살벌한 정치판에 섣불리 뛰어들었다가는 다른 사람들을 도와줄 수도 없을 뿐 아니라 자기 한 몸도 온전히 보전할 수 없게 될 것이라고 말했다.

그뿐만이 아니다. 가장 근본적인 문제는 자기 스스로를 깊이 들여다보고 위나라에 가려는 진정한 이유가 그 나라 백성을 위한 것인지 나의 명예와 실리를 위한 것인지 냉철히 살펴본 후에 가고 말고를 결정할 일이라는 데 있었다. 명예와 실리의 추구는 비록 성인일지라도 이겨내기 어려운 욕망인데 너라고 예외겠냐며 비록 이상과 포부는 좋을지 모르지만 될성부른 일이 아니니 아예 포기하라고 일러주었다.

결국 아무리 인류애니 애국애족愛國愛族이니 민족의 장래니 하는 대의명분을 외치더라도 자신의 깊은 속을 들여다보아 조금이라도 이기적인 목적에 근거했는지 아닌지를 냉철히 살펴보고 조금이라도 꿀릴 것이 있다면 본인에게나 남에게나 하나도 유익한 것이 없다는 말이다.

그러자 안회는 먼저 외면적으로 나무랄 데 없을 만큼 처신을 잘하겠다고 다짐했다. 그러기 위해 도덕적으로 튼튼히 무장하고 정치적으로 어떤 어려움이든 헤어날 수 있도록 민활한 정치 기법이나 술수를 잘 활용하리라 말했다. 그러나 공자는 안 된다고만 했다.

안회는 계속해서 자기는 인의仁義를 갖추었다고 말했다. 요즘 말로 하면 기업으로부터 떡값 받는 일 따위는 상상할 수조차 없을 정도로 도덕적으로 모자랄 것이 없고 적어도 굽실거려야 할 때는 외면적으로나마 굽실거릴 줄 알 정도로 타협하는 마음이나 유연성도 있으니 정치적으로도 훌륭하다고 말했다. 더군다나 개인적으로 의견을 개진할 때나 연설문을 작성할 때도 옛말이나 고사故事를 필요에 따라 적재적소에 자유자재로 쓸 수 있을 만큼 고전에도 박식하니 학문적으로도 뛰어나다고 주장했다. (요즘으로 치면 윤리학, 정치학, 경영학, 역사학, 고전학, 철학 등의 분야에서 박사 학위를 몇 개씩 가지고 있다는 말이다.) 또한 공자라고 하는 당대 최고의 스승 밑에서 최고 학부를 나온 몸인데 이런 사람을 보고 아직도 정치에 참여할 준비가 안 되었다니 자기로서는 도저히 이해할 수 없다고 하소연했다. 그는 스승에게 이렇게 도덕성, 참신성, 진취성, 두뇌, 학연, 건강, 젊음 등 모든 것을 다 갖추었는데도 아직 모자라다고 하니 제발 무엇이 모자라는지 가르쳐달라고 간청했다.

공자는 한마디로 '재齋하라'고 일러준다. '재'라는 글자는 본래 '굶다'라는 뜻이다. 목욕재계沐浴齋戒라는 말처럼 의식에서 재는 술이나 고기를 비롯해 파, 마늘 등 자극적인 음식을 피하는 것이다.

안회는 그런 것이라면 문제 될 것이 없다고 말했다. 자기는 본래 집이 가난하여 굶기를 밥 먹듯 한 처지니 굶는 것이 정치 참여를 위한 자격이라면 그야말로 자기보다 더 적합한 자가 있을 수 없다는 말이었다. 그러나 공자는 자기가 말하는 재가 그런 육체적이거나 의식적인 것이 아니라 바로 '마음의 재'라고 분명히 못 박는다. 즉 마음을 굶기라는 것이다. 이는 마음의 가난함으로, 우리의 욕심, 분별심, 자기중심적 의식으로 가득 찬 보통 마음을 완전히 비우고 이를 초월하는 초超이분법적 의식, 새로운 의식을 갖는 방법을 가리킨다.

새로운 의식에 도달하는 길이 무엇인가? 공자는 마음을 비우라고 했다. 그래야 도道가 마음에 들어올 수 있다. 이렇게 도가 들어오도록 마음을 비우는 것이 마음을 굶기는 것이요, 바로 심재다. 그리고 이런 마음을 갖고 정치에 임할 때 비로소 그 정치 활동이 진정으로 남에게 유익을 주게 된다고 한다.

평안 감사 자리를 마다한 사람도 이처럼 스스로 자기

내면을 살펴보고 자기에게 아직 이런 마음의 자세가 없음을 깨달아 자리를 사양했을까? 새로이 자리를 얻은 사람이 있다면 한 번쯤 자기의 내면을 들여다보고 새롭게 다짐해 볼 필요가 있겠다.

내면적 비무장

칼을 뽑고는 그대로 집에 꽂지 않는다

2010년 11월 서울에서 주요 20개국^{G20} 정상회담이 열리던 시기, 일본 히로시마에서는 제11회 노벨평화상 수상자 세계정상회의^{WSNPL}가 있었다. 1990년 노벨평화상 수상자였던 구소련 대통령 미하일 고르바초프가 발의해 매년 한 번씩 세계 여러 곳을 돌며 개최되는 이 모임에는 노벨평화상 수상자와 평화를 사랑하는 단체 및 개인이 참가해 세계평화를 증진하기 위해 지혜를 모은다. 2010년에는 히로시마 원자폭탄 투하 65주년을 맞아 '히로시마의 유산: 핵무기가 없는 세상'이라는 주제로 회의가 열렸다.

고르바초프는 건강상 이유로 참석하지 못했고 2009년

수상자였던 미국 대통령 버락 오바마도 G20에 참석하느라 자리를 같이하지 못했다. 2010년 수상자였던 중국의 류샤오보劉曉波와 1991년 수상자인 미얀마의 아웅 산 수치 여사는 자유롭지 못한 몸이라 대리인을 보내 인사말을 전했다.

다만 1989년에 수상한 티베트의 정신적 지도자 달라이 라마, 1976년 수상한 북아일랜드 평화 운동가 메어리드 코리건매과이어Mariead Corrigan-Maguire, 넬슨 만델라와 함께 인종 차별 정책을 종식하는 데 공헌한 전 남아프리카공화국 대통령이자 1993년 수상자 프레데리크 빌럼 데클레르크Frederik Willem de Klerk, 1997년 수상자이자 국제지뢰금지운동ICBL을 이끈 미국인 조디 윌리엄스Jody Williams, 2003년 수상자인 이란의 인권 운동 지도자 시린 에바디Shirin Ebadi, 2005년 수상자이자 국제원자력기구IAEA의 사무총장 이집트의 무함마드 엘바라데이Mohamed ElBaradei, 그밖에 기타 국경없는의사회를 비롯해 노동운동이나 사회봉사로 수상한 단체의 대표들이 참석했다.

1945년 8월 6일, 30만 명이 살던 히로시마에서 원폭 투하로 인해 14만 명이 죽었다. 나의 부모도 제2차 세계대전 당시 일본 도쿄에 살고 있었는데, 폭격이 너무 심해 친척이 살고 있던 히로시마로 갈까 하다가 결국 한국행을 결정했다고 한다. 그때 만약 히로시마로 간다고 결정했다면 나도 이렇게 살아서 아내와 함께 히로시마를 방문할 수 있었겠나 생각하니 그때의 히로시마 방문이 더욱 특별하게 느껴졌다.

그들은 한결같이 이 세상은 핵무기가 없는 세상, 즉 평화로운 세상이 되어야 한다고 주장했다. "칼을 뽑고는 그대로 집에 꽂지 않는다"고 한다. 뽑은 이상 어찌하든 쓰고야 만다는 이야기다. 이런 점에서 핵무기 없는 세상이란 아예 살상을 목적으로 하는 칼을 없애고 더 이상 만들지 말아야 한다는 뜻이 되겠다.

어떻게 해야 그런 세상이 오도록 할 수 있을까를 놓고 여러 가지 제안이 나왔다. 가난이 세계 평화에 가장 큰 위협이므로 가난을 퇴치해야 한다, 이제 국가 간의 경계를 뛰어넘어 개별 도시 간의 공조와 젊은이들 간의 우의友誼를 통한 협력으로 평화를 구축해야 한다, 이제 무력이나 군사력 같은 하드웨어가 아니라 생명, 평화, 문화, 교역 등 소프트웨어가 힘임을 자각해야 한다 등이었다.

그중 달라이 라마의 발언이 의미 있게 들렸다. 달라이 라마는 20세기를 세계 인구 중 2억 명을 희생하면서도 세계가 안고 있는 문제를 전혀 해결하지 못한 유혈의 세기로 규정하고, 21세기를 대화의 세기로 바꾸어야 한다고 했다.

또한 그는 전쟁이 없는 평화로운 세상이라는 이상을 실현하는 방법으로 외적 비무장과 내적 비무장을 들 수 있겠지만 결국 궁극적인 해결은 내적인 비무장에 있다고 하면서 손가락으로 자기 머리와 가슴을 가리켰다. 세계 평화는 우리 속에 있는 욕심과 미움과 어리석음을 없앨 때 가능하다는 것이다. 권력이나 물질에 대한 욕심을 기본으로 하는 물질적 견해에 지배되면 사물을 전체적으로 볼 수 있는 총체적 시선을 가질 수 없기 때문이라고 했다.

사물을 총체적으로 볼 수 있으면 모든 것이 연결되고 서로 의존하고 있다는 사실을 알게 된다. 이것과 저것, 너와 나, 세상 모든 것이 서로 어울려 있는 존재이기에 세상이 잘못되면 어느 한 사람이나 한 집단만을 비난할 수 없다. 또한 원수를 파멸하는 것이 곧 나를 파멸하는 것이기도 한데 왜 싸우느냐는 이야기다.

그의 안목이 불교적 세계관을 따른 것임은 당연지사다. 그렇지만 불자뿐 아니라 종교인이라면, 아니 인류의 미래를 심각하게 고민하는 사람이라면 누구나 귀담아들어야 할 말이 아니겠는가? 칼을 뽑았더라도 그것이 옳지 못한 것이라는 사실을 알면 다시 칼집에 꽂아야 한다. 히로시마에서 배운 교훈을 곱씹어 본다.

슈바이처의
생명 경외 사상

죽은 정승이 산 개만 못하다

1월 14일은 1875년에 태어나 1965년에 타계한 아프리카의 성자 알베르트 슈바이처의 출생일이다. 슈바이처라는 이름을 들으면 아프리카 원시림으로 들어가 환자를 돌보며 반평생을 보낸 의사라는 생각이 가장 먼저 떠오른다. 그러나 그는 의사이기 전에 칸트의 종교론을 비판한 논문으로 학위를 받은 철학 박사였고, 『예수의 생애 연구사』라는 책을 써서 유럽 신학계에 결정적인 영향을 준 신학 박사였으며 뛰어난 오르간 연주가였다. 특히 요한 세바스티안 바흐 연주의 일인자였을 뿐 아니라 바흐에 관한 책들을 낸 음악인이기도 했다.

슈바이처를 떠올린 데는 경제 만능 사상이 불러온 인류의 고통이나 생태계의 위기로 생명과 평화가 그 어느 때보다 크게 위협받고 있는 오늘날 그의 박애와 생명 경외 사상이 너무나도 절실하다고 생각하기 때문이다.

슈바이처는 어릴 때부터 남들의 고통을 그냥 볼 수 없는 불인의 마음이 있었다. 어린 시절 친구와 함께 새총으로 새를 잡으러 갔을 때의 일이다. 새를 향해 막 새총을 쏘려고 하는데 저 멀리 교회에서 울린 고난 시기를 알리는 종소리가 마치 하늘의 소리처럼 들렸다. 그는 벌떡 일어나 소리를 질러 새들을 쫓아버렸다.

자기 전에는 어머니가 자기 침대 머리에 와서 기도해 주었는데 언제나 사람들만을 위해 기도하는 것을 듣고 그는 기도해 줄 사람이 없는 다른 생명들을 안타깝게 여겨 어머니가 나간 다음 숨 쉬고 있는 모든 것을 축복해 달라는 기도를 덧붙였다.

1896년 스물한 살이 되는 부활절 아침, 슈바이처는 침대 머리로 들어오는 밝은 햇살을 받고 지저귀는 새소리를 들으며 말할 수 없는 행복감에 휩싸였다. 동시에 이런 특권을 혼자만 누려도 되는지 자문했다. 그리고 앞으로 10년간 자기가 원하는 학문과 예술에 인생을 바치지만 서른 살부터는 고통당하는 사람들과 고통을 함께하는 일에 전념하겠다고 결심했다.

이 결심에 따라 슈바이처는 서른 살이 되었을 때 의과

대학에 들어가 공부를 시작했다. 1913년 의학 박사 학위를 딴 그는 그렇게 사랑하던 학문과 예술을 뒤로한 채 아프리카로 가서 의료 봉사에 전념했다. 슈바이처는 진실로 불우한 사람들과 아픔을 같이하는 자비의 사람이었다.

그러나 슈바이처는 사람들의 아픔만을 돌보는 데 그치지 않았다. 마흔 살에 아프리카에서 짐배를 타고 오고우에 강을 거슬러 올라가다가 3일째 되던 날 해 질 무렵 배가 하마 떼 사이로 지나가는데 갑자기 이 말이 번개처럼 머리에 떠올랐다. '생명 경외!' 그 순간 철문이 열리고 숲속에 길이 뻥 뚫리는 기분이었다.

그는 저녁 시간 방에서 등불을 켜고 공부할 때도 창문을 열어놓을 수가 없었다. 날파리가 날아와 등불에 타 죽는 모습을 볼 수 없었기 때문이었다. 나뭇잎을 따지도 않았고 꽃을 꺾지도 않았다. 심지어 그는 수술할 때 병균을 죽여야만 하는 것도 안타깝게 여겼다. 말년에는 아인슈타인, 버트런드 아서 윌리엄 러셀Bertrand Arthur William Russell과 함께 어머니 지구의 생명을 위협하는 핵무기를 반대하는 데 혼신의 힘을 경주傾注했다.

슈바이처는 모든 생명은 신성하므로 모든 생명을 경외해야 한다고 했다. 이러한 일화를 미루어보아 그는 무생물의 생명(?)까지도 경외하려는 철저한 생명 사상가이자 운동가가 아닌가? "죽은 정승이 산 개만 못하다"는 옛말이 있다. 정확히 무엇을 말하는지 모르겠지만 일단 죽음과 생명을 놓

고 생명에 더 큰 가치를 부여한다는 말이라 새기자. 생명 경
외. 이 시대의 화두로 다시 등장해야 하리라.

건강한 종교를
생각하며

종교의 근본 목적을 망각하면

금강산 구경도 식후경이라

"금강산 찾아가자 일만 이천 봉 볼수록 아름답고 신기하구나." 동요 〈금강산〉에 나오는 가사다. 그러나 그다음 가사에 등장하는 기암절벽이 아무리 "철 따라 고운 옷 갈아입는" 아름다움을 가지고 있다 해도 나의 배가 지금 허기진 상태라면 별 볼 일 없는 풍경에 불과하다. 이 속담은 구경이고 뭐고 일단 주린 배를 채우는 것이 급선무이니 싸온 것을 풀어놓고 민생고부터 해결하자는 이야기다.

미국 심리학자 에이브러햄 해럴드 매슬로Abraham Harold Maslow의 욕구 단계 이론hierarchy of needs theory으로 잠시 이야기해 볼 수 있겠다. 매슬로의 의하면 인간에게는 필요를 충족시켜 나가는 각 단계가 있다. 먼저 배고픔은 목마름이나 수면 부족 등과 함께 최우선으로 해결되어야 할 가장 기본적인 욕구에 속한다고 한다. 이 이론에 따르면 인간은 기본적 욕구가 충족되기 전까지 빵만 외면서 살 수밖에 없다. 예외도 있겠지만 일반적으로 인간은 생리적 욕구가 충족된 다음에야 심리적·정신적 욕구에 마음을 쓸 여유가 생긴다는 주장이다.

일단 배고픔이 해결되면 그다음으로 안전이나 안정에 대한 욕구가 생기고 그다음에 사랑이라든가 소속감을 필요로 하게 되고 그다음에 남의 인정이나 존경, 자존심을 위해 힘쓰게 되고 그다음에 자기 가능성의 계발, 즉 자아실현self-actualization과 자아초월self-transcendence에 대한 희구가 따른다는 이론이다.

일리 있는 이야기다. 그러나 육체적·생리적 욕구가 채워지기 전까지 심리적·정신적인 것 혹은 그 이상을 생각할 여유가 전혀 있을 수 없다는 주장이라면 지나치다고 할 수 있다. "금강산 구경도 식후경이라"는 말에서도 주목할 점은 아무것도 먹지 못한 상태라면 일차적으로 먹는 것이 중요하긴 하겠지만, 배를 채우고 난 다음에는 금강산을 구경하겠다는 생각이 처음부터 의식 밑바닥에 깔려 있었는 사실이다. 먹는 것 자체가 목적이 아니라 그것은 구경하기 전에 치러야 할 준비 과정임을 이미 자각하고 있었다는 뜻이기도 하다.

독일 강제수용소에서 살아남은 유대인 정신과 의사 빅

터 에밀 프랭클Viktor Emil Frankl도 매슬로의 이론을 비판하면서 이와 비슷한 말을 했다. 그에 의하면 인간에게 있어 배고픔을 충족시키는 일이 급선무이긴 하지만 정상적인 상태의 경우 아무리 배가 고픈 사람이라도 배고픔을 해결하는 것 자체가 생의 의미라고 생각하지는 않는다고 한다. 삶의 의미는 보다 높은 무엇을 추구하는 데 있고 먹고 마시는 것도 이런 목적의식을 가질 때만 의미 있는 행위로 받아들여진다는 주장이다.

여기 어떤 사람이 있다. 금강산을 구경하러 가다가 배가 고파 가져온 것을 먹었다. 그 후 금강산 밑에서 식사하는 것이 인생의 유일한 목적인 양 믿고 살아가게 되었다. 금강산에 올라가 그 절경을 구경하며 감격할 수 있다는 사실은 까맣게 잊어버린 채, 산 아래서 먹는 것에만 신경을 집중하고 있다. 어떻게 해서든지 많이 먹고 잘 먹고 맛있는 것을 먹고 비싼 것을 먹고 남 보란 듯 먹으며 오로지 먹는 데 시간과 정력을 다 바친다. 먹을 것을 먹고 배가 차서 기운이 나도 금강산에 오르려 했다는 사실을 잊어버렸기 때문에 그 기운을 먹을 것을 찾는 데 다 써버리고 만다.

고개만 들면 멀리 금강산의 모습이 흐릿하게나마 보이고 귀만 기울이면 금강산에서 흘러나오는 맑은 물소리도 들리고 정신만 차리면 금강산의 그윽한 정기도 어렴풋하게나마 느낄 수 있으련만, 식후경의 '식'만 외우느라 이제 금강산의 존재조차 잊어버린 지 오래다. 유일한 관심은 먹는 데 있다. 어느 산 밑에 가면 먹을 것이 많고 누구에게 가면 무슨 음식을 구할 수 있고 무슨 음식을 가져다 어디에 있는 누구에게 가져다주면 무슨 음식으로 바꿀 수 있으니 수지가 맞고…. 이렇게 한평생 산 밑 언저리만을 맴돈다.

이 사람의 경우만일까? 우리에게는 금강산 구경이라는 뚜렷한 목적의식이 있는 것일까? 어느 정도 먹었으면 일어서겠다는 계산이 있는가? 이 사람처럼 먹어도 먹어도 허기지는 배를 소유하고 있는 것은 아닐까?

웬만큼 배가 불렀다면 본래의 목적대로 금강산을 구경하기 위해 산으로 발길을 옮길 때도 된 것 같다.

> "금강산 찾아가자 일만 이천 봉
> 볼수록 아름답고 신기하구나
> 철따라 고운 옷 갈아입는 산
> 그 이름도 아름다워 금강이라네
> 금강이라네"

세속화 예찬

굿이나 보고 떡이나 먹지

독일의 사회학자 막스 베버의 근대화론에 의하면 서구 근대화modernization의 가장 중요한 특징은 합리화rationalization와 세속화secularization와 탈주술화disenchantment라고 한다. 세 가지는 서로 연결된 개념들이지만, 그중 탈주술화는 세상에서 일어나는 일을 초자연적이고 마술적인 힘에 의한 것이라 보는 관점에서 탈피하여 합리적으로 설명하는 것을 의미한다. 그의 말에 따르면 다양한 신을 믿으면서 세상이 그들에 의해 지배된다고 여기던 다신론 관점에서 한 가지 신만 믿는 유일신관으로 옮겨갔다가 결국에는 신의 관여 자체를 상정하지 않고 세상 일을 이성적으로 설명하는 세속적이고 과학적인 근대성이 가능해졌다고 한다.

이런 관점에서 본다면 초자연적 힘에 의해 모든 것이 결정된다고 주장하는 무속과 기독교가 횡행하는 한 한국 종교는 아직 근대화와 한참 먼 셈이다. 왜 여기다 한국의 기독교를 끼워 넣느냐 하겠지만 한국의 기독교는 한국 무속의 샤머니즘 요소를 많이 수용하여 근본적으로 샤머니즘과 별로 다를 것이 없다고 보는 것이 일반적 견해다. 지금 서양 기독교 신학에서는 세상사의 흐름이나 개인의 일거수일투족을 관장하는 '관여하는 신interventionist god' 개념을 더 이상 받들고 있을 수 없다고 보기도 하는데, 한국 기독교는 아직까지 세상만사를 신의 뜻이나 섭리라 설명하는 것이 보통이다. 광화문의 어느 목사라고 자칭하는 자나 성실한 기독교인이라 자처하는 어느 당의 당수도 2025년 한국에서 일어난 계엄 사태를 보고 신이 관여한 것이라고 할 정도다.

2024년 목회데이터연구소에서 발표한 데이터에 의하면 지금 세계적인 탈종교화 물결에 발맞추어 한국에서도 10년간 무종교인의 수가 약 45퍼센트에서 63퍼센트로 늘어났다고 하고, 그중에서도 20대의 경우 84퍼센트가 무종교라는 점이다. 앞으로도 무종교인의 숫자는 점점 늘어날 전망이다. 이런 면에서는 한국도 베버가 말하는 근대화가 진척되고 있다고 보아야 할 것이다.

앞서 베버가 말한 근대화의 특징 중 하나가 세속화라고 했다. 세속화란 기본적으로 재래 종교와 관계없이 산다는 뜻이다. '세속'이라고 하면 일반적으로 부정적으로 생각하기 쉬운데, 부정적인 측면이 있는 것도 사실이다. 종교의 규제에서 벗어나 먹고 마시고 돈, 권력, 명예를 궁극 관심으로 삼고 정신적인 가치를 등한시하는 세속화라면 이런 세속화는 바람직하지 못한 세속화라고도 할 수 있을 것이다.

그러나 현대화로 나가는 길목에서 거쳐야 할 단계로서 바람직한 세속화도 있다. 한국 사회가 발전하려면 무속이나 근본주의 기독교에서 벗어나 세속화되어야 한다는 이야기다. 이런 종류의 세속화에 대해서는 이스라엘 역사학자 유발 하라리의 관찰이 정확한 것 같아 소개한다. 유발 하라리는 『21세기를 위한 21가지 제언』에서 세속주의의 특징을 열거하고 있는데, 그중 몇 가지를 나름대로 축약해 본다.

첫 번째, 세속주의는 전통적 종교에서 강조하는 무조건적인 믿음이 아니라 관찰observation과 증거evidence에 기초해 진리를 추구한다.

두 번째, 세속주의자들은 어느 특정 단체나 인물이나 책만이 진리를 독점한 수호자라고 신성시하지 않는다. 고대 화석화된 뼈나 저 멀리 은하계나 통계 수치가 적힌 표, 다양한 인류의 전승 기록 등 어디서든 진리가 스스로 모습을 드러내는 것 그대로를 인정한다.

세 번째, 세속주의자들은 이런저런 신의 명령을 무조건 복종하는 것이 아니라 세상에 편만한 고통을 직시하고 이를 줄이고 싶어 하는 자비의 마음으로 윤리적인 삶을 이어간다. 이를테면 살인을 금하는 이유는 신의 명령 때문이 아니라 살인이 생명에 말할 수 없는 고통을 가져다준다는 것을 인지하기 때문이다. 또 강간은 신의 계명을 어겨서가 아니라 사람에게 고통을 주기 때문에 명백히 비도덕적이다.

네 번째, 세속주의자들은 세상의 고통을 줄이는 방법을 알기 위해 과학적 진리 scientific truth를 중요시한다. 과학적인 연구의 안내를 받지 못하면 우리의 자비가 맹목적으로 되는 경우가 많기 때문이다.

다섯 번째, 진리를 추구하고 고통에서 벗어나는 길을 찾기 위해서는 자유가 보장되어야 한다. 그렇기 때문에 세속주의자들은 자유를 중시한다.

여섯 번째, 세속적인 교육에서는 모르는 것이 있으면 무지를 두려워하지 말고 새로운 증거를 찾으라고 가르친다. 심지어는 무언가를 안다고 생각하더라도 우리의 의견을 의심해 보고 스스로를 다시 점검하기를 두려워하지 말아야 한다. 현대는 무지를 인정하고 어려운 질문을 제기할 줄 아는 용기 있는 사람의 사회가 모든 사람이 아무런 질문도 없이 한 가지 대답만을 받아들여야 하는 사회보다 더욱 융성할 뿐만 아니라 평화스럽다는 것을 보여주고 있다.

일곱 번째, 아울러 자기가 가진 진리를 잃어버릴까 봐 두려워하는 사람들은 여러 가지 다른 관점에서 세상을 보는 사람들보다 더욱 폭력적인 경향이 있다. 일반적으로는 대답할 수 없는 질문이 질문을 불허하는 답보다 훨씬 훌륭하다.

여덟 번째, 세속주의자들은 책임을 중요시한다. 신이 이 세상에 관여하여 착한 사람에게는 상을 주고 악한 사람에게는 벌을 준다든가 우리를 굶주림과 역병과 전쟁에서 보호해 준다고 믿지 않는다. 세상의 불행을 해결하는 것은 오로지 우리 인간의 책임이라고 믿는다. 오늘날 세계 곳곳의 역병을 관리하고 기아를 물리치고 평화를 유지하는 성취는 신의 보살핌 때문이 아니라 인간이 그들의 지식과 자비를 계발한 덕택이라고 본다.

아홉 번째, 물론 범죄, 종족 말살, 생태계 파괴처럼 현대 사회가 가지고 있는 병폐도 전적으로 우리의 책임이라 받아들여야 하며 기적을 바라며 기도하는 대신 우리가 할 수 있는 것이 무엇인지 물어야 한다.

유발 하라리가 말한 이런 종류의 세속화는 진리를 통해 인간을 해방시키려는 종교의 본래 의도와 부합한다고 볼 수 있다. 이런 세속화를 환영해야 하고 나아가 촉진시켜야 마땅하다고 본다. 무조건 '아멘, 아멘' 하거나 소란하게 방울을 울리는 데 우리의 앞날을 맡길 수는 없다.

『달라이 라마의 종교를 넘어』 제2장을 보면 달라이 라마 역시 세속적 윤리의 필요성을 주장하고 있다. 그에 따르면 극락이나 지옥 때문에 윤리적으로 살아야 한다는 주장은 이제 더 이상 인간에게 설득력이 없다. 많은 사람에게 사랑받은 미국 신학자 마커스 조엘 보그Marcus Joel Borg도 천국과 지옥을 강조하던 옛날식 기독교는 청산하고 개벽을 위한 새로운 기독교가 되어야 한다고 역설했다. 미국의 종교사회학자 필 조지프 주커먼Phil Joseph Zuckerman의 저서『신 없는 사회』와『종교 없는 삶』을 읽어보면 그가 "신 없는 사회"로 규정한 덴마크가 세계에서 가장 살기 좋은 나라 중 하나로 꼽힌다는 점은 우리에게 시사하는 바가 크다.

기독교나 무속의 순기능적인 면을 완전히 무시하는 것이 아니다. 이 불안한 시대를 살아가는 사람들에게 위안과 희망을 주는 면도 있다. 힘든 세상 속에서 무언가를 의존하려는 심정을 욕할 수 없다. 마치 물에 빠진 사람이 지푸라기라도 잡으려 하는데 옆에서 야단칠 수는 없는 것과 같다. 의료계에서도 특별한 질병을 앓고 있는 환자의 고통을 줄여주기 위해 특정 마약류 사용을 허용하고 그로 인해 환자가 건강을 회복할 수 있게 만들기도 한다. 또한 말기 암 환자에게 완화 의료palliative care의 일환으로 마약을 투여하기도 한다.

우리가 계속 지푸라기만 찾거나 마약을 일상생활에서 상용할 수는 없다. 그야말로 "굿이나 보고 떡이나 먹지"라는 속담처럼 배고픈 사람에게 떡 정도를 주는 굿이라면 무속이든 기독교든 이 정도 역할은 할 수 있다고 본다. 그러나 그 떡이란 것이 미래를 향해 나아가는 우리의 길목을 가로막는 걸림돌이 되어서는 곤란하다.

나의 종교, 남의 종교

남의 밥에 든 콩이 굵어 보인다

가까운 공원에 소풍을 가서 자리를 잡으면 언제나 지금 서 있는 자리보다는 저쪽 편 잔디가 더 좋아 보인다. 그쪽으로 가서 보면 또 저쪽에 있는 잔디가 더욱 푸르게 보인다. 가 보면 처음 잡았던 자리가 더 좋아 보여 결국 한 바퀴 돌고 제자리로 오는 경우가 있다. 그야말로 다 같은 밥솥에서 퍼낸 밥인데 남의 밥 속에 들어 있는 콩이 내 밥 속에 있는 콩보다 굵어 보이는 꼴이다. 왜 그럴까?

19세기 말에서 20세기 초, 서양 문물과 함께 기독교가 본격적으로 한국에 들어왔다. 당시 상당수의 한국인에게 다른 나라에서 온 문물이나 종교가 남의 콩처럼 굵어 보였던 모양이다. 그 후 기독교를 받아들이는 사람들이 생겨났다. 그 숫자는 계속 늘어나 최근에는 기독교와 가톨릭을 합해 한국 인구의 31퍼센트가 그리스도교라는 선교사상의 기적이 일어났다.

그런데 이상한 건 기독교가 굵은 콩으로 보여 기독교를 받아들였던 상당수가 전에 자기가 먹던 밥의 콩을 작은 콩으로만 보는 것이 아니라, 썩은 콩으로 보는 경향이 두드러지게 나타난다는 사실이다. 기독교만 진리요, 한국 전통 종교는 모두 거짓이라고 보는 태도가 편만하다는 뜻이다.

언젠가 저명한 신학자 한스 퀑 Hans Küng이 내가 가르치던 대학에 와서 '기독교 어디로 가고 있는가?'라는 제목으로 강연을 한 적이 있다. 그는 기독교의 패러다임이 각 시대에 따라서 바뀌어왔는데, 최근에 와서는 그 변화가 다양하고 급격해졌음을 강조했다. 그중에서 가장 중요한 변화는 '기독교만'이라는 생각을 청산하고 서로 다른 종교들이 대화를 통해 피차 성숙한 경지에 도달하기를 목적으로 하는 태도가 퍼진 것이라고 했다.

어떤 한국 기독교인이 들으면 펄쩍 뛸 소리다. 펄쩍 뛰는 것도 무리는 아니다. 패러다임이라는 말을 널리 퍼뜨린 과학자 토마스 새뮤얼 쿤 Thomas Samuel Kuhn이 말했듯 하나의 패러다임이 다음 패러다임으로 바뀌는 '변천 shift'은 하나의 혁명적인 사건과도 같기 때문이다.

그러나 한스 퀑뿐만 아니라 서양의 지도적인 종교 사상

가들 사이에서는 이런 생각이 하나의 상식으로 통하는 실정이다. 오늘날과 같은 다원주의 사회에서는 어느 하나가 모든 것 위에 군림해야 한다는 제국주의적 발상이 용납될 수 없다. 마찬가지로 종교에서도 이웃 종교를 정복의 대상으로 보고 적대시하거나 백해무익한 것으로 경시하는 태도를 지양하고 서로가 서로를 이해하고 협력해야 한다는 종교 다원주의Religious Pluralism가 올바른 태도라고 인식하고 있다.

『간디 자서전』을 보면 이런 이야기가 나온다. 간디의 아버지는 힌두교의 각 종파 사람들이나 이슬람교도들이나 조로아스터교인들과 만나면 언제나 존경심 내지는 흥미를 가지고 그들의 이야기를 경청했다고 한다. 아버지 옆에서 병간호하던 간디도 영향을 받아 모든 종교에 대해 관용의 태도를 지니게 되었다고 술회하고 이어서 다음과 같은 의미심장한 말을 한다.

"그 당시 기독교만은 예외였다. 나는 그것을 싫어했다. 그렇게 된 데는 이유가 있었다. 당시 기독교 선교사들이 중학교 부근 모퉁이에 서서 힌두교도와 그 신들에 대해 욕설을 퍼붓곤 했다. 나는 견딜 수가 없었다. 나는 그곳에 서서 딱 한 번 들었지만, 그것만으로도 다시 들을 생각이 없어졌다. 그 무렵, 유명한 힌두교도가 기독교로 개종했다는 이야기를 들었다. (…) 그 개종자가 벌써 자기 조상의 종교와 관습과 나라를 비난하기 시작했다는 소리도 들었다. 이 모든 것이 나의 기독교 혐오를 형성했다."

특히 19세기 이전의 고전주의적 사고방식을 가진 일부 기독교인 중에는 복음을 전하기 위해 남의 종교를 헐뜯고 비하해야 한다고 착각하는 사람들이 더러 있다. 간디의 말은 그런 생각이 오히려 역효과를 가져온다는 사실을 입증해 주는 실례라 할 수 있다.

2300여 년 전 인도의 성왕 아소카도 비문 중 하나에 다음과 같이 표현해 놓았다.

"기회 있을 때마다 남의 종교를 공대할지라. 누구든 이런 식으로 나가면, 그는 자기 자신의 종교도 신장시키고 남의 종교에도 유익을 끼치는 것. 그 반대로 하면, 그는 자기 종교도 해치고 남의 종교에도 욕을 돌리는 것. 이것이 모두 자기 종교만을 찬양하려는 데서 나오는 일. 누구든 자기 종교를 과대선전하느라 남의 종교를 비난하는 것은 오히려 자기 종교에 더욱 큰 해만을 가져다줄 뿐. 일치만이 유익한 것. 각자는 남의 종교에 대해 경청하고 거기 참여할지라."

자신을 가만히 살펴보자. 나의 종교만을 유일한 진리라고 주장하고 있진 않은가? 이웃의 종교를 비방하는 것이 믿음의 표시요, 충성심의 발로라고 생각하고 또 그래야만 나의 종교가 흥왕하리라 믿고 있는 것은 아닐까? 물론 모든 종교가 다 같을 수 없다. 그렇다고 다른 종교는 다 틀려먹었기에 그들을 모두 개종시켜야만 한다는 주장은 억지요, 무지다.

아일랜드 출신 신부이자 철학자인 윌리엄 존스턴^{William Johnston}의 말이 생각난다. "종교의 목표가 교인 수를 증가시키는 것이 아니라 세상에 봉사하는 것 그리고 인류의 구원을 증진시키는 것이라는 사실을 명심하자."

콩이 콩인 한 그것이 내 밥에 있든 남의 밥에 있든 그 가치를 다 같이 인정해 줄 줄 아는 양식^{良識}이 있어야겠다.

종교 다원주의에 대한 오해와 진실

미꾸라지 한 마리가 온 웅덩이를 흐린다

2026년, 몇몇 종교 단체와 개신교 목회자에 대한 압수 수색이 진행되고 있다. 이런 사태를 보며 요즘 많이들 주장하는 종교 다원주의 원칙에 어긋나는 것이 아닌가 의아하게 생각할 수도 있다. 그러나 종교 다원주의가 모든 종교들이 무조건 다 좋으니 다 같이 인정하고 다 같이 잘 지내자는 주장이라고 생각하는 것은 오해다.

"미꾸라지 한 마리가 온 웅덩이를 흐린다"는 속담처럼 어느 특정 종교가 여러 종교들이 들어가 있는 웅덩이를 쏘다니며 물 전체를 흐린다면 당연히 경계하는 게 마땅할 것이다. 이럴 때 물을 흐리게 할 뿐 아니라 다른 물고기들과 다른 생명체에게 해를 주는 경우도 있다. 즉 한 개의 썩은 사과가 사과 상자에 들어 있는 사과 전체를 망치는 경우다. 달걀 꾸러미에 든 썩은 달걀 하나를 예로 들 수도 있다. 겉모습이 다른 달걀과 같다고 해서 그것을 모든 달걀과 같다고 취급할 수는 없다. 이리저리 검사해 보아 썩은 것이 확실하다고 판단하면 그대로 두면 안 된다. 그대로 두었다가 이를 모르고 먹어 건강을 해치는 사람이 생길 수 있기 때문이다.

현재 한국에서 말썽을 부리는 일부 종교가 미꾸라지 정도가 아니라 썩은 사과나 썩은 달걀과 같아 많은 사람의 건강을 해치고 있다면 이를 경계하거나 배제하는 것은 어쩔 수 없는 일이다. 옥석을 가리는 지혜가 필요한 대목이다.

종교 다원주의의 핵심은 나의 종교만을 절대적인 기준으로 삼고 나의 종교만이 오로지 진리이며 나의 종교와 같지 않은 다른 모든 종교는 모두 거짓이라는 고정된 틀에서 벗어나 종교 간의 대화와 협력을 통해 인류의 행복 증진이라는 보편적 가치에 도움이 되는 방향으로 함께 힘써나가자는 것임을 명심할 필요가 있다.

헛된 기대로부터의 해방

떡 줄 사람은 꿈도 안 꾸는데 김칫국부터 마신다

설날에는 시원한 김칫국과 함께 떡국을 먹는다. 떡은 김칫국과 함께 먹어야 제맛도 나고 또 생목도 오르지 않는다. 그래서 떡에는 보통 김칫국이 붙어다닌다.

그러나 떡 줄 사람은 꿈도 안 꾸는데 김칫국부터 마시는 사람이 있다. 김칫국부터 마시고 있으면 떡이 나오겠지 하는 천진난만한 태도로 일관하거나 되지도 않을 일을 가지고 쓸데없이 미리 부산을 떨며 설치는 과잉 기대 내지 헛된 기대를 하는 사람을 뜻하는 것 같다.

최근에 떡 줄 사람은 생각지도 않는데 김칫국부터 통으로 들이마시는 사람이 많아지고 있다. 예수는 꿈도 안 꾸는

데 마치 자기들 마음대로 여행 계획을 다 짜놓는 것처럼 이 땅에 다시 올 예수만 기다리며 최후에 자기들이 공중으로 들림을 받아 거기서 예수와 함께 왕 노릇하며 살리라고 부산을 떨던 '휴거파' 신도들 같은 광신적인 종말론자들이 늘어간다는 이야기다.

떡 줄 사람은 꿈도 안 꾸는데 김칫국을 마시는 사람들이 이런 휴거파나 미국에서 집단 자살을 한 '천국의 문' 신도들뿐인가? 일반 종교인들은 어떤가? 가만히 따져보면 상당수 종교인들은 김칫국 마시기 전문가인지도 모른다. 길거리나 지하철에서 '예수 천당, 불신 지옥'을 외치는 이들의 말처럼 우리가 예수를 믿는 이유가 오로지 천당 가기 위함이라면 기대와는 반대로 결코 천당에 들어갈 수 없을 것이다. 결국 헛물켜고 말 팔자라는 게 역설적이면서도 엄연한 사실이기 때문이다.

"무슨 뚱딴지같은 소린가? 천당과 지옥이 없다는 이야긴가?"라고 물을지 모르겠다. 여기서 핵심은 천국과 지옥이 있느냐 없느냐 하는 것이 아니다. 문제의 핵심은 천국이 이렇게 천국에 가겠다고 기를 쓰는 사람들의 집합 장소일 수가 없다는 것이다.

왜 그런가? 천국이 종교에서 말하는 지고선至高善의 상징이라고 한다면, 그것은 오로지 자기를 부인하고 자기를 십자가에 완전히 못 박아 죽인 사람만이 얻을 수 있는 삶의 상태라고 할 수 있다. 그런데 무슨 일이 있어도 누가 뭐라 하더라도 나만은 천국에 가서 영생 복락을 누리며 잘살아 보겠다고 안간힘을 쓰고 있다면, 그것은 아직도 내 마음속에 '나'라는 생각이 생생히 살아 있다는 증거다. 예수를 믿든지, 남을 도와주든지, 헌금을 내든지, 무슨 좋은 일을 하든지, 그것이 모두 내가 천국에서 얻을 나의 복락을 위한 투자라고 생각한다면, 엄격히 따져서 나는 아직도 자기중심주의의 삶에서 한 발짝도 벗어나지 못한 상태라 할 수 있다.

생각해 보라. 고통당하고 있는 동료들을 외면한 채 나 먼저 천국에 들어가려고 애를 쓴다면, 설령 외면은 하지 않더라도 내가 천국 가는 데 필요한 일이라서 하는 거라면, 이보다 더 이기적이고 반종교적인 마음가짐이 어디 있겠는가? 천국이란 결코 이런 마음을 가진 사람들이 들어갈 수 있는 곳이 아닐 터이고, 또 이런 마음을 가진 사람들이 모인 곳이라면 어찌 그곳이 천국일 수 있겠는가?

진정으로 기독교에서 말하는 사랑의 실천자라면 자기 먼저 천국에 들어가겠다고 발버둥 치는 대신 지옥에서 고통당하는 사람들을 돕겠다는 정신으로 오히려 지옥행을 자원할 것이다. 설혹 천국을 생각하더라도 모든 사람이 먼저 들어가도록 도와준 다음에야 비로소 자기도 마지막으로 들어가겠다는 결의를 다짐할 것이다. 이런 마음을 가질 때 우리가 어디에 있든지 그곳이 천국이 되는 것이고, 또 이런 마음을 가진 사람들이 모인 곳이 진정한 의미의 천국이 아닐까?

천국은 천국에 가는 것 자체를 제일의 목표로 삼지 않

은 사람들에게만 문이 열린 곳이다. 그런 의미에서 천국에 관한 한 "구하라 그러면 너희에게 주실 것이요"(마 7:7)가 아니라 "구하지 말라 그러면 주어질 것이오"라는 말이 더 정확한 표현일지도 모른다. 아래 인용은 8세기 수피sufi의 성녀 라비아 알 아다위야Rabi'a al-Adawiyya의 기도다.

> "오, 주님. 제가 주님을 섬김이 지옥에 대한 두려움 때문이라면 저를 지옥에서 불살라 주시고 낙원에 대한 소망 때문이라면 저를 낙원에서 쫓아내 주소서. 그러나 그것이 주님만을 위한 것이라면 주님의 영원한 아름다움을 제게서 거두지 마소서."

물론 우리 주위에도 천국에 들어가려는 일념이 아니라 진정한 사랑과 자비를 가지고 가난하고 억눌리고 억울한 일을 당하는 사람들과 고통을 함께하려는 훌륭한 신앙인이 많이 있다. 유대 민족의 지도자 모세처럼 자기 이름이 하느님이 기록하신 책에서 말소되는 일이 있더라도 그것이 민족을 구하는 데 도움이 되는 길이라면 그 길을 택하겠다는 충정衷情의 마음을 가진 종교인도 많이 있을 것이다.

그러나 우리가 이런 마음가짐과는 상관없이 그저 '잘 믿어 천국 간다'는 식의 태도로 일관한다면 아무리 우리만 잘 믿는다고 열성을 내고 진리를 전매특허나 낸 것처럼 선전해도 결국 자기 비움을 목표로 하는 진정한 신앙의 방향과 반대가 되는 자기중심적 태도 때문에 안타까운 일이지만 결국은 김칫국만 켜다 마는 셈이 되고 말 것이다. 무서운 일이다. 우리의 신앙이 그 나라와 그 의를 위한 것인가? 혹은 그 나라에 들어가기만을 위한 것인가?

그리스도교와 민주주의

금도 모르면서 싸다 한다

어떤 꼬마가 엄마에게 "우리가 다니는 교회 이름이 뭐야?"라고 묻는다. 엄마가 "XX교회야"라고 하면 이튿날 그꼬마는 자기 반에서 OO교회에 다니는 아이와 서로 자기 교회가 옳은 교회라고, 자기가 본 예배가 진짜라고 우기며 입씨름을 한다.

권위주의적 폐쇄 집단에 속한 사람들은 정치 문제, 사회문제, 종교 문제 등과 관련해 자기 집단에서 가르치는 것이 절대적으로 맞고 다른 데서 다른 의견을 이야기하는 사람을 보면 모두 틀린 것으로 간주해야 시원하다거나 '충성된 종'으로 인정받는 줄로 아는 경향이 많다. 그들 입장에서 다른 의견은 모두 들어보나 마나 한 것이다.

이는 미국 근본주의 내지 복음주의자가 지난 몇 차례의 대통령 선거에서 보였던 행동과도 같다. 특정 지도자가 어떤 후보에게 투표하기로 결정하면 그것이 신도들에게 그대로 하느님의 명령이 된다. 여권, 낙태, 동성애, 인권, 경제, 전쟁 등 모든 문제에서 자기 교회가 택한 입장이 그대로 자기들의 입장이 되어버린다.

이런 집단에 속한 사람들은 엄격히 따지면 희생자다. 이들은 자기 집단의 가르침이나 해석이 복음 그 자체요, 그것을 믿는 것이 곧 구원에 이르는 길이라 믿도록 훈련된 것이다. 이런 사람들은 대부분 늙어 죽을 때까지 독립적으로 생각하거나 결정 한번 못 해보고 자기 집단의 사람들이 하는 대로 혹은 시키는 대로 무조건 억지 주장으로 일관하다가 끝장나는 수가 허다하다. 일관성이나 철저함에서는 표창을 받을 수 있을지 모르지만 사실 비극적인 이야기다.

개인적으로 핫바지 인생으로 끝나는 것도 비극이지만 이런 획일주의적 사고방식이나 전체주의적 행동 양식은 민주주의와 양립하기 힘들다는 데 더 큰 문제가 있다. 외부의 권위와 행동 강령에 맞추어 생각하고 행동하는 사람의 수가 많으면 많을수록 권위주의적 독재가 판을 칠 수 있는 토양이 마련되는 셈이다. 민주주의와는 담을 쌓을 수밖에 없다.

하버드대학교 종교심리학 교수 고든 윌러드 올포트^{Gor-}don Willard Allport에 의하면 이런 권위주의적 현상은 맹목적인 교회 중심주의, 배타적인 자기중심주의로 일관하는 종교 집단에 속한 사람들에게서 가장 두드러지게 나타난다고 한다. 종교를 아무 반성 없이 무비판적으로 받아들인 사람들에게서 인종 문제에 대한 편견이 더욱 현격히 드러난다는 것이다. 만약 당신의 종교가 인간의 독립적 사고력을 마비시키고 권위에 무조건 '아멘'만 연발하도록 만드는 미숙한 종교적 심성을 심어주는 일에 기여한다면, 이는 전국 복음화가 아니라 국민 바보화의 지름길일 수도 있다. 항간에서 떠도는 '할렐루야 망국론'은 이런 의미에서 일리 있는 말이라 할 수 있다.

인간에게 자유의지를 주고 "우리가 서로 변론reason하자"라고 초청하는 하느님께서 어떻게 우리가 자유의사를 포기하고 사고력을 송두리째 뽑혀 특정 권위에 모든 것을 맡겨놓고 그저 뒷전에 앉아 만사형통만 기다리며 살아가길 원하겠는가. 하느님을 믿는 믿음은 금도 모르고 무조건 싸다고만 주장하는 만용이 아니라 길고 짧고를 재볼 줄 아는 자세와 독립적 사고력을 함양하려는 마음을 전제하는 것 아닌가? 이런 하느님을 볼 수 있도록 도와주고 이런 태도를 일깨우는 종교가 널리 퍼져 참된 민주주의가 꽃피길 바라는 것은 정녕 쓰레기통에서 장미꽃을 찾으려는 어리석음에 지나지 않는가.

종교의 해악

믿는 도끼에 발등 찍힌다

미국 애틀랜타에 있을 때 북미 종교학회에서 처음 발견했으나 다 팔려서 사지 못했던 책을 드디어 샀다. 한국에서 이 책은 『종교가 사악해질 때』라는 제목으로 출간되었다.

하버드 신학대학원에서 비교종교학으로 박사 학위를 받은 저자 찰스 킴볼Charles Kimball은 이 책에서 종교가 사람을 구원할 수 있지만 사람을 망치는 사악한 괴물로 둔갑할 수 있고, 또 이런 일은 어느 종교에나 다 있을 수 있다고 종교사를 통해 그 사례들을 쉽고 조리 있게 설명한다. 그의 말에 따르면 종교라고 해서 다 바람직하고 언제나 좋은 것은 아니라고 한다. 말하자면 믿는 도끼에 발등 찍히는 일이 그리 드문 일이 아님을 증명한 셈이다.

찰스 킴볼은 종교가 사악해지는 신호를 '다섯 가지 징후five warning signs'라고 하는데, 첫 번째는 바로 자신만이 진리를 가지고 있다고 주장하는 배타주의적 태도다. 다섯 가지 징후는 다음과 같다.

1. 절대적인 진리를 주장할 때

2. 맹목적인 복종을 강요할 때

3. '이상적인' 시대를 확립할 때

4. 목적이 모든 수단을 정당화할 때

5. 성전聖戰, holy war을 선포할 때

우리는 종교가 배타적일 수밖에 없다고 생각하기 쉽지만, 반드시 그렇지는 않다. 종교 간의 대화와 협력을 강력하게 주장했던 신학자 폴 프랜시스 니터Paul Francis Knitter는 자신의 저서 『종교신학입문』에서 종교가 이웃 종교에 대해 가질 수 있는 태도를 다음과 같이 네 가지로 분류한다.

1. 대체유형replacement model : 당신의 종교를 버리고 나의 종교로 대체하라

2. 충족유형fulfillment model : 당신의 종교도 좋은 면이 있지만 모자라니 나의 종교로 그것을 채우라

3. 상호유형mutuality model : 당신과 나의 종교 사이에는 여러 가

지 공통성이 있으니 서로 이해하고 보완하자

4. **수용유형**acceptance model: 다름을 아름다운 것으로 인정하고 그대로 받아들이며 서로 배울 것은 배우자

종교학자나 신학자는 대체로 다원주의 태도인 세 번째 상호유형 혹은 수용주의 태도인 네 번째 수용유형을 선호한다. 다원주의 태도는 마치 앞이 보이지 않는 사람들이 각자 코끼리를 만지면 자기들만의 단편적인 생각만 갖게 되지만 이들이 같이 앉아 서로의 경험을 이야기하고 나누면 코끼리의 실재에 더욱 가까운 그림을 그릴 수 있지 않겠는가 하는 생각과 비슷하다. 수용주의 태도는 종교 간의 공통성보다 다름을 더욱 강조하며, 다르기 때문에 아름답고 그러기에 대화가 의미 있음을 부각하는 태도다.

이때 주의해야 할 점은 다원주의 태도나 수용주의 입장을 견지한다고 해서 모든 종교는 다 똑같다거나 그게 그거라고 주장하는 것은 아니라는 사실이다. 다원주의나 수용주의란 나의 종교는 무조건 옳고 남의 종교는 무조건 나쁘다고 하는 것처럼 여러 종교를 단순한 기준으로 판단하지 말라는 입장이다. 즉 지금까지 나의 어머니만 진짜 어머니고 남의 어머니는 모두 가짜 어머니라고 여기던 편협한 생각에서 벗어나자는 얘기다.

물론 나의 어머니가 나에게는 절대적으로 최고의 어머니다. 그러나 나의 어머니가 객관적으로 절대적이거나 최고

라는 뜻이 아니라, 나의 어머니이기 때문에 나에게 유일하고 절대적이라는 이른바 실존적인 절대성이다. 그러므로 나의 어머니의 절대성을 고백한다고 해서 남의 어머니를 무조건 나쁜 어머니라고 몰아붙일 필요가 없다. 그렇다고 모든 어머니가 다 똑같이 좋은 어머니일 수만은 없다. 신사임당이나 한석봉 어머니 같은 사람이 있는가 하면 어린 자식을 이용하여 앵벌이를 부추기는 사람도 있기 때문이다.

그러면 어느 종교가 바람직하고 어느 종교가 덜 바람직하냐는 질문을 할 수 있다. 여러 가지 기준을 생각할 수 있지만 요즘 같은 다원화된 사회, 세계화되고 탈근대화된 사회에서는 무엇보다 자기 종교를 절대화하는 태도를 지양하느냐 지양하지 않느냐가 중요한 판단 기준이라고 본다. 그러기에 찰스 킴볼도 종교가 사악해지는 첫 번째 징후로 자기 종교만 절대적이라고 주장하는 배타주의를 들지 않았나 생각한다. 자기 종교만 절대적으로 옳고 다른 종교는 모두 틀렸다고 하는 이런 근본주의적인 생각은 다양성을 존중하는 사회에서 평화를 위해 공헌하기 힘들고, 자칫 평화에 위협이 될 수도 있기 때문이다. 이런 근본주의적 태도를 견지하는 종파들은 그리스도교, 이슬람교, 유대교 등 어느 종교에나 있을 수 있는데 지금 우리는 그런 태도가 가져다주는 피해를 몸소 경험하고 있다. 이런 근본주의자들의 배타적인 믿음이 '믿었던 도끼'처럼 우리의 발등을 찍고 있는 현실이 펼쳐지고 있기 때문이다.

행동하는 무지를
경계하라

수박 겉 핥기

어떤 사물의 진수眞髓를 알아보지 못하고 피상적인 관찰로 일관하는 경우를 두고 하는 말이다. 그렇게 하는 사람 본인에게도 안된 일이지만, 심한 경우 남에게 큰 피해를 줄 수도 있는 일이다.

예를 들어보자. 개정개역판 성경을 보면 예수가 외식外飾하는 사람들을 못마땅해했다는 이야기가 자주 나온다. "또 너희는 기도할 때에 외식하는 자와 같이 하지 말라"(마 6:5)거나 "외식하는 자여 먼저 네 눈 속에서 들보를 빼어라"(마 7:5)라는 구절이 그 예다.

예수가 외식하지 말라고 한 말씀에 충실하느라 어느 할

머니가 일평생 밖에 있는 음식점에서 식사하는 일 없이 살았다고 한다. 무릇 예수를 믿는 사람이라면 말씀을 어길 수 없다고 생각해서였다. 이 할머니는 남들 보라는 외면치레의 외식을 밖에 나가 식사하는 외식外食으로 오해했던 것이다. 최근 나온 새 번역은 이런 오해를 없애기 위해 외식을 위선僞善으로 고쳤다.

내가 쓴 책을 보고 어느 서평가가 말을 걸어왔다. 자기 할머니가 예수를 따르느라 평생 밖에서 식사를 하지 않고 살아왔는데 그런 분에게 이제 와서 성경에서 말하는 외식이 밖에 나가 식사하는 외식이 아니라고 말씀드려 그분을 실망시킬 이유가 무엇이냐고 따졌다. 어느 면에서 맞는 일이다. 요즘 물가를 감안할 때 비싼 외식비며 어느 화학조미료가 들어갔을지 모르는 환경 속에서 할머니가 외식을 하지 않으신 게 오히려 잘하신 일이라 볼 수 있다. 우리도 손수 만든 음식에 '홈 메이드'라 이름 붙이며 비싼 값에 사고팔지 않나.

그러나 이 할머니의 이야기를 조금 확대해 보자. 이 할머니는 그의 확신 때문에 어느 호텔에서 열리는 친구의 생일잔치도 가지 못한다. 또 자식들이 할머니를 위해 밖에 나가 좋은 식사를 대접하려고 해도 그때마다 손사래를 친다. 안타까운 일이지만 개인적인 일이기에 별로 문제 삼을 것은 아니다. 하지만 이 이야기를 좀 더 진전시켜 보자. 할머니가 이런 확신 때문에 식당 앞에 가서 식사하고 나오는 사람들을 붙들고 '회개하라'고 외친다면, 심지어 식당 안으로 들어가서 식사하고 있는 사람들을 향해 그렇게 외친다면 어떻게 되겠는가? 만에 하나 이 할머니가 교계 지도자가 되어 교인 몇만 명을 동원하는 군중집회를 열고 밖에 나가 식사하는 교인들의 회개를 촉구하고 심지어 전국 요식 업체를 없애는 운동을 펼친다면…. 혹은 어느 나라 대통령이 되어 요식업으로만 먹고사는 나라를 악의 축으로 규정하고 그 나라를 공격해야 한다고 주장한다면? 이와 같이 수박 겉 핥기로 빚어진 '행동하는 무지'는 이 이야기처럼 외식을 금하는 것뿐만 아니라 오늘날 다른 여러 문제로 우리 일상에서 비일비재하게 발생한다.

사물의 진수나 핵심을 꿰뚫지 못한 채 피상적인 관찰에 머물고, 이런 피상적인 관찰에 따라 형성한 개인의 확신이 도가 지나치다면, 특히 그것이 종교의 영역에서 일어나는 일이라면 그것은 한 개인의 문제만일 수가 없다는 이야기가 아닌가? 그래서 종교와 정치는 섞으면 안 된다고 하는 모양이다.

지옥에 간 테레사 수녀

알바니아에서의 안락한 생활을 마다하고 인도 콜카타의 빈민들을 돕는 데 일생을 바친 테레사 수녀가 지금은 분명 지옥에 가 있을 것이라는 이야기가 있다.

이게 무슨 말인가? 테레사 수녀가 교회를 잘못 선택했기 때문일까? 그리스도교의 어느 복잡한 교리를 받아들이지 않았거나 잘못 이해했기 때문일까? 그럴 것 같지는 않다. 성경을 보면 심판의 날에 양과 염소를 가르는데, '네가 어느 교회에 속했었나?', '네가 삼위일체를 제대로 알고 있었는가?' 따위를 문제 삼지 않고, '사람들이 배고플 때 먹을 것을 주었는가?', '목마를 때 마실 것을 주었는가?'를 묻는다고 하니,

이런 기준에 따라 천국에 간다면 테레사 수녀말고 누가 천국에 갈 수 있겠는가? 그렇다면 무슨 이유로 그가 지금 천국이 아니라 지옥에 가 있을 것이라는 말이 나오는가? 바로 테레사 수녀의 사랑과 자비 때문이다.

사랑과 자비가 무엇인가? 사랑이란 남을 내 몸같이 여기는 것이고, 자비란 남의 아픔을 나의 아픔으로 여기는 것이다. 이런 사랑과 자비로 가득했던 테레사 수녀가 어찌 지옥에서 고통당하는 그 많은 사람을 외면하고 혼자 천국에서 안락한 삶을 누리고 있을 수 있겠냐며 도저히 참지 못하고 지옥행을 자원했을 것이라는 주장이다.

물론 농담이겠지만 그야말로 뼈 있는 농담이다. 가만히 생각해 보면 우리 대부분은 결국 천국에 가기 위해 종교 생활을 하고 있지 않은가? 그러나 진정으로 사랑과 자비를 실천하는 마음이 있다면 나만 천국에 가겠다고 할 수 없다. 아직도 많은 사람이 지옥에서 신음하고 있는 마당에 나만 천국에 가서 발 뻗고 눕지 못한다.

한 걸음 더 나아가, 무슨 일이 있어도 나만은 천국에 가야겠다는 생각이라면 오히려 그 마음 때문에 천국에 갈 수 없을 것이라는 사실도 분명해진다. 남의 고통을 외면하고 나만 잘 살겠다는 이기적인 마음을 가진 사람이 어떻게 천국에 갈 자격이 있겠는가?

앞에서 만나보았던 라비아의 기도를 다시 한번 되풀이해 읽어본다.

"오, 주님. 제가 주님을 섬김이 지옥에 대한 두려움 때문이라면 저를 지옥에서 불살라 주시고 낙원에 대한 소망 때문이라면 저를 낙원에서 쫓아내 주소서. 그러나 그것이 주님만을 위한 것이라면 주님의 영원한 아름다움을 제게서 거두지 마소서."

공자를 닮았다

나나니벌

중국 시가집 『시경』에는 벌의 종류 가운데 하나인 나나니벌에 관한 이야기가 나온다. 옛사람들은 나나니벌이 제 새끼가 아닌 애벌레를 업어다 자기 나무 구멍으로 데려가 "나 닮아라, 나 닮아라"라고 하여 자기 새끼로 만든다고 믿었는데, 그리하여 이 벌에게 나나니벌이라는 이름을 붙였다고 전해진다. 자기와 닮지도 않은 자를 가르쳐서 똑같이 만드는 훌륭한 스승을 두고 비유하는 말이겠다. 명칭의 유래가 정말로 맞는 말인지는 모르겠지만 무엇이든 훌륭한 사람을 닮으려는 것은 좋은 일이라 여기고 싶다.

1987년 초 일본 도쿄에서 중국에 가기 위해 비자를 신청하러 중국 대사관에 갔다. 중국 다롄大連에서 왔다는 사람과 상하이에서 왔다는 사람이 손님도 없는 접수구에 앉아 있었다. 한 사람이 내가 내놓은 비자 신청서의 직업란을 보더니 무엇을 가르치느냐고 물었다. 종교학으로 동양 사상이라고 했더니 웃으면서 "어쩐지 공자를 닮은 것 같더라"라고 했다. 우리는 같이 웃었다. 다른 손님들도 없고 해서 셋은 영어와 일본어를 섞어가며 한가하게 한참 떠들었다.

천하 성인 공자를 닮았다니 영광도 보통 영광이 아닌 셈이다. 문제는 듣기에 따라 그렇게 영광스러운 것이 못 된다는 데 있다.

1983년 5월 교수 일행과 함께 중국 산둥성山東省에 있는 취푸曲阜에 가본 적이 있다. 그곳은 공자의 출생지로 그의 무덤과 그를 모신 사당이 있다. 우리 일행은 공자의 후손이 대대로 살았다는 저택 옆에 붙은 손님 접대용 영빈관으로 안내되었다. 옛날에는 임금이나 장상들이 와서 머물던 곳이라고 했다. 지금은 공씨가의 종손이 대만에 가서 살고 있으므로 주인 없는 집의 손님 집인 셈이다. 본래 주인이 되어야 할 공자 77대손은 아들과 딸을 하나씩 두었는데, 딸은 결혼해서 미국 캘리포니아에 산다고 했다. 공자가 미국인 손자사위를 두었다니 역사의 흐름이 묘하구나 하는 느낌이 들었다. 그때 이후 나는 공씨 집안의 친구쯤 된 기분으로 살아가고 있다.

공자와 그의 직계 후손이 묻혀 있는 공림孔林을 찾아보기도 했다. "인걸人傑은 간 곳 없고"라는 시구가 생각날 정도로 쓸쓸했다. 무덤 위에는 잡초가 무성했고 아예 풀 한 포기 없는 무덤도 있었다. 공자의 무덤도 잡초로 덮여 있고 군데군데 흙이 드러나 있었다. 그 앞에 서서 고요히 머리를 숙였다. 적막한 분위기 속에서 2500년의 세월이 한 점에 모이는 듯한 느낌이었다.

공자는 중국에서 문화혁명 당시 비판과 공격의 표적이 되었다. 그래서 공자의 사당인 공묘孔廟도 많이 손상되었다고 하는데 그래도 그 위용은 아직 그대로 간직하고 있었다. 특히 대리석으로 된 용틀임 기둥들은 걸작임에 틀림없었다. 대성전에 모셨던 공자와 그 제자들의 신상은 문화혁명 때 모두 불타버렸다고 한다. 내가 갔을 때는 복원 공사를 시작하고 있어서 공자의 신상 자체를 보지는 못했다.

빙빙 돌아다니다가 마지막으로 들어간 건물 안에는 '萬歲師表만세사표'라는 큰 글자가 새겨져 있고 그 밑으로 공자의 일대기 중 중요한 사건들을 그린 그림이 즐비해 있었다. 그 그림을 보면 하나같이 공자를 이상스럽게 묘사해 두었다. 우리를 안내하던 공씨 집안의 한 사람에 의하면 공자는 신체 가운데 일곱 군데가 특히 못생겼었다고 한다. 지금 그 일곱 가지를 다 기억하지는 못하지만 아직도 인상에 남은 것은 이마가 유난히 튀어나오고 키가 유별나게 컸다는 점이다.

'공자'라는 이름은 '공孔 스승님'이라는 뜻이다. 그의 본래 이름은 언덕이라는 뜻을 가진 '구丘'였다. 아기를 낳고 보니 이마가 유난히 툭 튀어나와 언덕처럼 생겼기에 붙인 이름이라고 한다.

『사기』를 보면 그의 키가 구척유육촌九尺有六寸이라 기록하고 있는데, 그 당시 치수가 지금과 같은지 모르지만 아무튼 사람들이 그 키를 이상히 여길 정도였다니 턱없이, 그래서 멋없이 컸던 것만은 틀림없었던 것 같다.

안내하던 공 씨의 말에 의하면 공자는 이렇게 이상스러운 요소들을 지녔지만 이 일곱 가지가 완전히 갖추어져 조화를 이루었기에 멋있는 모습이었다고 한다. 따라서 공자와 '꼭' 닮았다고 하면 멋있음을 칭찬하는 말이 되지만 '많이' 닮았다고 하면 공자의 외면 가운데 추남적인 요소들만 몇 가지 뽑아서 닮았다는 의미에서 못나기 그지없다는 뜻이다.

중국 대사관에 있던 사람들에게 공자가 이렇게 추남인 요소를 많이 가지고 있었다는 것을 설명해 주자 둘은 눈을 크게 뜨고 일본어로 "솟쿠리そっくり요, 솟쿠리"라고 강조한다. 한국어로 번역하면 꼭 닮았다는 뜻이다. 그런데 곰곰이 생각해 봐도 그 사람들이 처음부터 공자의 못생김을 알면서도 능청을 떨었는지 혹은 진정으로 나를 좋게 봐서 그런 말을 했는지 아직도 아리송하다. 물론 나 스스로는 분명 후자였으리라 좋을 대로 해석하고 있다.

사실 어느 쪽이든 어떠하랴. 『논어』를 보면 "군자는 자기의 무능을 염려할 뿐 남이 나를 알아주지 않는 것을 염려하지 않는다病無能焉 不病人之不己知也"라고 했다. 남이 나에게 공자를 닮았다고 말하는 것이 좋은 의미에서였는지 나쁜 의미에서였는지를 염려할 것이 아니라 스스로 공자의 지혜와 금도^{襟度}를 닮아가도록 노력하면 되는 것 아니겠는가.

중세 독일 수도사 토마스 아 켐피스^{Thomas à Kempis}의 저서 『그리스도를 본받아』와 함께 '공자를 본받아^{Imitatio Confucii}'가 있을 법도 하다. 우리 삶에 나나니벌이 될 필요가 있을 때도 있나 보다.

믿음과 깨달음

돌다리도 두들겨보고 건너라

길을 가다가 개울을 만나 어찌할 바를 모르고 있었다. 그러다가 누가 저쪽으로 가면 돌다리가 있다고 일러주었다. 그리로 가서 돌다리를 발견했다. 기쁜 일이다. 그러나 일단 그 돌다리가 안전한지 직접 두들겨보는 작업이 필요하다. 그렇다고 계속 돌다리만 두들기고 있어서도 곤란하다. 두들겨보고 충분히 안전하다고 여기면 그것을 밟고 개울을 건너는 일이 다음 단계로 취해야 할 우리의 태도가 되어야 하리라.

종교인은 무조건 덮어놓고 믿어야 하는가? 예수도 하느님을 그런 식으로 믿었을까? 아니 예수가 믿기나 했을까? 아무리 생각해도 예수는 하느님을 믿지 않았음에 틀림없다.

아니, 예수가 하느님을 믿지 않았다니 이게 무슨 엉뚱한 소리인가.

생각해 보자. 물론 믿음에는 여러 종류가 있지만 우리가 일반적으로 생각하는 믿음이란 직접 보고 체험하지 않았어도 제3자의 말을 듣고 그러리라 인정하는 것 아닌가. 이른바 '승인으로서의 믿음'이라는 것이다. 뜨거운 불에 손을 댄 적 없는 사람은 뜨거운 불에 손을 대면 덴다는 사람의 말을 믿는다. 그러나 직접 뜨거운 불에 손을 덴 경험이 있는 사람은 그 사실을 믿을 필요가 없다. 그는 이미 그것을 자기 체험을 통해 알고 있다. 구태여 믿을 이유가 없다. 이처럼 믿는다는 것은 아직 체험적으로 알지 못한 사물에 대해 남이 하는 말을 받아들여서 안다는 뜻이다. 영어로 말하면 'second-hand knowledge'로, 한 다리 건너뛴 앎이다. 이것은 참된 앎이 아니다.

예수는 하느님을 직접 체험했다. 하느님을 아바abba 아버지라고 부를 정도로 직접적인 체험을 했던 자다. 이런 예수가 일부러 하느님을 믿어야 할 까닭은 없다. 자기의 체험을 통해서 직접 알고 있을 뿐이다.

우리 주위에 '믿습니다'를 강조하는 사람이 많다. 믿음이 좋다고 볼 수 있다. 그러나 종교에서 일방적으로 믿음만을 강조하는 것은 종교적 삶에 있어 최상의 목표가 아니지 않나 하는 생각을 떨칠 수 없다. 특히 믿어지지 않는데 억지로 믿어야 한다는 것은 지각이 있는 인간에게 큰 고역이다.

인간에게 주어진 지성을 희생하고 독립적 사고를 몰수당하는 일이기 때문이다.

그러면 종교적인 삶에 있어서는 어떤 태도가 바람직할까. 물론 예수가 한 것처럼 하느님을 직접 체험하여 아는 것이다. 하느님을 체험하여 아는 것은 구체적으로 무슨 뜻인가. 스스로 깨닫는 것이다. 남이 주는 정답을 그대로 외우고만 있지 않고 스스로 답을 찾아 깨치는 것이다. 이런 의미로 종교적 삶에서 추구해야 할 최상의 목표는 '아하!' 체험의 연속이라 해도 좋을 것 같다. 그리고 우리는 자기의 앎을 돌다리라 맹신하지 않고 배우기를 주저하지 않는 열린 태도에서 '아하!'를 체험할 수 있다.

이와 관련하여 『제3의 물결』로 잘 알려진 미래학자 앨빈 토플러의 말을 다시 한번 인용해 본다.

"21세기의 문맹자란 글을 읽고 쓸 줄 모르는 사람이 아니라 일단 배우고, 배운 것을 버리고, 다시 배우기를 할 줄 모르는 사람을 가리키는 말이 될 것이다."

이 말은 한번 배웠다고 거기에 안주하지 말고 한 발짝 더 나아가 새로운 것을 배워야 한다는 뜻이리라. 토플러의 문장을 보니 이와 일맥상통하는 『도덕경』 제48장이 생각난다. 『도덕경』에서는 "학문의 길은 하루하루 쌓아가는 것. 도의 길은 하루하루 없애가는 것. 없애고 또 없애 함이 없는 지경無爲에 이르십시오 爲學日益 爲道日損"라고 했다. 이 "하루하루 없애감"을 "일손日損"이라고 한다.

예를 들어 지구가 둥글다는 사실을 아는 것은 지구가 판판하다고 알던 지식을 버리는 것이다. 참된 배움은 결국 앎을 버리는 것이고 거기서 그치지 않고 또 새로운 사실을 배워나가는 것이다. 그러기 위해서는 우리가 지금 가지고 있는 고정관념, 단견短見, 이분법적 사고방식, 일방적이고 왜곡된 의식 등을 과감히 버리고 계속 새로운 시각에서 사물을 봐야 한다. 다른 말로 비판적 사고를 함양해야 한다. 속담으로 말해보면 겉으로 안전해 보이는 돌다리도 일단 두들겨보라는 뜻이다.

오늘날 유럽과 미국의 기독교는 대대적으로 변화를 맞이하고 있다. 가장 중요한 변화는 교리 중심주의에서 깨달음 중심주의로의 변천이라 할 수 있다. 이런 움직임도 결국 우리가 지금 말하는 맥락에서 쉽게 수긍이 가는 일이 아닌가. 주어진 교리를 무비판적으로 받아들이는 것이 아니라 자기 안에 있는 궁극적인 실재에 대한 깨달음이 깊어가도록 해야 한다는 뜻이다. 지금 나의 앎과 믿음을 두들겨보고, 결국은 깨달음에 이르는 것이 중요하다.

우리 전통의 재발견

등잔 밑이 어둡다

괴테가 외국어를 모르는 사람은 자신의 모국어도 제대로 모르는 자라고 했다. 현대 종교학의 창시자라 여겨지는 막스 뮐러Max Müller는 이 괴테의 말이 언어보다도 종교 문제에 더 적절한 표현이라 보고 이를 바꾸어 "하나의 종교만 아는 사람은 아무 종교도 모른다"고 선언했다.

종교나 철학은 서양에서만 발전했다고 믿고 사는 이들이 더러 있다. 지금은 많이 바뀌었겠지만 내가 한국에서 대학 다닐 때만 해도 철학개론 시간에 탈레스가 어떻고, 소크라테스가 무슨 말을 했고, 칸트, 데카르트, 누구누구 하다가 끝이 났다. 철학을 논한다는 것은 으레 서양 철학을 들추는 일, 종교 철학을 이야기한다는 것도 그리스도교를 중심으로 서양 종교사를 살피는 것쯤으로 생각했다. 지금 생각하면 얼굴이 붉어지는 이야기다.

영국의 사상가 올더스 헉슬리는 그의 책『영원의 철학』에서 그 당시 동양 종교에 대한 자료가 충분히 번역되고 소개된 형편임에도 서양 사람들 가운데 아직도 종교나 형이상학의 문제에 관한 한 유대인이나 그리스인이나 그리스도인들 이외에는 생각해 본 이 없다고 착각하는 자들이 많으며, 오늘 같은 시대에 이런 무식은 전적으로 자의적이고 고의적이며, 불합리하고 창피스러운 일일뿐 아니라 사회적으로 위험한 일이기도 하다고 지적했다. 그 이유는 모든 형태의 제국주의와 같이 신학적 제국주의도 세계 평화에 위협이 되기 때문이라고도 덧붙였다.

1960년대와 1970년대를 거치면서 서양 사람 중에서도 동양의 종교 사상에 심취한 이들이 많이 생겨났다. 그들은 그렇게 함으로써 오히려 그리스도교 정신의 진정한 의미를 재발견하는 기쁨을 맛보게 되었다. 그 대표적인 예가 미국 종교 사상가로 20세기 가장 영향력이 컸던 인물 토마스 머튼Thomas Merton이다. 그는 "서양이 동양의 정신적 유산을 낮게 평가하거나 등한시하기를 계속한다면 인류와 인류의 문명에 위해를 끼치는 비극을 자초하게 될지 모른다"라고 선언했다.

그렇다면 동양인인 우리는 어떤가? 우리 한국인들은 어

떤가? 우리는 우리의 정신적 유산을 올바르게 평가하고 있는가? 슬프지만 선뜻 긍정적인 대답이 나오기 쉽지 않다. 예전보다 위상이 많이 달라졌다 해도 아직 몇몇 사람은 마치 '빛은 서방에서'가 현대판 진리쯤 되는 것으로 생각하고 무엇이나 서양 것이라면 좋고 옳다는 태도를 보이고 있기 때문이다.

이런 태도가 두드러지게 나타나는 데는 특히 한국 그리스도교다. 상당수 그리스도인들은 아직도 그리스도인이라는 것이 전통적인 동양의 종교 사상이나 철학을 배격하고 서양 역사에서 형성된 그리스도교 사상에만 충성하는 것쯤으로 믿고 있다. 이들 대부분은 그리스도교 신앙이 동양의 정신적 유산과는 양립할 수 없다고 생각한다. 빛과 어둠이 어찌 합하며, 그리스도와 벨리알Belial이 어떻게 손을 잡으며, 진리와 거짓이 어찌 어울릴 수 있느냐고 한다. 따라서 동양의 전통적인 종교 사상에 무식하면 할수록 더욱 충성된 그리스도의 종이라 믿는 경향이 있다. 혹시라도 동양의 사상에 대해 듣거나 읽거나 인용한다면 오로지 그것을 반박하고 비웃기 위해서일 뿐이다.

영국 역사가 아널드 조지프 토인비Arnold Joseph Toynbee는 저서 『역사의 연구』에서 유대교, 그리스도교, 이슬람교를 자기들의 절대성을 주장하는 배타적인 유일신 종교라고 여겼다. 그러나 최근 그리스도교도 신학자들 사이에서는 그런 절대적 배타주의에서 탈피해야만 한다고 주장하는 사람도 많다. 그리스도교에만 계시가 있고 다른 모든 종교는 거짓 종교라고 주장하는 그리스도교 배타주의의 선봉장이던 카를 바르트Karl Barth가 죽고 그의 후계자로 들어선 하인리히 오트Heinrich Ott 교수마저도 캐나다를 방문했을 때,《에드먼튼 저널》기자와의 인터뷰에서 "인류가 당면한 문제를 해결하기 위해서는 새로운 가치에 대해 열린 마음 그리고 인간이 된다는 것이 무엇인가에 대한 탐구가 있어야 하는데, 이 일은 모든 전통적인 종교의 공헌을 감안하지 않고서는 이룰 수가 없다"고 공언했다.

20세기 최고의 신학자로 꼽히는 파울 요하네스 틸리히 Paul Johannes Tillich도 죽기 전, 시카고대학교의 교수이자 종교사학의 거장 미르체아 엘리아데Mircea Eliade와 함께 세계 종교를 섭렵하고 자기에게 시간적 여유가 있으면 세계 여러 종교의 빛 아래서 새로운 조직신학 책을 써보고 싶다고 했다.

동양의 정신적 유산에 관심이 점점 높아지는 판국에 우리는 언제까지 강 건너 불 바라보듯 보고 있어야 할까? 우리에게 와서 우리의 전통적 종교 사상을 물어보는 그들에게 본래 "등잔 밑이 어둡다"는 진리만을 일깨워 주는 것이 우리가 해야 할 유일한 의무일까?

종교 선택에 신중을

새도 가지를 가려서 앉는다

여러 해 전에 한국 사람들과 함께 유럽 여행을 간 적이 있다. 어느 날 모나코 몬테카를로에 들렀다. 그곳에서 모두들 호기심으로 몇 푼씩 걸고 도박이라는 것을 해보았다. 일행 몇십 명 가운데 캐나다 토론토에서 온 박재수라는 사람만 재수 좋게 100프랑 정도를 따고 나머지는 작은 돈이지만 모두 허망하게 날려버리고 말았다. 본래 도박이라는 것이 그런 것 아니겠는가?

일행과 함께 버스에 올라 도박 천국을 떠나면서 블레즈 파스칼Blaise Pascal이 도박에 관해 설파한 유명한 이야기가 생각나 즉석에서 소규모 강의를 했다.

프랑스의 물리학자, 수학자 겸 철학자였던 파스칼은 그의 책 『팡세』에서 신이 존재하느냐 존재하지 않느냐는 도저히 이론적으로 증명할 수 없으므로 이 문제에 관한 한 우리는 어차피 일종의 도박을 할 수밖에 없다고 했다. 그는 이렇게 도박을 할 경우 신이 존재한다는 쪽에다 밑천을 거는 편이 훨씬 현명하다고 했다. 그의 이론에 따르면 신이 존재한다는 쪽에 걸었다가 설령 신이 존재하지 않더라도 우리로서는 그렇게 큰 밑천을 들인 것이 아니므로 결국 밑져야 본전인 셈인데, 반대로 신이 존재하지 않는다는 쪽에 걸었다가 만약 신이 존재한다면 그땐 지옥이 기다리고 있으니 완전히 망할 수밖에 없는 것이다. 따라서 신이 존재한다고 하는 쪽에 거는 편이 확률적으로 더 안전하다는 것이다. 이 주장이 유명한 내기논증wager argument이다.

신이 자기 존재를 인정하는 것을 그렇게 중요한 일로 생각했을까 하는 의문이 생길 수도 있다. 그러나 약 350년 전에 살았던 파스칼은 오늘날 일어나는 일들을 직접 볼 수 없었기에 이런 주장을 한 것이 아닌가 하는 생각이다. 우리 주위를 보라. 함부로 하느님이 있다고 믿고 아무 종교에나 기웃대다가 파리 끈끈이 같은 종교에 빠져 몸도 마음도 돈도 시간도 가정도 정성도 다 잃어버리는 경우가 얼마나 허다한가?

미국의 어느 사회 평론가는 예수를 잘못 믿었다가 입을 수 있는 피해 중 가장 심각한 것은 무엇보다도 자주적으로 생각할 수 있는 권리를 몰수당하는 것이라고 했다. 우리의 삶에서 종교는 그지없이 중요하다. 그러나 그렇다고 아무 종교나 다 좋다는 것은 아니다. 1993년 미국 텍사스주 웨이코에서 임박한 예수의 재림을 외치는 데이비드 코레시^{David Koresh}의 가르침에 빠져들어 많은 사람이 그렇게 바라던 예수의 재림도 보지 못하고 불에 타 죽는 사건이 발생했었다. 또 우간다에서 교인 1천여 명이 자살하거나 타살되는 끔찍한 일도 있었다. 우리나라에도 휴거파니 뭐니 하면서 곧 세상이 끝난다고 믿고 따르다가 패가망신한 사람들이 있었다.

물론 극단적인 예시이기는 하지만 우리 주위에 종교에 함부로 빠져들어 멀쩡하던 사람이 열성파 신도가 되어 자기가 믿는 것처럼 믿지 않는 사람들을 모두 죄인 취급하면서 내려다본다든가, 더욱이 목사다 장로다 하면서 목이 뻣뻣해진다든가, 서울역이나 전철 안에서 '예수천당 불신지옥'을 외친다든가, 함부로 도끼를 들고 단군상의 목을 자른다든가, 절에다 땅 밟기를 한다든가, 불상을 허물고 절간을 불태운다든가, 그러면서도 스스로 의로운 일을 감행하는 하느님의 종이라고 자처하는 사람들을 보라. 가정이나 사회, 특히 이민 사회가 종교 때문에 풍비박산되는 경우는 또 어떤가?

"새도 가지를 가려 앉는다^{良禽擇木}"고 했다. 『장자』의 「추수^{秋水}」편을 보면, 원추^{鵷鶵}라는 새가 등장한다. 원추는 남해에서 출발하여 북해로 날아가는데, 오동나무가 아니면 앉지를 않고, 대나무 열매가 아니면 먹지를 않고, 감로천이 아니면 마시지를 않았다고 한다. 새 같은 미물도 길어봐야 하룻밤 앉았다가 버리고 갈 나뭇가지를 그렇게 가려서 앉는다는데 우리 인간이 일생을 좌지우지할 종교 선택의 문제를 놓고 그렇게 섣불리 베팅하면 안 된다는 것, 이는 곰곰이 생각해 볼 일임에 틀림없다.

시속과 탈시속

성인도 시속을 따른다

어릴 때 많이 듣던 속담이다. 성인도 시속時俗을 따르는데 너라고 별나냐? 아무 말말고 남들 하는 대로 거기 맞추어 살아가라는 뜻이다.

성인도 물론 시속을 따른다. 성인이라고 하는 사람이 일을 반드시 거꾸로만 해야 하는 것은 아니다. 공자도 어머니가 돌아가시자 그때의 풍속을 따라 3년 동안 곡을 하면서 보냈고 예수도 그 당시의 규례를 따라 회당에 갔다고 했다. 모든 일에 있어 꼭 보통 사람과 다르게 행동해야만 성인이 되는 것은 아니다.

그러나 성인도 시속을 따른다는 말에는 성인에게는 보

통 사람과 뭔가 다른 데가 있다는 뜻이 숨어 있다. 성인이 모든 사람과 모든 점에서 똑같으면 구태여 성인이라 할 필요가 없지 않은가? 그렇다면 성인은 어느 면에서 보통 사람들과 다를까? 어디까지 시속을 따르고 어디서부터 시속과 다르게 행동하는가? 분명히 말할 수 있는 것은 범속한 사람들은 대부분 남의 눈치코치를 보면서 시속에만 맞추어 살고 있지만, 성인은 시속을 따르는 것 자체를 행동 규범으로 삼지도 않고 또 시속에만 안주하려 하지 않는다는 사실이다.

미국 심리학자 로렌스 콜버그Lawlence Kohlberg의 도덕 발달 이론에 따르면 인간의 발달 과정에는 인습적 수준conventional level과 후인습적 수준postconventional level이 있다고 한다. 이를 우리말로 고치면 시속의 단계와 탈시속의 단계라 할 수 있을 것이다. 즉 시속을 따르는 단계와 시속을 초월하는 단계다. 시속의 단계에서는 우리가 무슨 일을 할 때 사회의 통념이나 규범에 맞게 행동한다. 어린이들이 무슨 일을 하든지 부모로부터 칭찬을 받을까 혹은 야단을 맞을까를 항상 염두에 두고 거기에 맞추어 행동하는 것과 같다. 무엇을 하든 친구나 직장 상사, 이웃, 친지 등 주위 사람의 눈치를 봐가면서 사회에서 우리에게 요구하거나 기대하는 데 따라서 살아가고 거기에서 자기의 정체성을 찾는 부류다. 이렇게 해서 얻는 정체성이니 인습적 정체성conventional identity이라고나 할까.

시속을 초월하는 단계에서는 우리가 어떤 행동을 할 때

그것이 나 자신에게 이로울까 해로울까 혹은 상을 받을까 벌을 받을까 하는 등의 자기중심적 기준에 따라서 행동하는 것이 아니라, 자유롭고 독립적이고 비판적인 사고를 통해 그것이 정말로 보편적으로 수납할 만한 진리요, 아름다운 가치인가를 따져서 비록 그것이 나에게 불이익을 가져오더라도 감내하면서까지 수행한다. 이처럼 자기 행동이 개인에게 유리한가 불리한가 혹은 다른 사람 눈에 어떻게 비칠 것인가 하는 데 개의하지 않고 의연하게 행동하는 데서 자기의 정체성을 찾는 단계다. 이때 얻을 수 있는 정체성을 후인습적 정체성 postconventional identity이라 해두자. 이 단계는 심리학자 매슬로의 욕구 단계 이론 중 자기실현을 이룬 사람의 특성과도 닮았다.

유교의 용어를 빌리자면 시속의 단계는 '이'를 최고의 가치로 여기며 그것을 위해 살아가는 소인들의 사고방식이고, 탈시속의 단계는 옳은 것을 행한다는 '의'의 원칙을 가지고 살아가는 군자의 생활방식이라 할 수 있다.

그러나 1930년대 프랑크푸르트 학파를 비롯해 탈시속만 가져서는 안 된다는 견해를 제시하는 사람들이 나타났다. 개인의 자유를 강조하는 탈시속적 사고에는 파괴적인 개인주의의 암이 들어있다는 것이다. 자유롭고 독립적인 사고를 통해 수용된 가치라고 하더라도 그것이 주관적인 결단인 이상 진정으로 보편적인 것일 수만은 없으므로 모두에게 다 좋으리라는 보장이 없기 때문이다. 따라서 우리가 추구하는 가치가 진정으로 보편적인 가치가 되려면 우리의 안목이 궁극적으로 보편주의적이어야 한다는 것이다.

최근 활발히 논의되는 초인격심리학Transpersonal Psychology에서는 이 문제를 약간 다른 각도에서 더욱 심각하게 다룬다. 초인격심리학자들에 의하면 인간은 무한한 가능성을 가지고 태어났으므로 우리의 가능성을 끝까지 계발하면 우주적 안목을 가질 수 있는 경지에 이를 수 있다. 그러나 사회가 시속을 넘어가려는 사람들의 발목을 잡고 모두 비슷비슷한 중간 형태의 범속한 인간, 마치 연탄 기계에서 찍혀 나온 연탄 같은 규격 인간을 만들어낸다는 것이다. 이렇게 인간이 가진 잠재력을 억누른 채 무조건 시속을 따르는 단계에 안주한다는 것은 지속적인 성장을 멈춰버린 일종의 병리 현상이라 말한다. 모두를 이렇게 시속에 붙들어 매는 것은 천재를 평생 초등학교 교실에 묶어두는 것과 같다. 능력이 있는 대로 중학교, 고등학교, 대학교, 대학원 등으로 계속 진학시켜 더 깊은 공부를 하게 해야 한다. 대학원 졸업생도 유치원생이나 초등학생이 읽는 동화를 즐길 수 있다. 그러나 그것을 진리의 전부라고 여기고 거기에 붙들려 있지는 않는다.

성인이란 누군가? 시속뿐만 아니라 탈시속까지 뛰어넘은 사람들이 아닐까? 성인이란 얼핏 도덕적으로 완벽한 사람을 의미하는 것 같지만 사실 성인의 '성聖'이라는 글자의 모양이 말해주듯 귀가 열린 사람을 뜻한다. 귀가 열렸다는 것은 보통 사람들이 듣지 못하는 소리를 들을 수 있다는 말이다. 귀가 아니라 눈으로 이야기하자면 육체적인 눈뿐만 아니라 마음의 눈, 영적인 눈, 심안心眼이 모두 뜨인 사람이다. 좀 어려운 말로 특수인식능력의 활성화를 이룬 사람이다.

성학을 이상으로 삼던 유가 사상이나 성인의 경지를 추구하던 노장 철학, 어느 의미에서 회개를 뜻하는 메타노이아metanoia를 선포한 예수의 가르침도 이렇게 시속이나 탈시속을 넘어서 사물의 궁극적인 실재를 있는 그대로 볼 수 있는 우주적인 안목을 갖도록 우리를 이끌어주려는 것이라 볼 수 있다.

성인도 물론 시속을 따른다. 그러나 그들은 시속에만 얽매이기를 거부하고 인간의 잠재력을 최대로 발휘한다. 이를 두고 성인들이 공통으로 가지고 있는 특징 중 하나인 파격성subversiveness, 혹은 '뒤집어엎음'이라 일컫는다. 여기에 참된 종교인들이 지향해야 할 방향이 있다.

본말의 전도

염불에는 맘이 없고 잿밥에만 맘이 있다

염불念佛이란 본래 부처를 생각하는 것이지만, 실질적으로는 부처의 이름을 계속해서 부르는 수행법이다. 중국이나 일본 불교 종파 가운데 정토종淨土宗이라는 것이 있는데, 이 종파에서 받드는 경전인 『정토경』에 의하면 다르마카라, 한자로 법장法藏이라 하는 청년이 있었다고 한다. 이 청년은 장차 부처가 되리라는 간절한 소원을 품고 있었다. 이 경전에 의하면 그는 마흔여덟 종의 서원誓願을 했는데, 그중 소위 십팔번이라 할 수 있는 왕서원은 불쌍한 중생들이 어디서나 지극 정성으로 자기의 이름을 부르면 그들을 이 사바세계娑婆世界에서 우주 서방에 있는 정토sukhāvatī라는 극락세계로 옮겨주겠다는 내용이었다.

정토종에서는 이 청년이 정말로 그의 소원대로 부처가 되었다고 믿는다. 이 부처의 이름이 아미타바amitābha, 일명 아미타유스amitāyus다. 무한한 빛, 무한한 생명이라는 뜻으로 한자로는 무량광無量光, 무량수無量壽라 한다. '나무아미타불'이라 염불을 외우는 것은 그의 서원을 굳게 믿고 그의 이름을 부르는 것으로, 이 부처의 이름을 부름으로써 극락정토에 왕생往生하려는 간절한 기원의 표현이다.

어느 의미로 보아 이것은 믿음의 극치다. 세상의 모든 욕심과 잡념을 버리고 오직 아미타불의 이름만을 수천 번, 수만 번 쉬지 않고 반복해서 부르는 것은 마음과 뜻과 정성을 한군데로 모으는 것. 그리하여 새로운 의식의 세계에 몰입하는 경지를 체험하려는 것이다. 일종의 기도다.

이와 같은 정토 사상을 신봉한다고 하면서 핵심적 요소인 염불에는 관심이 없고 절간 재회齋會 때 먹는 잿밥을 얻어먹는 데만 마음이 가 있으면 아무리 열심히 절에 다녀도, 심지어 아예 거기 가서 산다고 해도 참된 의미의 종교와는 상관이 없는 것이다. 입으로는 염불을 외우고 있더라도 마음은 잿밥 먹는 데 가 있기 때문이다. 그런 자에겐 영적 가치가 아니라 물질적 가치가 궁극적인 관심사일 뿐이다.

비슷한 맥락으로 그리스도교 종파 중 동방정교 계통에는 예수 기도jesus prayer라는 것이 있다. 필자가 번역해 2003년 출간된 『기도』라는 책을 보면 한 무명의 러시아 순례자가

"쉬지 말고 기도하라"라는 바울의 말에 따라 "주 예수 그리스도, 제게 자비를 베푸소서"라는 기도를 하루에도 1만 2천 번, 혹은 그 이상 반복하므로 깊은 종교적 체험의 경지에 이르렀다는 이야기가 나온다.

예수 기도가 그리스도교의 핵심인가 하는 문제는 신학적 입장에 따라 견해가 다를 수 있기에 그 문제는 논외로 하자. 편의상 그리스도교의 핵심을 '예수를 따르는 것'이라 한다면 지금 할 수 있는 질문은 우리도 예수를 따르는 데는 마음이 없고 '예수를 팔아먹는 데'만 마음이 있는 것 아닐까 하는 것이다.

십자가 처형을 앞둔 최후의 만찬에서 예수는 단도직입적으로 "너희 중의 한 사람이 나를 팔리라"(마 26:21)라고 말했다. 그러자 제자들이 모두 근심하는 목소리로 "주여, 나는 아니지요?"라고 물었다. 레오나르도 다빈치의 〈최후의 만찬〉은 이 순간을 포착한 것이라 했던가?

우리는 그때 예수가 지적한 그 한 사람이 바로 가룟 유다였다는 사실을 다 알고 있다. 그가 예수를 은 30냥에 팔았다는 것은 역사적으로 사실인지 아닌지와 관계없이 잘 알려져 있기 때문이다. 우리는 다빈치의 〈최후의 만찬〉을 볼 때마다 식탁 끝자락에서 돈주머니를 잡고 있는 유다를 찾아내고 그가 바로 예수를 팔아먹은 자임을 확인하고 그를 정죄한다. 그리고 내가 예수를 팔아먹은 자가 아니라는 사실에 안심한다. "주여 신자 되기 원합니다 진심으로 진심으로 유다처럼 안 되기를 원합니다 진심으로 진심으로”라고 목청을 돋우어 힘차게 노래도 부른다.

가룟 유다가 예수를 팔았다는 것이 구체적으로 무슨 말인지도 역시 신학적 논의의 대상이다. 이런 논의와 상관없이 예수를 팔아먹었다는 것이 예수 덕으로 내 욕심을 차리겠다는 마음을 품는 것쯤으로 이해할 수 있다면 과연 예수를 팔아먹은 자가 그 가룟 유다뿐일까 하는 데 생각이 미치게 된다. (가룟 유다 문제에 관해서는 여러 가지 설이 있다. 자세한 것은 필자가 『불멸의 15人 시공초월 맞장 인터뷰』에 쓴 글 「질투에 눈 먼 배신자 vs 세상 죄를 짊어진 어린 양」 참조.)

우리는 예수를 팔아 물질적인, 혹은 세상적인 가치를 추구하려 하진 않는가? 예수를 팔아 목사라는 직업을 따내려 하지 않는가? 장로직이나 집사직으로 우그러진 에고ego를 부풀리려 하지 않는가? 예수 덕으로 사업의 번영을 꾀하려 하지 않는가? 예수의 이름을 팔아 병자를 고쳐준다고 하며 뭔가를 받아내려 하지 않는가? 성가를 부르고 성화를 그려 없는 이름을 새로이 날리거나 떨어진 인기를 다시 끌어올리려 애쓰진 않는가? 기타 이런저런 방법으로 예수의 이름에 빌붙어 먹고사는 사람이나 예수의 이름을 팔아 뭔가 이득을 얻어내려고 하는 사람은 아닌가?

절이나 교회에서 그렇게도 요란한 잡음이 울려 퍼지는 것은 서로 잿밥만 많이 먹겠다고 혈안이 되어 있거나 예수를 팔아먹는 데만 온 신경을 집중한 사람들 때문이다. 우리

도 이제 다시 한번 심각하게 물어봐야 할 것 같다. "주여, 나
는 아니지요?"

민중의 눈으로 읽는 성서

남의 다리 긁는다

뜻밖에도 미국 로스앤젤레스에 사는 옛 학교 선배에게서 종교에 관한 글을 좀 써달라는 부탁의 전화를 받았다. 뜻밖이라는 말을 쓰니 학교 책방에 우연히 들렀다가 그야말로 뜻밖에 사서 읽은 『뜻밖의 소식』이라는 제목의 책이 생각났다.

이번 장에서는 뜻밖에 '뜻밖'이라는 말을 많이 쓰게 됐다. 말이 나온 김에 『뜻밖의 소식』이라는 책에 대해서 좀 더 이야기하자. 이 책의 저자 로버트 맥아피 브라운Robert McAfee Brown은 스탠퍼드대학교 종교학 교수를 역임하고 책을 낼 당시 버클리대학교에 있는 퍼시픽 종교 신학대학원의 교수로 재직 중이었다.

브라운에 의하면 제3세계(저자는 '제3세계'라는 말을 좋아하지 않는다. 차라리 '3분의 2 세계'라는 말이 더 정확하다고 지적한다)에 사는 크리스천이 성서를 읽어서 얻는 교훈은 미국이나 유럽에 사는 크리스천이 성서를 읽어서 얻는 교훈과 엄청나게 다르다고 한다. 대체로 구미의 부강한 나라 사람들은 성서를 낭만적·감상적으로 읽는 데 반해, 제3세계의 사람들은 성서를 현실적·실존적으로 읽기 때문이다.

구미 크리스천은 부와 호강을 누리는 특권층의 입장에서 성서를 읽으면서 그들의 현 상태에 위협이 될 만한 부분은 걸러내 버린다고 한다. 그러나 제3세계의 크리스천은 성서가 근본적으로 희생자의 입장, 사회에서 천대받는 사람과 가난하고 눌림받는 사람의 입장에서 쓰인 것으로 보고 그 속에서 위안과 희망을 찾는다. 다시 말하면 제3세계의 사람은 성서를 결국 사회적으로 희생당하고 억울한 일을 당하는 사람과 한을 품고 살아가는 사람에게 희망과 자유를 약속해 주는 책으로 본다는 주장이다.

브라운은 우리가 성서에서 익히 들어본 열 가지 이야기를 예로 들고 제3세계의 눈으로 이 이야기를 읽을 때 어떤 의미가 전달되는지 살핀다. 그는 이런 식으로 성서를 읽을 때 우리가 여태까지 기대하지 않았던 뜻밖의 소식을 듣게 된다고 그의 책 전체를 통해 예시를 들어보인다.

마리아의 노래

브라운이 지적한 열 가지 예시 가운데 한 가지만 여기에 소개해 본다. 「누가복음」 1장 46~55절을 보면 〈마리아의 노래〉가 나온다. 라틴어 성서 구절의 첫 단어를 따서 이 노래를 〈마니피카트 magnificat〉라고도 부른다. 모차르트, 바흐, 비발디 등 여러 작곡가들이 이 노래에다 곡을 붙이기도 했다. 이들의 음악을 비롯해 흔히 접하는 성화 또는 이야기에서 받는 인상 때문에 우리 머릿속에 마리아는 깊은 종교심을 가진 자, 피안의 세계에만 눈길을 돌리고 현실 세계에 관한 한 손끝에 물도 대지 않는 순진무구한 동정녀쯤으로 그리고 있는 것이 사실이다.

그러나 조금만 생각해 봐도 마리아는 나사렛이라는 동리에서 온갖 궂은일을 하면서 생계를 유지하던 하층 계급의 나이 어린 시골 처녀였음을 금방 알 수 있다. 이런 시골 처녀에게 천사 가브리엘이 나타나 네가 곧 아들을 낳을 터인데, 그가 지극히 높으신 이의 아들이라 일컬음을 받고 그의 왕위가 무궁하리라는 소식을 전했다.

마리아는 이 소식을 듣고 일어나 산중 한 동네에 사는 나이가 비슷한 친척뻘 언니인 엘리사벳을 찾아가 문안하며 이 〈마리아의 노래〉를 부른다. 이 노래는 두 부분으로 나누어지는데, 앞부분은 하느님이 마리아 자신을 위해 한 일을 찬양하고(눅 1:46~49), 뒷부분은 하느님이 이스라엘을 위해 한 일을 찬양한다(눅 1:50~55). 두 부분에서 공통된 주제는 하느님께서 비천한 자를 높이고 높은 자들을 낮춘다는 것이다. 이른바 억강부약抑强扶弱이다.

"내 영혼이 주를 찬양하며 내 마음이 하나님 내 구주를 기뻐하였음은 그의 여종의 비천함을 돌보셨음이라."(눅 1:46~48) 마리아가 하느님을 찬양하고 기뻐하는 이유는 이처럼 자기의 하느님은 인간적 가치관을 뒤집어엎는 하느님이기 때문이다. 세상에 아들을 보내는데, 어머니가 될 여자를 왕족이나 귀족 중에서 고르지 않고 비천한 여종을, 그것도 수도 예루살렘이 아니라 모두에게 괄시당하는 나사렛 시골 한구석에 사는 시골 처녀를 택하는 하느님, 이런 하느님이기에 찬양을 드린다는 내용이다.

하느님은 이렇게 비천하고 억울한 사람들을 개인적으로만 높이는 것이 아니라 사회적으로도 높인다. 종 이스라엘, 다시 말해 종과 같은 위치에 있는 천민 계급의 사람들을 높이고 교만한 자, 권세 있는 자들은 낮추는 정치적 행위와 밀접한 관계가 있음을 발견하게 된다고 브라운은 주장한다.

브라운의 해석이 전적으로 옳은 것인지 혹은 우리가 성서를 읽을 때 오로지 그렇게만 읽어야 하는 것인지에 대해서는 논의의 여지가 많겠지만, 그럼에도 그의 책을 읽으면서 자꾸 떠오르는 생각은 우리가 제3세계 사람들처럼 민중의 눈으로 성서를 읽고 있는지 혹은 부강한 서구 크리스천처럼 특권층의 눈으로 성서를 읽고 있는지 스스로에게 심각하게 물어봐야 하지 않겠는가 하는 것이다.

성화의 마리아와 실상의 마리아

브라운의 책 『뜻밖의 소식』의 〈마리아의 노래〉 장에서 끝부분에 등장하는 대화를 여기 옮겨본다. 남미 여러 나라의 신부와 신도들이 모여 나눈 대화라고 한다.

신부　「누가복음」 첫머리에 나오는 〈마리아의 노래〉를 읽어보겠습니다.

"(하나님이) 마음의 생각이 교만한 자들을 흩으셨고 권세 있는 자를 그 위에서 내치셨으며 비천한 자를 높이셨고 주리는 자를 좋은 것으로 배불리셨으며 부자를 빈 손으로 보내셨도다."

신도　아멘. 그런데 신부님, 지금 읽은 말씀은 우리가 교회에서 들어왔던 마리아가 할 말 같지가 않습니다. 성화에서 보이는 마리아가 이런 식으로 세속적인 말을 할 분 같지가 않습니다.

신부　(성화를 가리키며) 여기 성모 마리아의 그림이 있습니다. 초승달 위에 계시지요. 면류관을 쓰고 손가락에는 반지들이 끼워져 있습니다. 금으로 수놓은 푸른빛 성의를 입고 있고요. 여기 묘사된 마리아는 우리가 읽은 〈마리아의 노래〉에서 받은 인상과는 정말 다르군요. 이 그림이 〈마리아의 노래〉에 나타난 마리아를 잘 묘사하고 있다고 생각하십니까?

신도　　　“비천한 자를 높이셨”다라고 노래한 마리아가 친구들을 모두 버려두고 자기 혼자만 높이 달 위에 있을 것 같지가 않습니다.

신도 일동　　그럼 그림에서 달을 없애버립시다.

신도　　　“권세 있는 자를 그 위에서 내치셨”다라고 노래한 마리아가 스스로 면류관을 쓰고 있을 것 같지도 않습니다.

신도 일동　　면류관을 없애버립시다.

신도　　　“부자를 빈 손으로 보내셨도다”라고 노래한 마리아가 값비싼 반지를 끼고 있을 것 같지도 않군요.

신도 일동　　반지를 없애버립시다.

신도　　　“주리는 자를 좋은 것으로 배불리셨”다라고 노래한 마리아가 주리고 있는 사람들을 놓아두고 혼자 금으로 수놓은 비단옷을 입고 있을 것 같지도 않습니다.

신도 일동　　비단옷을 없애버립시다.

괴로운 표정의 신도　　그렇지만 신부님, 이렇게 하는 일이 옳지 못한 것 같습니다. (난색을 지으며) 우린 지금 동정녀 마리아를 나체로 만들고 있는 것이 아닙니까?

신부　　　알겠습니다. 이 성화에 나타난 마리아의 모습이 마음에 들지 않는다면, 〈마리아의 노래〉에 나타난 마리아는 어떤 모습을 하고 있을까요?

신도　　　〈마리아의 노래〉에 나타난 마리아는 초승달 위에 서 있는 것이 아니라 우리처럼 먼지와 흙 속에 서 있을 것 같습니다.

신도　면류관을 쓰고 있을 것이 아니라 우리처럼 뜨거운 햇볕을 가리기 위해 낡은 모자를 쓰고 있을 것 같습니다.

신도　보석이 달린 반지를 끼고 있는 손이 아니라 우리처럼 거친 손을 가지고 있을 것 같습니다.

신도　금으로 수놓은 비단옷이 아니라 우리처럼 헌 옷을 입고 있을 것 같습니다.

난처한 표정이 된 신도　신부님, 말씀드리기 난처합니다만 이렇게 되니 마리아가 꼭 저와 같은 모습일 것 같은 기분이 듭니다. 제 발도 더럽고 제 모자도 헐었고 제 손도 거칠고 제 옷도 낡았거든요.

신부　난처할 것 없습니다. 여러분이 지금 묘사한 마리아가 우리가 교회에서 들어왔고 성화에서 보아왔던 마리아보다 훨씬 더 마리아의 실상에 가깝다고 생각합니다.

신도　마리아는 대성당이나 장성의 저택보다 우리와 함께 이렇게 누추한 곳에 거하는 것이 더 어울렸을 것 같은 생각이 드네요.

신도　마리아가 주는 교훈은 그런 사람보다도 우리 같은 자들에게 더욱 큰 희망을 안겨주는 것 같습니다. 그들은 권세 있고 부유하지만 마리아는 하느님께서 권세 있는 자들을 그 위에서 내치시고 부한 자들을 빈 손으로 보내신다고 말하지 않았습니까?

신도　우리는 이렇게 밑바닥 인생을 살고 배고픔에 시달립니

다만 마리아는 우리에게 하느님께서 비천한 자들을 높
이시고 주리는 자들을 좋은 것으로 배불리신다고 말하
고 있군요.

신부　자, 그럼 하느님께서 이런 일을 하시도록 우리가 어떻게
하느님의 동역자로 일해야 할지에 대해서 생각해 봅시다.

민중의 눈으로 보는 마리아는 이처럼 소박한 민중의 딸
이다. 마리아가 우리나라에서 흔히 볼 수 있었던 여공 가운
데 하나였다고 가정한다면 마리아에 대한 불경일까? 억울한
일 당하는 여공들, 한 많은 사람을 생각할 때마다 1984년 노
벨평화상을 받은 데즈먼드 투투 대주교의 다음과 같은 말이
생각난다.

"만약 당신이 불의를 보고 중립적 입장을 지킨다면 억압자의 편
에 가담하기를 선택한 것과 같다. 코끼리가 생쥐의 꼬리를 밟고
있는데 나는 중립이라고 선언한다면, 그 생쥐는 우리의 중립을
고마워하지 않을 것이다."

성서를 읽되 자기 처지를 생각하지 않고 구미의 관점에
입각해서 읽는 것은 결국 남의 다리를 긁는 것과 다를 바 없
다. 아무리 긁어도 시원하지가 않았던 이유가 바로 내 다리
를 긁지 못했기 때문은 아닌가.

책임 의식의 함양

잘되면 제 탓 못되면 조상 탓

인간은 뭔가 일이 잘못되면 누구에게든 어디에든 그 탓을 돌리지 않고서는 속이 찜찜해서 견딜 수가 없다. 앞뒤 가릴 것 없이 일단 애꿎은 조상이든 연장이든 어딘가에 그 탓을 돌려야 조금이라도 시원해지기 때문이다. 이런 의미에서 우리는 모두 일급 배구 선수다. 자기에게 오는 공을 자꾸만 남에게 보내듯 잘못된 일에 대한 책임을 떠넘기는 데만 안간힘을 쓰고 있기 때문이다.

유대교와 그리스도교 성서를 보면 이런 일은 인류의 시초부터 있었다. 인류의 시조라는 아담과 이브가 에덴동산에서 하느님이 따먹지 말라고 했던 선과 악을 알게 하는 나무의 열매를 따먹었을 때였다. 하느님이 그 열매를 어떻게 해서 따먹었냐고 물어보자 아담은 "하나님이 주셔서 나와 함께 있게 하신 여자 그가 그 나무 열매를 내게 주므로 내가 먹었나이다"(창 3:12)라고 하느님과 이브를 들추었고, 이브는 다시 "뱀이 나를 꾀므로 먹었나이다"(창 3:13)라고 뱀을 갖다 대었다. 그 이후 세월이 얼마나 흘렀는지 모르지만 우리는 오늘날까지도 남을 나무라고 탓하고 핑계 대고 있다.

이렇게 시작된 '탓함의 심리'가 어찌하여 우리 속에 깊이 뿌리내렸는가? 어느 심리학자의 말을 빌리면 사람은 자기 이외의 사람이나 사물에 핑계를 댐으로써 자기 속에 있는 긴장을 해소하는 효과를 갖는다고 한다. 핑계가 자기의 자아가 상하거나 위협받는 일이 없도록 보호해 주고 인간의 심성 밑바닥에 깔린 무의식적 죄책감에서도 해방되도록 도와준다는 것이다.

예를 들어 복동이가 돌부리를 차고 울면 할머니가 얼른 와서 "아이고, 우리 착한 복동이가 돌부리에 차였구나. 이놈의 돌부리, 어찌 우리 복동이를 차서 울려!"라면서 돌부리를 탕탕 때린다. 그러면 복동이는 자기가 잘못하여 돌부리를 찬 것이 아니라 돌부리가 자기를 찼으므로 내 잘못이 아니었구나 하고 안심한다.

이런 의미에서 진정한 탓하기의 명수名手는 무당이다. 병에 들든지 사업에 실패하든지 가정 문제가 있든지 이 모든 책임을 조상의 묏자리가 나빠서라든가 집터가 나빠서라든가 일진이 좋지 못해서 등등 풍수지리와 잡귀에게 밀어붙이고 살풀이나 굿으로 사람들이 죄책감에서 벗어나게 하며 자신감과 건강을 되찾도록 도와주기 때문이다.

그리스도교에서는 예수를 "세상 죄를 지고 가는 하나님의 어린 양"(요 1:29)이라고 일컫는다. 따라서 우리가 예수를 믿으면 예수가 우리를 죄에서 구원해 준다고 한다. 엄격히 따져보면 예수뿐만 아니라 마귀도 우리의 죄를 지고 간다고 볼 수 있다. 우리는 우리의 잘못이나 실수를 모두 마귀의 꾐 때문이라고 하면서 책임을 다 그에게 뒤집어씌우기 때문이다. 마귀의 입장에서 보면 억울하기 그지없겠지만, 사람들이 그렇게 해서 어느 정도 홀가분함을 느낀다면 그도 약간은 억울함을 삭일 수 있을지 모르겠다.

옛날 이스라엘 사람들은 매년 속죄제 행사로 염소 한 마리를 데려다가 그 머리에 손을 얹고 자기의 모든 불의와 범한 죄를 염소에게 지운 다음 광야로 몰고 가서 버리는 의식을 치렀다. 소위 속죄양scapegoat인 것이다. 이처럼 인간은 언제나 잘못이나 죄에 대한 책임을 지고 갈 대상이 필요한 모양이다.

그런데 이제 나이도 차고 시대도 시대인 만큼 돌부리를 탓하는 일도 싱거워지고, 묏자리나 집터를 나무라는 일도 실감이 안 나고, 속죄양 같은 제도도 제대로 받아들일 수 없다는 데 심각성이 있다. 옛날에 우리의 잘못을 이런 것에다 뒤집어씌울 때는 이들이 대꾸할 줄을 모르기에 묵묵히 우리의 죄를 지고 갔다. 그런데 뒤집어씌움을 당하고도 말이 없던 이런 무고한 것들이 이제 탓할 대상으로서의 역할을 하지 못하자 이제는 자꾸만 누구든지 내 옆에 있는 사람들에게 뒤집어씌우는데, 문제는 이 사람들이 가만히 뒤집어쓰고 있지만은 않는다는 것이다.

"우리가 이 모양 이 꼴이 된 것은 궁합 탓인가 봐요"라고 하면 궁합은 말이 없겠지만 중매인은 가만히 듣고만 있지 않을 것이다. 냉전이든 열전이든 터진다. 탓하는 중에도 사람을 탓하면 가장 큰 말썽의 씨앗이 된다.

위에서 지적한 것처럼 정신 발달 단계에 있어 어릴 때 다른 사람이나 사물에 책임을 전가하는 행위는 심리적 안정을 위해 어느 정도 필요하다고 볼 수 있다. 그러나 그것이 일시적 적응 양식에 그치지 않고 성인이 된 후에도 계속된다면 그것은 '병'이다. 이른바 유치증이다.

성숙한 인격은 모름지기 무엇을 탓하는 대신 자기의 잘못이나 실수를 그대로 인정하고 거기에 대해 응분의 책임을 느낀다. 그리고 다시는 그런 일이 일어나지 않도록 하리라 다짐하고 그 방법을 강구한다. 또한 성숙한 인격은 남을 탓하지 않을 뿐 아니라 남이 나를 탓하는 경우라도 내게 정말로 무슨 잘못이 있지 않은지 냉철하게 살펴보는 계기로 삼는다.

"군자는 스스로를 살피고 소인은 남을 탓한다君子求諸己 小人求諸人" 『논어』 제15편 「위령공衛靈公」에 등장하는 공자의 말이다. 제14편 「헌문憲問」에서는 "나는 하늘도 원망하지 않고 사람도 나무라지 않는다不怨天不尤人"고도 했다. 얼마나 늠름한 자세인가.

⋮

아담과 이브가 선과 악을 알게 하는 나무의 열매를 먹었다는 이야기의 종교적 뜻이 궁금하다면 2001년 출간된 졸저 『예수는 없다』의 82~85쪽을 참고하길 바란다.

4부 | 건강한 종교를 생각하며

다양한 종류의 기도

지성이면 감천

"나는 기도한다. 고로 나는 존재한다." 종교학자 넬스 프레드릭 솔로몬 페레Nels Fredrick Solomon Ferré의 말이다. 재치 있는 말일 뿐 아니라 실로 종교의 핵심을 꿰뚫어 본 말이다. 기도란 세계 여러 종교에서 가장 보편적이며 기본적인 요소이기 때문이다. 기도 없는 종교란 있을 수 없다.

그런데 우리는 기도라고 하면 우선 비는 것부터 생각하기 쉽다. 기도를 하느님이나 부처님이나 칠성님께 빌어서 소원을 이루는 수단이라 생각하는 것이다. 이것이 우리 주변에서 많이 보는 가장 일반적인 형태의 기도라 할 수 있다. 인간의 한계를 겸허히 인정하고 이를 극복하려는 염원,

나아가 사랑과 자비가 우리 사이에 더욱 편만해지기를 비는 기도는 물론 훌륭한 기도다.

그러나 자칫 이렇게 빌기만 하는 기도, 이른바 탄원 기도petitionary prayer는 개인이나 집단의 이기적인 욕망을 충족시키기 위한 한갓 수단으로 전락할 위험도 있다. "지성이면 감천"임을 굳게 믿고 무슨 수단으로든 자기 자식이 출세하도록 비는 것, 이는 무조건 자기 나라가 전쟁에서 이기기를 비는 것과 같은 맥락이다. 이런 기도는 복에 복을 더해주시기만을 비는 기복적·성공 지향적·출세 제일주의적 기도로서 하버드대학교 올포트 교수가 지적한 대로 미성숙한 종교에 속한 심성이라 할 수 있다.

기도에는 이런 탄원 기도만 있을까? 종교사를 훑어보면 탄원 기도 외에 관상 기도contemplative prayer도 있다. 말없이 고요히 앉아 내면의 소리를 듣는 기도다. 실존주의 철학자 키에르케고르의 말처럼 "우리가 기도할 때 처음에는 기도를 말하는 것인 줄로 안다. 그러나 점점 더 그윽한 경지에 이르면 기도는 결국 듣는 것임을 깨닫게 된다"라고 한 것과 마찬가지다.

또 앞서 말한 예수 기도가 있다. 동방정교회에서 중요한 전통으로 내려오는 이 기도는 "주 예수 그리스도, 제게 자비를 베푸소서"라는 기도를 끊임없이 쉬지 말고 되풀이하는 것이다. 이렇게 기도할 때 말할 수 없는 큰 환희에 젖어 하늘에 간들 이보다 더 행복할 수 있을까 하는 생각이 들 정도로 이 땅에서 하늘나라를 먼저 맛보게 된다고 한다. '나무아미타불'을 열심히 외워 극락왕생한다는 염불을 생각나게 하는 대목이다.

기도에 비는 것만 있지 않다는 사실을 알면 우리의 종교적 삶이 그만큼 풍요로워지지 않을까.

문자주의의 극복

청개구리

어떤 그리스도인들과 이야기하다 보면 "성경은 그렇게 말하지 않는다"라거나 "그건 성경적이지 않다"라는 말을 많이 듣는다. 그러면서 자기는 성경에서 하라는 대로 순종하는 성경 신봉자라 자부한다.

이런 사람들을 만날 때마다 미안하지만 청개구리 이야기가 생각난다. 평소 부모가 하는 말에 거꾸로만 행동하던 바로 그 청개구리다. 부모가 죽으면서 산에다 묻어달라고 하면 뭐든 거꾸로만 하던 자식이 강가에다 묻을까 봐 산에다 묻지 말고 강가에다 묻어달라고 했는데, 부모가 죽자 그제야 자기의 평소 소행을 후회하던 청개구리는 부모의 말을 그대로 따라 그들을 강가에 묻는다. 비가 와서 강물이 넘칠 것 같으면 무덤이 떠내려갈까 봐 걱정하느라 아들, 손자, 며느리 다 모여 개골개골 운다는 게 청개구리 이야기다.

이 이야기에 나오는 청개구리는 이중으로 맹꽁이다. 첫 번째, 부모가 왜 자기들을 강가에다 묻어달라고 했는지 그 말의 전후 문맥과 사정을 고려했어야 했다. 그런 것도 모르고 무조건 문자 그대로 강가에다 묻어달라고 한다고 강가에 묻은 그 청개구리는 그야말로 맹꽁이다.

두 번째, 아무리 부모가 강에다 묻어달라고 했어도 비가 오면 그 강이 어찌 될지 미리 생각해 보아야 했다. 그런 밑그림도 그려보지 않고 무조건 부모 말을 액면 그대로 받아들여 부모를 강가에 묻은 그 청개구리는 그야말로 또 맹꽁이다.

성경이 이렇게 하라 했다고 그 말의 전후 사정도 알아보지 않고 말씀의 더 깊은 뜻도 알아보지 않고 문자 그대로 따라하는 것, 그리고 그 말을 그대로 따랐을 때의 결과도 고려하지 않고 무조건 따르는 것이야말로 그 맹꽁이 청개구리의 후손인 셈이다. 매일 밤 근심 걱정으로 개골개골 합창하는 삶을 운명으로 받아들일 터인가.

늙은 부모의 "그저 나이 들면 죽어야 해"라는 말을 곧이곧대로 '이제 부모님이 돌아가시기를 원하나 보다' 하고 여기는 자식이 있을까? 동생이 감기에 들어 학교에 가지 않는 것을 본 오빠가 '나도 감기에 들었으면' 하는 말을 듣고 아들이 감기에 들기를 원하는 놈이라 이해하는 아비가 있을까? 있다면 이런 자식이나 아비는 청개구리와 마찬가지. 모두 현상 너머에 있는 뜻을 알아차리는 현상학적 통찰이 없는 사람들이다. 부모가 나이 들면 죽어야 한다는 말을 할 때는 '이놈들아 나에게 더 큰 관심을 가져라' 하는 뜻이 들어 있음을 알아차리고 아이가 감기에 들고 싶다는 말을 할 때는 학교에서 무슨 문제가 있는 것이 아닌지 짚어볼 줄 알아야 한다. 성경을 읽을 때도 기본적으로 이와 같은 자세를 견지해야 청개구리식 맹꽁이 신세를 벗어날 수 있다.

기독교의 개벽사상

구르는 돌은 이끼가 안 낀다

2024년 2월 15일, 출판사 창비의 창설자 백낙청 교수와 함께 한국의 자생 종교인 동학과 원불교에서 강조하는 개벽사상을 놓고 세 시간 동안 대담을 했다. 백낙청 교수가 여러 석학과 함께 동학에서 천도교, 원불교, 한국적 기독교까지의 개벽사상을 중심으로 대담하고 그것을 바탕으로 『개벽사상과 종교공부』라는 제목의 책을 냈는데, 저자들의 대담을 총평하며 생각을 이야기하기 위해 마련된 자리였다. 대담을 읽고 두 가지 새로운 사실을 발견했다.

첫 번째, 개벽사상은 동학·천도교, 증산교, 원불교의 핵심 가르침 중 하나다. 이 종교들은 개화기 당시 외세에 시달리고 고생하는 한국 사회를 바꾸기 위해 '다시 개벽', 즉 '후천 개벽'을 강조했는데 그중에서도 원불교의 개교 표어는 "물질이 개벽되니 정신을 개벽하자"였다.

두 번째, 개벽은 이 세상이 끝난다는 종말론적 사건에 방점을 찍는 것이 아니라, 불합리한 현세대를 끝내고 새로운 질서가 지배하는 새로운 세상을 연다는 뜻이다. 즉 개인 구원만이 아니라 사회 구원과 세계 구원을 포함하는 변화다.

이런 것이 개벽이라면 개벽은 동학이나 원불교와 같은 종교에만 있는 것이 아니라 거의 모든 종교의 기저에서 발견되는 사상이 아닌가 하는 생각이 든다. 대부분의 종교가 불완전한 현실 세계에서 새로운 세상으로의 시작을 꿈꾸는 일종의 개벽사상을 말하고 있기 때문이다.

예를 들어 유교는 『대학』에 나오는 것처럼 격물치지格物致知, 성의정심誠意正心, 수신제가 치국평천하修身齊家 治國平天下라 말한다. 정신을 수양하고 결국은 '치국'과 '평천하'하는 것, 즉 질서 있는 사회와 평화로운 세계를 이룩하는 것을 최종의 목표로 여기고 있는데 유교의 이러한 사상도 일종의 개벽을 의미하는 것 아닌가 생각한다. 정치 지도자들의 지침서였던 노자의 『도덕경』 역시 최종 목적은 그 당시 사회를 바꾸는 것이었다.

개인적으로 무엇보다 중요한 발견은 예수의 삶과 가르침도 개벽이 아니었을까 하는 생각이다. 예수는 "회개하라 천국이 가까이 왔느니라"(마 4:17)라고 외치다가 십자가에 못 박혀 죽임을 당했다. 그 당시 십자가형은 정치범에게 주어지는 형벌이었다. 예수는 로마의 학정虐政에 시달리는 유대인에게 사랑과 정의의 원리가 지배하는 하느님 나라의 도래를 선포하다가 정치범으로 체포되어 처형된 것이라 볼 수 있다는 이야기다.

종래까지 일반적으로 기독교의 핵심 가르침은 예수가 십자가에서 흘린 보혈의 공로를 믿고 죄 사함을 얻어 하늘나라에 들어가는 것이라 여겼다. 그러나 이제 개인의 죄 사함이 핵심이 아니라 메타노이아를 체험하고 하느님의 사랑과 정의의 원칙이 지배하는 새 세상을 이룩하도록 애쓰라는 예수의 가르침에 따라 개벽이 기독교의 핵심이 되어야 하지 않을까. 말하자면 개인 구원만이 아니라 세상의 변혁이 기독교의 핵심 가르침이 되어야 마땅하지 않나 하는 생각이다.

종교가 종교다워지려면 돌 구르듯 계속 굴러야만 한다. 세상에 새로운 상생의 질서가 이루어지는 것에는 관심이 없고 오로지 개인의 안위만을 생각하는 정체되고 이기적인 종교는 결국 이끼가 끼어 제 역할을 할 수 없다. 이제 동학, 원불교, 기독교, 유교, 불교 모두 정신 개벽과 함께 세상의 개벽을 위해 힘을 합해야 할 것이다. 이것이 오늘 종교계에서 이루어야 할 제일의 과제가 아닐까?

속삭임으로 다가오는 하느님

하늘 보고 주먹질한다

하는 일마다 꼬이기만 하여 정말로 하늘이 원망스러울 때가 있다. 그럴 땐 하늘을 보고 주먹질이라도 해야 성이 풀린다고 생각했던 모양이다. 그러나 하늘을 보고 주먹질한다고 뭐가 달라지겠는가? 이런 짓이 쓸데없다는 것을 알았는지 요즘 많은 한국 기독교인은 하늘 보고 주먹질하는 대신 팔을 하늘로 향하여 크게 벌리고 울부짖는다. 그러나 이런다고 또 뭐가 달라지겠는가?

하늘을 향해 주먹질해도, 팔을 들어 울부짖어도 무심한 하늘은 아무 반응이 없다. 『도덕경』제5장을 보면 하늘은 모든 사람을 '짚으로 만든 개', 즉 추구처럼 취급한다고 했다. 누구는 잘 봐주고 누구는 버리는 식으로 편애하는 일이 없다는 뜻이다. 그러면 우리가 힘들 때 하늘을 향해 어떤 태도를 취하는 것이 좋을까? 성서를 보면 차라리 차분히 하늘의 음성을 들으려 기다리는 편이 낫다고 한다.

「열왕기상」을 보면 옛날 이스라엘에 있던 '엘리야'라는 이름의 선지자를 소개한다. 그는 사람들이 하느님과의 약속을 저버리고 선지자를 죽이는 등 사회가 극도로 혼란했던 시기에 끝까지 하느님께 충성을 다한 사람이다. 그가 암담한 현실을 개탄하던 어느 날 하느님의 말씀이 그에게 이르렀다. 밖으로 나가 하느님을 찾으라는 분부였다. 엘리야는 분부대로 산에 서서 하느님을 기다렸다. 처음에 산을 가르고 바위를 부술 정도로 센 바람이 지나갔다. 이 바람 속에서 하느님이 나타날까 기다렸지만 하느님은 거기에 있지 않았다. 다음에 지진이 있었고 그다음에 큰불이 있었는데, 혹시나 했으나 거기에도 하느님은 있지 않았다. 이런 요란한 것들이 다 지나가고 드디어 세미한 소리, 즉 부드럽고 조용한 소리가 들렸다. 하느님은 이 세미한 소리 중에 나타나 엘리야에게 앞으로 할 일을 자세히 일러주었다고 한다.

지금 이 시대에 한국의 현실이 대내외적으로 암담하다고 생각하는 사람이 많다. 대부분의 그리스도인은 이 암담한 현실을 염려하며 하느님을 찾는다. 여럿이 서울시청 광장에 모여 목소리를 합해 하느님께 큰 소리로 울부짖는다. 그러나 큰 소리로 "주여! 주여!" 외쳐 요란하고 화끈한 분위기를 만들어야 거기에 하느님이 올 것이라 오해하고 있는 것은 아닐까.

유네스코한국위원회 초대 사무총장, 건국대학교 총장, 캐나다 칼턴대학교 종교학과 교수, 한신대학교 학장 등을 역임하고 2003년 7월 캐나다 밴쿠버에서 여든여섯의 일기로 돌아가신 고故 정대위 박사는 평소 이런 말을 자주 했다. 한국 그리스도교인 중 많은 이가 "주여! 주여!" 큰 소리로 외치며 기도하는데, 이것은 하느님을 저 멀리 하늘 보좌에 앉아 계시는 분이라 여겨 반드시 큰 소리로 기도해야 들을 수 있다 생각하기 때문이라고.

하느님은 우리와 늘 함께하기에 친구나 연인에게 하듯 소근소근 속삭여도 듣고 응답한다. 우리에게 필요한 것은 요란함이 아니라 조용함 속에서 세미한 소리를 들으려고 기다리는 열린 자세가 아닐까. 하늘 보고 주먹질하거나 팔을 벌리고 떠드는 것이 어쩌면 무모한 짓일 수 있겠다는 생각이 든다.

무지의 특권

하룻강아지 범 무서운 줄 모른다

진리를 '우리'만 독점하고 있다고 믿는 사람들이 더러 있다. 우리 종교만 진리의 종교요, 우리 교회만 진리 교회요, 우리가 가르치는 것만 진리라는 것이다. 자기들만의 전유물인 그 진리를 가르쳐주겠다고 사람들을 성가시게 하다가 혹한 사람이라도 말을 듣고 교회에 들어오면 그 사람은 드디어 진리 교회에 들어와 진리를 깨달았다고 말한다.

이런 이야기를 들을 때마다 생각나는 속담은 "하룻강아지 범 무서운 줄 모른다"는 것이다. 금방 태어난 강아지가 살벌한 동물 세계의 서열을 어떻게 알랴. 이런 무지와 무식에 힘입어 강아지는 겁이 없다. 심하면 범에게 대들기도 한다.

오강남의 시선

누가 말한 것처럼 절대적인 확신과 독단은 무지한 자의 특권이다. 우리만 진리를 안다고 착각하고 우리 종교만 진리 종교요, 심지어 우리 교회만 진리 교회라 여기는 그 착각과 오만은 무지한 사람이 아니고서는 도저히 누릴 수 없는 신성불가침의 특권이다. 도대체 진리가 무엇인가? 나는 진리가 무엇인지 모른다. 진리가 그렇게 호락호락하게 잡히거나 독점할 수 있는 무엇일까?

『도덕경』 제56장에는 "아는 사람은 말하지 않고, 말하는 사람은 알지 못합니다知者不言 言者不知"라는 말이 있다. 진정으로 진리가 무엇인지 그 깊고 신비스러움을 어렴풋이라도 아는 사람이라면 이 엄청난 진리를 말로 표현할 수 없음을 절감하고 차마 함부로 진리가 이렇다 저렇다 말하지 못한다는 것이다. 그러나 그 근처에도 가보지 못한 사람은 자기의 작은 머리로 깨달은 무엇을 마치 진리인 양 착각하고, 이것이 진리다 저것이 진리다 계속 떠들어댄다는 것이다. 이렇게 자기가 진리를 찾았다 혹은 소유했다면서 겁도 없이 떠들고 다닌다는 사실 자체가 진리에 대해 완전 무지하다는 것을 웅변적으로 말해주고 있는 셈이다. (자세한 내용은 현암사에서 출간한 필자의 『도덕경』을 참고하길 바란다.)

이러한 생각은 고대 힌두교 경전인 『께나 우파니샤드Kena Upanisad』에도 들어 있다. 거기서도 궁극 진리인 브라만Brahman, 梵은 "아는 사람에게는 알려지지 않고, 알지 못하는 사람에게는 알려지는 것"이라고 했다. 또한 6세기경에

쓰였다는 위-디오니시우스Pseudo-Dionysius의 「신비신학Mystical Theology」에서도 궁극 실재로서의 신은 '알지 않음unknowing'을 통해서만 알 수 있을 뿐이라고 했다.

스스로 지질학자라고 자처하면서 자기 집 뒷마당이나 조금 파보고 지구에 대해 다 안다고 만용을 부리는 사람은 없다. 그런데 기독교의 가르침을 일부 훑어보고 그것으로 진리를 터득했다고 큰소리치는 사람은 어이 그리 많은가. 더욱이 우리는 자기 집 뒷마당도 아닌 남의 집 뒷마당이나 파보고, 더 정확히 말해 남의 집에 남이 파놓은 흙무덤이나 뒤적거려 보고 지구뿐 아니라 우주에 대해 다 안다며 만용을 부리는 셈이다. 착각은 자유라지만 이건 좀 심하다.

이제 우리 모두 진리 앞에서 좀 더 겸허해야겠다. 인류는 모두 진리를 찾아가는 길에 없어서는 안 될 길벗이라 생각하고 서로의 의견에 성실하게 귀 기울일 자세를 취해야 한다. 나는 부자라 부유하여 부족할 것이 없다는 태도가 아니라 마음을 가난하게 만들고 마음을 굶기는 심재의 자세를 취함으로써 그 열린 마음, 그 조용한 관조觀照 속에 아련히 비치는 진리의 동틈에 접하는 기쁨을 맛볼 수 있도록.

생각하는 종교인

호랑이에게 물려 가도 정신만 차리면 산다

종교는 믿는 것이지 생각하는 것이 아니라고 말하는 사람들이 있다. 심지어는 덮어놓고 믿어야지 생각하고 따져서는 안 된다고 주장하는 사람도 있다. 얼핏 보아 일리 있는 말 같기도 하다. 그러나 아무리 그렇게 덮어놓고 믿고 싶다 한들 우선 '덮어놓고' 믿는다는 것이 뭔지라도 알아야 그렇게 할 수 있지 않겠는가?

그러나 일제강점기 독립운동가이자 종교인이었던 함석헌 선생은 "생각하는 백성이라야 산다"라고 말했다. 소크라테스도 "검토되지 않은 삶은 살 가치가 없다"라고 했으며 미국의 저명한 신학자 존 보즈웰 캅 주니어John Boswell Cobb Jr도

『생각하는 기독교인이라야 산다』라는 제목의 책을 냈는데, 그에 따르면 스스로 생각하는 그리스도인이어야 살아날 수 있고 또 이렇게 독립적으로 사고하는 평신도가 많아야 그리스도교가 산다고 했다.

또 다른 책도 있다. 가톨릭 신학자 에이드리언 B. 스미스Adrian B. Smith는 『내일의 그리스도인Tomorrow's Christian』이라는 책에서 내일의 그리스도인이 갖출 여러 가지 특징을 열거하면서 그 첫 번째가 의문을 제기하는 사람이라고 했다. 모르긴 몰라도 덮어놓고 믿는다는 게 그리스도인으로서 지양해야 할 자세임은 확실해 보인다.

사실 그리스도인뿐 아니라 어느 종교인이든 각성도 없고 검토도 없는 믿음을 덮어놓고 받아들인다면 그것은 헛된 믿음일 수도 있고 또 많은 경우 우리의 짧은 삶을 낭비하게 하는 극히 위험한 믿음일 수도 있다. 보라, 우리 주위에 횡행하면서 사람들을 죽음과 패망으로 몰아넣은 저 많은 사교邪敎 집단을. 그리고 비록 신흥 사교 집단은 아니더라도 일부 잘못된 지도자에 의해 변질되어 신도들을 속박하고 질식시키는 저 많은 기성 종교 집단을. 파리 끈끈이에 가까이 가거나 수렁에 발을 잘못 들여놓았다가 패가망신하는 사람이 얼마나 많은가? 이 문제는 대니얼 클레멘트 데닛Daniel Clement Dennett의 책 『주문을 깨다』에서 잘 다루고 있다.

비교적 최근에 이르기까지 어느 사회나 인구의 다수가 문맹이었다. 그런 시대에는 대부분의 사람이 어쩔 수 없이 덮어놓고 믿을 수밖에 없었다. 예를 들어 중세 시대에 어려운 신학적 문제는 오직 성직자들 사이에서 라틴어로만 논의되었고 일반인들은 이들이 그림으로 그려준 내용을 보고 그대로 믿고 따르는 그림책 신학에 만족할 수밖에 없었다.

그러나 시대가 바뀌었다. 바뀐 시대를 반영하여 존 캅은 일반 평신도들은 모두 신학자들로서 스스로 생각하고 거기에 책임을 지는 그리스도인이 되어야 한다고 선언했다. 오늘날처럼 지식이나 의식 수준이 높은 시대에 사는 우리는 어쩔 수 없이 '만민 신학자직'을 주장해야 할 것이다.

라틴어로 신앙은 '이성을 넘어서는 것 supra ratio'이지 '이성을 거스르는 것 contra ratio'이 아니라고 한다. 사리를 분별하고 판단하는 일은 건전한 종교적 삶을 위해 필요한 전제 조건이다. 무조건이니 덮어놓고니 하는 말은 인간에게 천부적으로 주어진 독립적 사고력이나 분별력을 포기하거나 몰수당하겠다는 뜻이다.

종교인이라고 하여 생각 없이 덮어놓고 믿어야 하는 것이 아니라 종교인일수록 오히려 더욱 깊이 생각하고 믿어야 한다. 그러고 나서 자기 생각에 한계가 있음을 깨닫고 그 한계를 넘어서는 것이 종교인이 지향해야 할 경지가 아니겠는가.

"호랑이에게 물려 가도 정신만 차리면 산다"고 했다. 종교는 어느 면에서 호랑이보다 더 무섭다. 정말로 정신을 차려야 할 때가 있다면 종교적 삶을 살기로 결심했을 때다.

종교의 표층과 심층

겉 다르고 속 다르다

동상이몽同牀異夢이라는 말이 있다. 두 사람이 같은 침대에서 자도 다른 꿈을 꾼다는 뜻이다. 겉으로 보면 같아도 속은 다르다는 말이기도 하다.

세계 여러 종교를 살펴보면 거의 모든 종교에는 겉면과 속내가 있음을 알 수 있다. 이른바 각 종교에는 표층表層과 심층深層이 있다는 이야기다. 불교에도 표층 불교와 심층 불교가 있고, 기독교에도 표층 기독교와 심층 기독교가 있다. 따라서 같은 불교인이라도 심층 불교에 속한 사람이 있고, 표층 불교에 속한 사람이 있다. 기독교도 마찬가지다. 그야말로 동상이몽이다.

오강남의 시선

종교의 표층과 심층을 쉽게 이해하기 위해 산타로 예를 들어보자. 서너 살 된 아이들은 착한 일을 하면 산타 할아버지가 벽난로 옆에 걸어놓은 양말에 선물을 많이 주고 간다고 믿는다. 그러다 어느 날 아이는 부모가 양말에 선물을 넣는 모습을 보았다. 아이는 자연스럽게 '아, 부모님이 산타였구나. 산타 이야기는 식구와 선물을 나눈다는 뜻이구나' 깨닫고 지금까지 받기만 했던 선물을 엄마, 아빠, 동생에게 주기도 한다. 좀 더 자라면 가족뿐 아니라 동네에, 좀 더 자라면 나라와 사회의 불우한 이들과 사랑을 나누는 것이 산타 이야기의 정신이라는 깨달음을 얻을 수도 있다. 정신적으로 매우 성숙해졌을 경우, 크리스마스에는 하늘이 내려오고 땅이 하늘을 영접하는 천지합일天地合一, 신인합일神人合一의 뜻이 있다는 것도 알게 된다.

모든 종교인은 특별한 경우를 제외하고 거의 표층 종교에서 시작한다. 옛날에도 역시 특별한 경우를 제외하면 이런 표층 종교인이 절대 다수를 이루었다. 빌기만 하면 하늘에 있는 신이든 누구든 소원을 들어주리라는 층위의 믿음이었다.

문제는 많은 종교인이 개인적으로 성장했고 시대적으로도 개명開明한 상태라 이런 표층적 종교로는 만족할 수가 없다는 데 있다. 나이가 마흔이 되었는데 아직도 산타 할아버지를 위해 굴뚝을 쑤시고 있다는 것은 보통 사람으로서는 하기 힘든 일이다. 병이 나면 병원에 가고 돈이 필요하면 은행에 간다는 합리적인 생각이 보통인 세상이 되었다.

그러면 오늘날 종교란 완전히 무의미한 것인가? 많은 사람이 종교를 떠나는 이유는 대부분 표층적인 종교가 종교의 전부라고 오해하기 때문이다. 핵심은 종교에서 심층 차원을 찾아야 한다는 것이다. 많은 사람이 목말라하는 까닭은 이런 심층 차원의 종교가 가져다줄 수 있는 시원함을 맛보지 못했기 때문이다.

그러면 심층 차원의 종교란 무엇인가? 우선 심층과 대조되는 표층 차원의 종교가 가지는 특색부터 살펴보자. 첫 번째, 표층 종교는 문자주의적이다. 문자의 표피적 뜻에 집착한다는 뜻이다. 두 번째, 표층 종교는 모든 것을 지금의 나, 이기적인 나 중심으로 생각한다. 종교를 가지는 이유도 내가 잘되기 위해서다. 교육자이자 종교 철학자였던 다석 유영모 선생의 말을 빌리면 자아自我인 '제나', '몸나'를 어떻게 해서라도 확대하고 꾸미고 연장하려는 데 관심을 가지는 종교다.

이와 대조적으로 심층 차원의 종교는 문자 너머 더 깊은 뜻을 찾으려는 특색을 지닌다. 글의 속내를 알아차리려는 것이다. 문자는 달을 가리키는 손가락에 지나지 않음을 알고 문자를 통해 문자가 가리키는 그 너머의 것을 보려고 하는 차원이다. 더욱이 심층 종교는 유영모 선생의 말을 빌려 지금의 나에게서 벗어나 '참나', '얼나'로 부활하는 것을 이상으로 삼는다. 그리고 궁극적으로 새롭게 된 참나가 바로 내

속에 있는 신성 혹은 불성佛性임을 깨닫는 것이다. 이런 측면을 강조하는 심층 종교를 종교의 밀의적密意的, esoteric 차원으로 보고, 표층적인 현교적顯敎的, exoteric 차원과 대비시킨다.

이처럼 내 안에 신적 요소가 있음을 깨달으라는 심층 종교를 접하면, 자기 스스로도 늠름하고 의연한 삶을 살 수 있는 자유를 누리게 되고 이웃을 향해 마치 하늘 모시듯 사랑과 자비의 마음을 가지게 된다. 앞으로 많은 종교인이 각자 자기가 가진 종교의 심층 차원에 큰 관심을 가지고 종교가 줄 수 있는 깊은 뜻을 간파했으면 하는 바람이다.

종교의 미래,
미래의 종교

장강후랑추전랑

장강후랑추전랑^{長江後浪推前浪}, 양자강의 뒷물결이 앞물결을 밀어낸다는 뜻이다. 우리나라 정식 속담은 아니지만 "앞물결이 뒷물결을 밀어낸다"라는 말을 관용구처럼 자주 사용한다. 이는 새로운 시대, 새롭게 등장하는 새로운 세^勢가 옛것을 밀어낸다는 뜻이다. 그것이 세대든, 정치체제든, 과학기술이든, 조직이든, 시대사조든 무엇이나 새로운 것이 등장하면 옛것은 물러난다는 뜻이다. 특히 종교에 있어서랴.

이 말과 함께 미국 작가 댄 브라운^{Dan Brown}의 유명한 소설 『오리진』이 생각난다. 그의 소설 『다빈치 코드』는 나오자마자 세계적으로 수천만 부가 팔린 최대의 걸작인데, 그

외 소설 『로스트 심벌』, 『인페르노』, 『천사와 악마』 등도 모두 베스트셀러가 되었다. 그러나 나는 개인적으로 그가 쓴 소설 중에서 『오리진』을 가장 좋아한다. 이 책이 손에 땀이 나도록 흥미진진한 이야기를 전개해 나가기 때문만이 아니라 특히 종교의 미래와 미래의 종교에 관하여 설득력 있는 이야기를 풀고 있기 때문이다.

스페인과 포르투갈로 여행을 가면서 이 소설의 배경이 된 현장을 두 눈으로 볼 수 있으리라는 기대에 부풀어 있었는데 마침내 그 현장을 직접 보고 왔다. 이 책의 내용을 소상하게 소개하는 것은 아직 이 책을 읽지 않은 독자들에게는 이른바 스포가 될 것 같아 큰 줄거리만 간단히 적어본다.

하버드대학교 출신의 천재 과학자 에드먼드 커시가 스페인 빌바오에 있는 구겐하임미술관에서 발표회를 진행한다. 바로 "우리는 어디서 왔는가? 우리는 어디로 가는가?"에 대한 인간의 근원origin과 운명에 관한 혁명적인 발견을 밝히려는 순간이었다. 지축을 흔들 정도로 중대한 발표인 만큼 전 세계의 미디어가 현장에 몰려들어 중개를 하고 있었다. 그의 주장은 간결했다. 생명은 신의 개입이나 외계의 관여 없이 생겨날 수 있다는 것. 그리고 이제 우리의 운명이 어떻게 전개될 것인가 발표하려는 순간 커시는 괴한의 총에 의해 그 자리에서 암살당하고 만다.

발표회에 초청되어 참석했던 커시의 스승이자 하버드대학교 기호학 교수 로버트 랭던과 빌바오구겐하임미술관의 여성 관장 암브라 비달은 어떻게든 이 발표를 마무리하려고 하나, 커시가 자기의 슈퍼컴퓨터에 암호를 걸어놓은 바람에 더 이상 진행할 수 없게 된다. 암호는 마흔일곱 글자의 시구였다. 둘은 스페인 바르셀로나로 날아가 커시가 머물던 숙소 카사 밀라Casa Milà 꼭대기 층에 있던 책들을 샅샅이 뒤져보지만 암호를 찾을 수 없었다. 그 후 커시가 평소 좋아했던 영국의 시인 윌리엄 블레이크William Blake 전집을 사그라다 파밀리아 성당에 맡겨놓았다는 사실을 알게 되어 그곳으로 옮겨가 찾기 시작한다. 천신만고 끝에 성당 지하에서 한 페이지가 열려 있는 채로 전시된 시집을 발견한다. 거기에는 "The dark religions are departed & sweet science reigns어두운 종교는 떠나고 달콤한 과학이 지배한다"라는 시구가 적혀 있었다. 그러나 이 철자를 다 합하면 마흔여섯 글자밖에 되지 않는데, 기호 '&'을 본래 라틴어 표기인 'et'로 푸니 마흔일곱 글자가 되었다.

암호를 푼 주인공에 의해 마침내 파일이 열리게 된다. 결국 죽은 커시가 전하려던 가장 중요한 기별은 한마디로 낡은 종교는 사라지고 달콤한 과학이 지배하는 세상이 된다는 것이었다.

이 소설의 말처럼 이 세상에 종교들은 정말로 사라지고 말 것인가? 발표가 끝나고 사그라다 파밀리아 성당의 주임 신부인 호아킴 베냐와 랭던이 나눈 대화가 의미심장하다. 랭던은 이 사건의 키가 되었던 윌리엄 블레이크가 사실 종교는 두 가지 측면을 가지고 있다고 믿었다 말한다. "창의적인 사고를 억압하는 어둡고 독단적인 면과 자기 성찰과 창의력을 북돋는 밝고 탄력적인 면 말입니다." 그리고 이렇게 덧붙인다. "'어두운 종교는 떠나고 달콤한 과학이 지배한다'는 말이 있는데…, 이렇게 고쳐 쓸 수 있어요. '달콤한 과학이 어두운 종교를 몰아낼 것이다. 개화된 종교가 꽃을 피울 수 있도록.'" 결국 커시가 말했던 것처럼 인간은 곧 멸종될 위기에 처해 있지만 "미래는 여러분이 상상하는 것보다 훨씬 밝습니다"라는 희망의 메시지로 결론짓는다.

이 책은 표층 종교로서의 종교는 이제 그 명을 다했음을 우리에게 재확인시켜 준다. 현재 전 세계적으로 일어나는 탈종교화 현상이 이를 증명한다. 종교가 인류에 기여하려면 옛날 패러다임이나 세계관에 입각해서 형성된 교리나 예식을 과감히 청산하고 이 책에서 말한 대로 "자기 성찰과 창의력을 북돋는 밝고 탄력적인" 종교로 탈바꿈해야 한다고 본다. 이런 흐름에 둔감한 옛 종교가 있다면 이런 종교는 더 이상 '종교'라 할 수 없는 무엇일 수밖에 없을지도 모를 일이다.

지성의 한계를 넘어

우는 아이 젖 준다

지성知性이 할 수 있는 최대의 역할은 지성에 한계가 있다는 사실을 자각하는 것이다. 지성이 지성을 발휘하여 스스로가 가진 오만을 보게 된다고 할까? 아무튼 지성이 자기의 한계를 절감한다는 것은 지성으로서 최고 경지에 이른 것이다.

선종禪宗의 임제종臨濟宗 계통에서는 우리가 가진 지성으로 사물의 진수를 파악하려는 오만을 없애주기 위해 공안公案이라는 방법을 사용한다. 공안은 쉽게 말해 도를 터득하기 위해 제시하는 화두를 뜻한다. 예를 들어 스승이 제자들에게 '한 손으로 치는 박수 소리隻手聲'와 같은 문제를 주고 그것을 지성을 가지고 풀어보라고 한다. 으레 박수 소리는 두 손바닥을 맞부딪쳐야 나는데 어떻게 하면 한 손으로 박수 소리를 낼 수 있겠냐는 질문이다. 스승은 문답을 통해 제자들에게 그 소리의 특성, 부피, 색깔, 넓이 등을 말해보라고 윽박지른다. 제자들이 질문에 대해 나름대로 머리를 굴려 대답하면 야단을 맞고 쫓겨난다. 이렇게 문답을 계속하다가 결국 지성을 통해서는 대답할 수 없는 질문임을 절감하고 지성에 대한 절대적인 신뢰를 내려놓을 때 지금껏 지성으로는 보지 못했던 새로운 차원의 실재를 볼 수 있게 된다. 이런 경지를 불교에서는 깨우침이라고 한다.

지성의 한계를 절감할 때 이른바 '신앙의 도약 leap of faith'을 감행하게 된다. 지성의 영역에서 튀어나오게 된다는 뜻이다. 그런데 튀어나올 때 어디로 튀느냐, 그 튀는 방향이 중요하다. 쉽게 두 방향으로 나누어보면 지성에도 못 미치는 지성 이전 단계로 튀느냐, 지성을 초월하는 지성 다음 단계로 튀느냐 하는 것이다.

예를 들어 지성의 한계 내에서 자기 나름대로 도출한 어떤 신관을 가지게 되었다고 하자. 지성을 활용하여 내린 결론이 아무래도 찜찜하다. 무신론을 확신할 수 없고 유신론을 믿을 수도 없다. 이럴 경우, 지성을 최대한 활용하여 지성의 한계성을 인정하면 무신론이나 유신론 중 하나를 택하는 것이 아니라 이 둘을 넘어선다. 아직도 유신론이냐 무신론이냐를 따지는 것은 지성의 한계 내에서 이루어지는 지적

작업에 불과하기 때문이다. 세계 여러 종교가 심층 차원으로 들어가면 신에 대한 이론을 모두 버리라고 말하는 것과 일맥상통하는 이야기다.

신앙은 지성에도 못 미치는 맹신이나 미신이 아니다. 신앙은 지성을 넘어서는 것이다. 앞서 라틴어로 표현한 개념을 이번엔 영어로 표현하면 '이성에 반하여against reason'가 아니라 '이성을 넘어서beyond reason'다. 구체적으로 말하면 신을 우리의 기도나 들어주는 대상쯤으로 생각하는 믿음은 우리의 지성에도 못 미치는 믿음이다. 약간의 지성만 발휘해도 우리가 부탁한다고 특별히 잘 봐주고, 우리가 믿어준다고 특별히 구원해 주는 신이라면 그런 좀생이 같은 신은 우리가 받들 만한 가치가 없는 신에 불과하다는 사실을 금방 깨달을 수 있다. 인간 아버지도 자기에게 특별히 잘해주는 자식만 밥을 주고 나머지는 팽개쳐 두는 일이 없거늘 하물며 하늘 아버지가 기도를 드리고 안 드리고, 믿고 안 믿고 차이로 자기 자녀들을 편애할 수 있겠는가.

생각해 보라. 기도해서 병이 나았다는 것은 임상 실험이나 통계 수치와 관계없는 이야기다. 병이 난 목사를 위해 교인들이 스물네 시간 릴레이 기도를 해도 그 목사의 병이 나을 확률은 일반 사람의 경우와 다르지 않다. 영국 국가 가사처럼 "고귀한 우리의 여왕이여 만수무강하소서Long live our noble Queen"라고 모든 영국 국민이 매일 기도해도 영국 왕실의 평균 수명은 일반인과 크게 다르지 않다. 심지어 하버드대학교

의과 대학을 포함해 다섯 개 의료 기관이 합동 연구한 결과에 따르면 환자들에게 기도해 준다고 말하는 것이 도리어 환자들의 건강에 악영향을 끼칠 수도 있다고 한다.

"우는 아이 젖 준다"는 것은 보통 어머니가 해주는 일이다. 그러나 신은 누가 더 보챈다고 더 잘 봐주는 분일 수 없다. 어느 유명한 지성인이 "지성에서 영성으로"를 주장했다지만, 지성의 영역에서 튀어나와 병을 고쳐주는 하느님의 품에 자기를 맡기는 일은 지성을 초월한 것이라고 보기보다 지성을 포기한 것이라고 하는 편이 더 적절하지 않을까 생각한다. 지성의 한계를 넘어서는 믿음을 가지려다면 적어도 유영모 선생처럼 신을 "없이 계신 하느님" 정도로 생각할 수 있어야 한다. 우리 주위의 지성인 가운데 이런 신앙으로 넘어가는 사람들을 더 많이 보고 싶다.

결국은 실천의 문제

부뚜막의 소금도 집어넣어야 짜다

지금껏 속담 몇 가지를 골라 이리저리 살펴보면서 거기서 얻을 수 있는 작은 깨달음을 제 나름대로 건져보려고 했습니다. 「들어가며」에서 말씀드린 것처럼 독자로부터 어느 정도 공감을 얻을 수 있는 것도 있고, 그냥 웃어넘겨 버릴 것도 있었으리라 믿습니다. 아무튼 여기까지 읽어주신 독자들에게 고마움을 전합니다. (후기부터 읽으시는 독자에게는 이런 말이 조금 이른 것 같습니다만.)

지금까지 우리가 한 일이 이른바 속담의 '해석학적' 작업이었다면, 이제 이를 어떻게 실생활이나 사물을 보는 데 적용할 것인가 하는 '실천적' 문제가 남았다고 할 수 있습니다. 소금이 바로 부뚜막 위에 있더라도 음식에 집어넣지 않으면 그 맛을 낼 수 없습니다. 우리 민족, 나아가 인류 공동의 유산이라 할 수 있는 속담도 그 뜻을 앞으로나 뒤로 보고 또 뒤집어 보는 것만으로는 부족하고 거기서 얻은 작은 깨달음을 우리 각자의 삶에 활용하지 않으면 그 효과를 드러낼 수 없을 것입니다.

아무쪼록 이런 깨달음의 실천을 통해 우리가 가는 길이 좀 더 상쾌해지길 바랍니다. 또 이런 생각을 나누어가짐으로 길을 가다가 만나면 서로 할 이야기가 좀 더 많아지리라 기대해 봅니다. 지금까지 동행해 주서서 다시 한번 감사드립니다.

참고문헌

본문에 언급한 책 가운데 읽어볼 만한 책들을 소개한다. 한국에 번역 소개된 책의 경우 한국어판을, 번역본이 없는 경우 영어판을 소개했다.

- Borg, Marcus, *Putting Away Childish Things*, HarperOne, 2011
- Cone, James, *Black Theology and Black Power*, Orbis books, 1997
- Dunne, John, *THE Way of All the Earth*, University of Notre Dame Press, 1978
- Smith, Adrian, *Tomorrow's Christian*, John Hunt Publishing, 2005
- Spong, John Shelby, *Unbelievable: Why Neither Ancient Creeds Nor the Reformation Can Produce a Living Faith Today*, HarperOne, 2019
- 간디, 마하트마, 박홍규 옮김, 『간디 자서전』, 문예출판사, 2020
- 김중현 외, 『불멸의 15人 시공초월 맞장 인터뷰』, 서해문집, 2008
- 노자 원전, 오강남 풀이, 『도덕경』 개정판, 현암사, 2010
- 니터, 폴, 정경일·이창엽 옮김, 『붓다 없이 나는 그리스도인일 수 없었다』, 클리어마인드, 2011
- ──────, 유정원 옮김, 『종교신학입문』, 분도출판사, 2007
- 달라이 라마, 이현 옮김, 『달라이 라마의 종교를 넘어』, 김영사, 2013
- 데닛, 대니얼, 김한영 옮김, 최종덕 해설, 『주문을 깨다』, 동녘사이언스, 2010
- 리프킨, 제러미, 신현승 옮김, 『육식의 종말』, 시공사, 2002
- 백낙청 외, 『개벽사상과 종교공부』, 창비, 2024

- 보그, 마커스, 김준우 옮김, 『기독교의 심장』, 한국기독교연구소, 2009
- 브라운, 댄, 임종설 옮김, 『오리진』 개정판, 문학수첩, 2026
- 브라운, 로버트, 김정수 옮김, 『뜻밖의 소식』, 한국신학연구소, 1991
- 스퐁, 존 쉘비, 김준우 옮김, 『기독교 변하지 않으면 죽는다』, 한국기독교연구소, 2020
- 장자 원전, 오강남 풀이, 『장자』, 현암사, 1999
- 주커먼, 필, 김승욱 옮김, 『신 없는 사회』, 마음산책, 2012
- ______ , 박윤정 옮김, 『종교 없는 삶』, 판미동, 2018
- 오강남, 『기도』 개정판, 대한기독교서회, 2024
- ______ , 『예수는 없다』 개정판, 현암사, 2017
- 캅, 존, 이경호 옮김, 『생각하는 기독교인이라야 산다』, 한국기독교연구소, 2002
- 킴볼, 찰스, 김승욱 옮김, 『종교가 사악해질 때』, 현암사, 2020
- 토인비, 아널드, 홍사중 옮김, 『역사의 연구』, 동서문화사, 2016
- 파스칼, 블레즈, 이환 옮김, 『팡세』, 민음사, 2003
- 하라리, 유발, 전병근 옮김, 『21세기를 위한 21가지 제언』, 김영사, 2018
- 헉슬리, 올더스, 조옥경 옮김, 오강남 해제, 『영원의 철학』, 김영사, 2014